Als Didi na de zware bevalling van haar eerste kindje aan bed is gekluisterd, is ze dolgelukkig met de hulp van de kraamverzorgster. De baby is lief en gezond, maar Didi's herstel gaat langzaam.

Miriam, werkzaam bij de politie Rotterdam, kan de plotselinge dood van haar broer niet verwerken. Ze vermoedt kwade opzet van zijn mooie weduwe Hennequin. Tijdens haar zoektocht naar Hennequins verleden groeit bij Miriam de overtuiging dat ze te maken heeft met een levensgevaarlijke psychopate. En juist deze vrouw heeft zich onmisbaar gemaakt in het jonge, kwetsbare gezin...

NS Publieksprijswinnaar Esther Verhoef is een van de succesvolste schrijvers van Nederland. Verhoefs werk is in tal van landen verschenen en meerdere malen bekroond en genomineerd.

'Verhoefs grote gave is haar schrijfstijl, daardoor is het altijd een plezier om haar werk te lezen.' – *De Telegraaf*

'Esther Verhoef hoort duidelijk tot de schrijvende elite in ons land.' – *Algemeen Dagblad*

'Verhoef schetst personages die uitstijgen boven de standaard thrillerstereotypen.' – *Barnes & Noble Review*

Van Esther Verhoef verscheen

Rendez-vous
Wonen op vakantie
Close-up
Alles te verliezen
Erken mij
Déjà vu
Is uw man al af?
Nouveau riche & andere spannende verhalen
Tegenlicht
De kraamhulp
Stil in mij – Overleven bij de nonnen
(met Daniëlle Hermans)
Lieve mama

Onder de naam Escober verscheen

Onrust – Deel 1 in de Sil Maier-trilogie
Onder druk – Deel 2 in de Sil Maier-trilogie
Ongenade – Deel 3 in de Sil Maier-trilogie
Chaos
Overkill

Esther Verhoef

De kraamhulp

Ambo|Anthos
Amsterdam

MIX
Papier van verantwoorde herkomst
FSC® C014496
FSC
www.fsc.org

Eerste druk 2014
Tweeëntwintigste druk 2016

ISBN 978 90 263 3185 5

Omslagontwerp Marry van Baar

Verspreiding voor België:
Veen Bosch & Keuning uitgevers nv, Antwerpen

De eerste dag

DINSDAG

‘Dus hier woon je.’

Miriam fluisterde het zachtjes voor zich uit. Haar vingers omklemden het stuur van haar Peugeot. Ze waren een beetje vochtig geworden en tot haar ergernis merkte ze dat ze sneller was gaan ademen. Tijdens het werk overkwam dit haar zelden. Wat er ook gebeurde en hoe bedreigend een situatie soms ook was, ze liet zich niet meeslepen, bleef koel en professioneel. Ze wist dat ze altijd kon terugvallen op haar opleiding, ervaring en collega’s.

Maar nu was ze niet aan het werk.

Ze deed dit alleen.

Ze boog naar voren en keek omhoog langs de strakke gevel van de woontoren. Het glas glinsterde in de herfstzon. Het gebouw zag er ongenaakbaar uit. Alsof hier mensen woonden die zich ver verheven voelden boven de rest van de wereld. In letterlijke zin waren ze dat ook. Het uitzicht daarboven moest wel adembenemend zijn. Je zou heel Rotterdam moeten kunnen overzien, de havens en de Maas.

Hoeveel verdiepingen had dit gebouw eigenlijk? Miriam begon te tellen. Ze moest ermee stoppen toen ze bij vijfentwintig was aanbeland.

Achter haar werd driftig geclaxonneerd. Via de binnenspiegel keek ze in het verhitte gezicht van de chauffeur. Hij hief zijn handen, gebaarde naar haar. Miriam onderdrukte de impuls om uit te stappen, hem haar politielegitimatie te laten zien en naar zijn papieren te vragen. Die man had gewoon gelijk, ze hield het verkeer op.

Ze zette de Peugeot in de eerste versnelling.

Haar halsslagader klopte in haar keel toen ze de smalle weg uitreed.

Hennequin reed de Baljuwstraat in. Langs de trottoirs stonden sprieterige boompjes, met palen ernaast die het jonge groen stevigheid moesten geven. Alle huizen zagen er hetzelfde uit. Kubistische, halfvrijstaande blokken met gedeelde opritten en muren van donker gevlamde bakstenen. Het glas in de grote ramen had een blauwige gloed, zodat je niet zo makkelijk naar binnen kon kijken.

Nummer 66 lag halverwege de straat. In het grind in de voortuin stond een uit triplex gefiguurzaagde ooievaar en voor het grote raam in de woonkamer hing een slinger: HOERA, EEN DOCHTER!

Het kindje was vannacht in het ziekenhuis geboren. De bevalling was allesbehalve soepel verlopen, dus hadden moeder en kind pas vanochtend naar huis gemogen.

Hennequin parkeerde haar auto langs het trottoir. Ze nam haar koffer van de achterbank en liep onder de carport door naar de voordeur. Er stond een glanzende Audi. Ze wierp er een snelle blik in: een donker, schoon en strak interieur. Er slingerde niets in rond. De auto zag eruit alsof hij zojuist uit de showroom was gereden. Onder de kentekenplaat stond in kleine, gele letters de naam van de leasemaatschappij.

Ze belde aan en bekeek het slot van de voordeur. Het zag

er niet al te ingewikkeld uit, maar het was wellicht handiger als ze gewoon een sleutel had. Waarschijnlijk zou de familie daar niet heel moeilijk over doen. Mensen die pas hun eerste kindje hadden gekregen waren emotioneel, altijd een beetje uit balans. Hun hele leven stond op z'n kop door de komst van een nieuw mensje. De kraamverzorgster was hun vertrouwenspersoon: een baken van rust en kennis in een nieuwe, onzekere situatie. Dus namen mensen haar al snel in vertrouwen. Aambeien, vaginale hechtingen, familievetes en andere gevoeligheden werden vrijelijk besproken met de kraamverzorgster. Iemand die ze helemaal niet kenden.

Dora had Hennequin pasgeleden verteld wat zij zo leuk had gevonden aan het vak, voor ze dit particuliere kraambureau was opgestart en alleen nog maar delegeerde vanuit haar tot kantoortje omgebouwde garage. Ze had gezegd: je treft gezinnen op de mooiste, intiemste momenten in hun leven. Het is zulk *menselijk* werk, zo dankbaar.

Hennequin zag het anders: de kraamverzorgster trof mensen op de kwetsbaarste momenten in hun leven, momenten waarop ze het minst op hun hoede waren.

Didi Vos lag in het hoge bed in de logeerkamer. Ze kon zich amper bewegen. Dat was in de maanden voor de bevalling ook al zo geweest, maar niet zo erg als nu. Ze had zich schuifelend kunnen voortbewegen, voetje voor voetje, steeds steun zoekend bij een muur of meubel. Vaak lukte dat achterwaarts beter dan vooruit. Ze kon ook alleen maar rechte bewegingen maken, draaien ging niet. In en uit bed stappen was een crime. Ze moest nadenken bij elke stap.

'Bekkeninstabiliteit' was het oordeel van de verloskundige en later ook dat van de gynaecoloog geweest. Er was een fysiotherapeut bij gehaald, maar zijn oefeningen hadden weinig geholpen. Of eigenlijk helemaal niet. Didi's bekkenbeenderen waren onder invloed van zwangerschapshormonen week geworden. Vervolgens waren ze door de massa en het gewicht van de baby ten opzichte van elkaar verschoven. Elke beweging deed verschrikkelijk veel zeer. Van het kleinste drukverschil brak het zweet haar uit. Tillen ging al helemaal niet. Toen ze had geprobeerd om een kratje bier weg te zetten dat Oscar op het aanrecht had laten staan, was ze ter plekke door haar benen gezakt. Het had haar vele pijnlijke minuten gekost voor ze zich aan het aanrecht had kunnen optrekken en weer op haar voeten stond, tussen het knarsende glas van de kapotte bierflesjes.

'Het gaat vanzelf over, ná de bevalling,' had de fysiotherapeut gezegd.

Maar daar leek het nu nog niet op.

Misschien ging het wel nooit meer over.

Didi was bevallen met een ruggenprik: er was een buisje in haar ruggengraat aangebracht waar de verdovingsvloeistof doorheen werd gespoten. Het spul had de pijnprikkels in haar onderlichaam lamgelegd. De weeën die na de verdoving waren gekomen, had ze niet meer gevoeld. Ze had alleen haar buik zien samentrekken. Heel raar, alsof ze keek naar het lichaam van iemand anders. Toen ze uiteindelijk moest gaan persen, lukte dat niet. Ze kon haar spieren niet aansturen. Ze voelde helemaal niets daar beneden, alles was dood en doof. De gynaecoloog had de dosis pijnstilling verminderd, tot de scherpe pijn er weer doorheen kwam snijden. Het was alsof lange klauwen daarbinnen haar ingewanden en vliezen uit elkaar trokken.

Vannacht had Didi aan den lijve ervaren waar de uitdrukking 'helse pijnen' vandaan kwam. Haar oranjerode haar was nat geweest van het zweet, haar bleke gezicht was dieprood gekleurd. Bij de eerste perswee was ontlasting meegekomen. Niemand had er iets van gezegd, maar ze had het geroken. Daarna had ze gezien dat een verpleegster het plastic onder haar billen schoonveegde. Van de knip had Didi niets gevoeld. Gehoord had ze die wel. Het was hetzelfde geluid als wanneer iemand met een schaar een kartonnen verpakking doorknipt.

Oscar had aan het voeteneind gestaan, schuin achter de gynaecoloog. Ze zou nooit meer het afgrijzen op zijn gezicht vergeten. En de manier waarop hij daarna zijn hoofd afwendde.

❧

'Ik ben Oscar, kom binnen. Fijn dat je er bent.' De man trok de deur verder voor haar open.

Ze gaf hem een hand. 'Hennequin Smith.'

Oscar keek haar verrast aan. 'Hennequin? Da's een aparte naam.'

'Met dank aan mijn ouders.' Ze nam de vader van het gezin in zich op. Hij zag er niet slecht uit. Vermoeid, verward, maar dat was niet ongewoon voor een man die net vader was geworden. Als ze voorbij zijn bloeddoorlopen ogen en zijn wallen keek, kon hij er zelfs goed mee door. Dertiger, net als zijzelf. Redelijk lang, sportief, alles in proportie, goed gekleed – een tikje glad zelfs, type salesmanager. Paste perfect bij zijn auto.

Ze hing haar jas aan de kapstok en liep door naar de woonkamer. Die was ruim en modern. Alles was uitgevoerd in wit, bruin of beige: de familie Stevens-Vos kleurde met hun interieurkeuzes braaf binnen de lijntjes die de woonboulevard voor hen had uitgestippeld. De buitenboel vormde een uitzondering. Door de schuifpui keek Hennequin de achtertuin in, die met een simpele houten schutting was afgezet. Het deed wat onaf aan: gras en een paar miezerige struikjes. Tegen de schuttingplanken was een hok van twee etages gebouwd. Er stond in sierlijke letters JIP & JANNEKE op het hout geschilderd. Achter het gaas hopten twee hangoorkonijnen heen en weer.

Wat moesten volwassen mensen met zulke beesten?

'Eh? Mijn vrouw ligt boven,' hoorde ze Oscar zeggen.

Hennequin volgde hem de hardhouten trap op. De voetstappen klonken een beetje hol. Oscar ging haar voor een kleine kamer in, die eruitzag als een logeerkamer die weinig of nooit was gebruikt. Een wit bureautje, laminaat op de vloer. Voor het raam stond een eenpersoonsbed op klossen, erboven hing een triangelvormige papegaai. In bed lag een witte gedaante met oranje peentjeshaar. Bleekjes en rillerig, als een patiënte die was opgegeven en van wie de laatste levensweken hadden ingezet.

Dat beeld kon weleens kloppen, wist Hennequin.

Met een brede glimlach liep ze op Didi af.

Didi mocht de nieuwe kraamverzorgster meteen. Een beetje Gooische-vrouwen-type, maar met een lieve oogopslag. Haar geblondeerde haar was in een nonchalante knot achter op haar hoofd weggestopt. Ze droeg een wit verpleegstersuniform en haar lange benen staken in een paar witte sneakers.

'Mijn naam is Hennequin Smith.' Ze keek Didi medelevend aan met haar opvallend groene ogen en gaf haar een hand. 'Ik vind het heel vervelend dat er nog niemand was toen jullie vanochtend thuiskwamen.'

'Je bent er nu toch?' zei Oscar.

Hennequin knikte. 'Maar dan nog. Je ziet liever dat alles gaat zoals het was afgesproken in deze spannende dagen.'

'Dora zei dat Jantine verhinderd was. Is ze ziek?'

'Was dat maar waar.' Hennequin ging op de rand van het bed zitten. Het matras zakte in door het gewicht.

Een gemene pijnscheut trok vanuit Didi's bekken door haar hele lijf heen. Ze verbeet zich, perste haar lippen op elkaar.

Niet flauw doen.

Hennequin trok een ernstig gezicht. 'Jantine heeft een ongeluk gehad. Ze is vanochtend vroeg van de trap gevallen.'

Didi trok haar wenkbrauwen op. 'Gevallen? Jee. Hoe is het–'

'Prima. Het had erger kunnen aflopen, maar ze heeft wel haar stuitje gebroken.' Hennequin keek Oscar vluchtig aan en richtte haar blik daarna weer op Didi. 'In huis gebeuren de meeste ongelukken.'

'Ja, dat zeggen ze, hè?'

Didi voelde zich ineens vermoeid. Vannacht had ze amper geslapen in dat ziekenhuisbed. Ze had zich leeg en alleen gevoeld zonder het geruststellende gewurm van de baby in haar buik, waaraan ze in de afgelopen maanden zo gewend was geraakt. Als ze nu haar handen op haar buik legde, voelde ze achter die opgerekte huid en spieren alleen maar een weke holte. Ze had ook niet naar haar baby toe gekund. Die was aan de andere kant van de gang gelegd, op een zaaltje tussen andere pasgeboren baby's, waar het verplegend personeel haar beter in de gaten kon houden. Indy was met de vacuümpomp geboren. Daardoor was haar schedeltje puntig vervormd en was de huid kapot op de plaats waar de pomp druk had uitgeoefend.

Hoorde ze de baby nu weer huilen? Indy had zo'n klein stemmetje. Ze klonk net als een jong geitje.

Hennequin stond op. Het matras trok weer recht en die beweging veroorzaakte opnieuw een pijnscheut.

Didi nam zich voor de kraamverzorgster – *Annelien?* – morgen te vragen om niet meer op het bed te gaan zitten. Ze wilde het niet meteen nu doen, niet al op de eerste dag, waardoor ze op deze mooie, verzorgde vrouw zou overkomen als een tobberige zeurpiet. Maar zo voelde ze zich wel. Tobberig. Leeg. Moe.

Doodmoe.

Ze keek toe hoe Hennequin haar koffer op het bureautje zette en die openmaakte.

'Waar is jullie kindje?' vroeg Hennequin.

'Hiernaast,' antwoordde Oscar.

'Laten we dan eerst maar eens naar haar gaan kijken.' Hennequin glimlachte terwijl ze een kleiner tasje en een mapje uit de koffer haalde. 'Ik ben dol op baby's.'

Miriam had zich uitgekleed en was in bed gaan liggen. Ze had de luxaflex dichtgetrokken en de gordijnen gesloten. De verduistering was volledig. De wekker stond op negen uur vanavond. *Voorslapen* noemde je dit: op klaarlichte dag proberen de slaap te vatten. De telefoon op stil, de stekker van de deurbel losgetrokken, geluiden van buiten zoveel mogelijk negeren. Voorslapen was de methode die je in staat stelde om de nachtdiensten bij de politie vol te houden.

Normaal kon Miriam prima in slaap komen. Ze hield er rekening mee door de avond ervoor zo laat mogelijk naar bed te gaan. Nu lukte het niet. Ze bleef woelen.

Sinds haar broer een halfjaar geleden was overleden had

ze geen rustig moment meer gekend. *Een val van een trap.* Volgens de arts was dat de doodsoorzaak geweest. Een ongeluk in huis. Miriam had het amper kunnen bevatten. Bart, zomaar dood? Bart die met zijn sokken aan op de trap van zijn Belgische villa was uitgegleden? Of had dat vreselijke mens met wie hij was getrouwd er de hand in gehad – Hennequin Smith, die ze vanaf het eerste ogenblik niet had gemogen?

Bart had zijn vrouw tijdens een zakenreis in Amerika leren kennen. Eenmaal terug in België was hij halsoverkop met haar getrouwd. Het was een belachelijk dure, over-the-top bruiloft geweest waarop Miriam zich niet op haar gemak had gevoeld. Ze had vooral de kriebels gekregen van de bruid. Waarom wist ze niet. De brunette was mooi en slim, ze had veel gezien van de wereld en leek oprecht van haar broer te houden.

Toch waren Miriams nekharen overeind gaan staan, elke keer opnieuw als ze haar schoonzus van een afstandje gadesloeg. Er klopte iets niet aan die vrouw.

Krap anderhalf jaar na de bruiloft was Bart dood.

'Beroepsdeformatie,' had Rens gezegd, nadat hij geduldig haar theorie had aangehoord. Haar collega op het bureau was de enige die nog naar haar wilde luisteren als ze wilde praten over de dood van Bart en de mogelijke rol van Hennequin daarin. Maar net als de rest ging ook hij niet mee in haar gedachtegang. 'We zien te veel ellende. Mensen zijn rare beestjes. Maar jij bent gewoon nog in de rouw.' Daarna had hij zijn arm om haar heen geslagen en haar een vriendschappelijke stomp in haar zij gegeven.

Beroepsdeformatie. Misschien. Ze kon het niet uitsluiten. Ze was al te lang bij de politie om er geen last van te kunnen hebben.

Toch was er nog zoiets als intuïtie.

Nu ze Hennequin had gevonden, wilde ze nog veel meer over haar te weten zien te komen. Maar ze moest nu echt gaan slapen, anders zou ze vannacht haar werk niet kunnen doen. Zelfs op een rustige doordeweekse nacht waren er een stuk of zes, zeven aanhoudingen te verwachten. Messentrekkers, autodieven, gekken, kerels die hun handen niet konden thuishouden – ze werden elke nacht van de straat geplukt en Miriam vroeg zich allang niet meer af waar ze steeds vandaan bleven komen. Zij en haar collega's maakten de wereld een beetje veiliger.

Je broer heb je niet kunnen helpen.

Miriam draaide zich om in haar bed en trok nijdig het dekbed over zich heen.

De druk gedessineerde roze met blauwe gordijnen lieten gefilterd het daglicht door. Het kamertje rook sterk naar Zwitsal en naar splinternieuwe meubeltjes en textiel. Een badje stond op een standaard en in een hoek zat een reusachtige knuffel-Nijntje naar de houten vloer te staren. Er hingen houten harten en sterren aan de muur en op een kledingkast zat een groepje sullig kijkende knuffelbeesten naast elkaar.

Hennequin schoof een stapeltje formulieren onder het aankleedkussen, dat op een roze commode lag. In de komende dagen zou ze op die formulieren belangwekkende zaken rondom het gewicht, de ontlasting en de temperatuur van de baby moeten noteren.

Ze liep naar het wiegje en wierp er een blik in. Oscar kwam naast haar staan, nog een beetje onwennig in zijn nieuwe rol als papa, quasinonchalant met zijn duimen in de zakken van zijn jeans. Zijn gezicht verzachtte toen hij naar zijn dochtertje keek.

Hennequin rook zijn mannelijke geur door die van de babyolie heen. Ze ging wat dichter bij hem staan en bestudeerde het kind. Het had rosse, warrige haartjes op een punthoofd met bloedkorsten, en een bleek verrimpeld vel alsof het te lang in bad had gelegen. Het roze katoenen rompertje was op de groei gekocht.

Waarom mensen zo vertederd raakten door baby's was haar een raadsel. Er was niets schattigs aan. Baby's waren mensen die nog niet konden lopen en praten, maar hun karakter, hun talenten en tekortkomingen lagen muurvast in de genen en zouden op den duur tot ontwikkeling komen. Meestal met teleurstellende resultaten. Verreweg de meesten groeiden op tot doorsneeburgers en zo hoorde het ook. Elke samenleving had nood aan een grote middenlaag die als voedingsbodem diende voor diegenen die wel doorhadden hoe het spel werd gespeeld. Elke generaal had pelotons vol naam- en gezichtsloos kanonnenvoer nodig en elke kerk hordes gelovigen om rijkdom en macht aan te ontlenen. Nu waren het vooral de multinationals en mediagiganten die zich lieten voeden door hersenloze consumenten. Tv-shows, fabrieksvoer, all-inclusive vakanties. Ze gleden er allemaal vlotjes in, maar haalden de frustratie niet weg. Die zwol alleen maar aan. De frustratie van het middelmatig zijn: uiteindelijk was dat het voorland van bijna iedereen.

Ook dat van Indy, de krap acht pond wegende garnaal die in haar wieg bij het raam lag en het absolute middelpunt van de wereld vormde voor Didi en Oscar.

Hennequin boog zich over het wiegje. 'Wat een prachtig kindje,' zei ze met zachte stem. 'Ik heb al honderden baby's gezien, maar deze is bijzonder mooi.'

'Heeft ze van haar vader,' merkte Oscar op.

Hennequin keek naar opzij en zag zijn ogen schitteren.

Hij liet zijn blik even op haar rusten en keek toen weer strak voor zich, een beetje van zijn stuk gebracht.

'Dat geloof ik graag,' zei ze glimlachend.

Miriam schakelde door naar de derde versnelling. Ze was onderweg naar een parkeerterrein net buiten de stad. Er waren twee Polen betrapt terwijl ze de dieseltank van een vrachtwagen leeghaalden. De verdachten spraken geen woord Nederlands en zaten nu in gescheiden politievoertuigen te wachten tot ze zouden worden voorgeleid. In haar oortje klonken continu stemmen: deels gecodeerde berichten van de meldkamer en van het bureau zelf, kort overleg tussen collega's die net als zij in opvallende dienstvoertuigen in de regio rondreden. Jaren terug, toen ze net in dienst was getreden, luisterde ze scherp naar alle berichten. Inmiddels had ze geleerd om ze te filteren en werd ze alleen nog alert als ze in die woordenbrij haar roepnummer hoorde, of de eerste cijfers van het gebied waarin ze reed. Dit vond Miriam een van de aantrekkelijkste kanten van het vak: je was nooit alleen. Je maakte deel uit van een groter geheel, een hechte groep die dag en nacht met elkaar in verbinding stond.

Maar vannacht was ze niet alleen via communicatieapparatuur met haar collega's verbonden.

'Ik ben vanochtend bij haar huis geweest,' zei ze tegen Rens, die naast haar een broodje zat te eten. Normaal gesproken nam ze geen collega's mee – een chef van dienst reed alleen – maar Rens moest worden ingewerkt op dezelfde functie.

'Wiens huis?'

'Dat van Hennequin Smith. Ze woont midden in het centrum van Rotterdam, in een chique woontoren.'

'Heb je het over die vrouw met wie je broer getrouwd was?'

Miriam knikte.

Hij keek haar onderzoekend aan. 'Je kunt het niet loslaten, hè?'

'Ik kan het niet en ik wil het niet. Ik blijf het me maar afvragen. Ik wil gewoon weten wat er is gebeurd.' *Ik wil weten wie ze is.* Ze zweeg even en zei toen, zachter: 'Het is toch raar dat we elkaar nooit meer hebben gesproken of gezien? Hennequin was na Barts begrafenis ineens van de aardbodem verdwenen.'

'Je was ook vast niet haar favoriete schoonzus,' gromde Rens.

'Klopt, maar wel de enige.' Ze keek even in zijn richting en keek daarna weer voor zich. 'Vind je dat ik doorsla?'

'Misschien niet. Maar vanwege dat akkefietje in België zou ik het voorlopig maar even laten rusten. Tenminste, als je je baan wilt houden.'

Miriam klemde haar kaken op elkaar. In de week na Barts dood was ze in een dienstauto naar België gereden. Een volstrekt impulsieve actie. Ze had alles uit de kast gehaald om haar Belgische collega's te spreken te krijgen die op de dag van het ongeluk in Barts villa waren geweest en met zijn weduwe hadden gepraat. Ze had dat niet overlegd met de chef. Met niemand, eigenlijk. Ze was er gewoon naartoe gegaan, blind van verdriet. Achteraf begreep ze niet hoe ze zo impulsief had kunnen handelen. Haar chef, Karel van der Steen, had haar een paar weken met verlof gestuurd om tot zichzelf te komen. 'Maar flik me zoiets nooit meer, Miriam,' had hij gezegd. 'Want dan kun je een andere baan gaan zoeken.'

Miriam reed de Volkswagen Touran een parkeerterrein op.

Ze zag een politiebusje en een andere auto staan, net als

de Touran bestickerd met reflecterende blauwe en oranje strepen. Vier collega's in uniform stonden in het schemerdonker met elkaar te praten. Miriam kende ze al jaren. Vanavond had ze sommigen nog kort gesproken tijdens de briefing op het bureau. Ze knepen hun ogen dicht tegen het felle licht van haar koplampen. Miriam parkeerde haar auto dusdanig dat haar lampen de zijkant van het busje beschenen en liet de motor lopen. Stapte uit. Rens volgde haar.

Ze sprak kort met de agenten en trok daarna de zijdeur van het busje open, waarin de eerste verdachte, gekleed in jeans en een grijs vest en geboeid aan zijn polsen, haar kwaad aanstaarde. Hij kon haar amper zien, half verblind als hij moest zijn door de koplampen van de Touran. Uit zijn gezichtsuitdrukking sprak woede en frustratie, maar hij hield zijn mond dicht. Uit ervaring, waarschijnlijk. Dit soort dieven hielden er nooit mee op, wist Miriam. Die vonden dat ze het recht hadden om op deze manier in hun onderhoud te voorzien. Gepakt worden gold als vervelend oponthoud. Zodra ze vrijkwamen, gingen ze gewoon weer verder.

In het Engels vertelde ze de twintiger dat hij was opgepakt wegens diefstal en zou worden meegenomen naar het bureau om daar een verklaring af te leggen. Wilde hij daarvóór nog met een advocaat spreken, dan moest hij de nacht in de cel doorbrengen, omdat er pas vanaf negen uur morgenvroeg een advocaat beschikbaar was. Daar koos hij voor. Hij noemde vlot de naam van een advocaat, die ze in haar boekje schreef.

'Breng hem maar naar het bureau.' Ze deed de schuifdeur weer dicht. 'Morgenvroeg is hij aan de beurt.' Ze draaide zich om en opende het achterportier van de auto. Daarin zat een nerveuze jongen die volgens zijn papieren pas achttien was. Ook hij koos voor een advocaat.

'Ze zijn voor jullie,' zei ze nadat ze het portier had dichtgedaan.

Een van de agenten begon in zijn portofoon te praten. Hij stelde de meldkamer in kennis van de aanhoudingen. Als het goed was, zou de arrestantenafdeling op het bureau de komst van de Polen ook meekrijgen via hun portofoon.

Krap tien minuten later reed Miriam het parkeerterrein af. Als ze geen voorgeleiding moest doen zoals daarnet of op een plaats delict aanwezig moest zijn, reed ze het liefst rond om zicht te houden op wat er in het gebied gebeurde. Hierbuiten kon een opsporingsambtenaar verschil maken. Zo hadden haar collega's de dieseldieven gespot: eenvoudigweg door er te zijn, te surveilleren.

Miriam hield van de nachtdiensten. Het had iets heroïsch. *Gaan jullie maar rustig slapen, wij houden de wacht.*

'Hoe heb je haar gevonden?' hoorde ze Rens naast zich vragen.

'Via via.'

'Vertel op.'

Ze zweeg.

Hij schudde zijn hoofd en keek naar buiten. Het was dinsdagavond halftwaalf en er was niet veel verkeer meer. 'Je bent toch weer bezig met een privéonderzoek,' concludeerde hij.

'Ik heb haar gewoon in het systeem opgezocht,' zei ze zacht.

'Straks komt Van der Steen erachter, en dan?'

Ze haalde haar schouders op.

'Ik wil niet dat je in de problemen komt.'

'Kom ik ook niet.'

Ze hief haar kin toen ze een van haar eenheden opgeroepen hoorde worden door Monique, een collega die vannacht op uitgifte zat in de meldkamer. Een vermoedelijke brandstichting op een industrieterrein. Eén verdachte was aangehouden, twee waren ontkomen en aan de auto's werd gevraagd naar hen uit te kijken. Monique gaf een summiere omschrijving.

'Showtime,' fluisterde Miriam. Ze remde abrupt en keerde haar auto op de weg.

'We zijn er binnen vijf minuten,' vulde Rens in, die dezelfde boodschap had gehoord door zijn eigen oortje.

Miriam gaf flink gas. Ze zette het blauwe licht aan en reed met tachtig kilometer per uur door een vrijwel lege stad, in de richting van het industrieterrein.

'*Home sweet home*,' fluisterde Hennequin. Ze duwde op de touchscreen naast de voordeur en prompt was haar hele appartement zacht verlicht. Bijna alles in haar huis was wit, van de naadloze gietvloer en de muren tot aan het vier meter hoge plafond. Datzelfde gold voor de designkeuken en het merendeel van de peperdure meubels. Die hadden er al gestaan toen ze dit appartement huurde.

Ze woonde hier pas twee maanden, maar ze voelde zich thuis. Ze was gaan houden van de serene rust van haar interieur en het constante, monotone geraas van de wind om het hoge gebouw van glas en staal. Het was jammer dat ze zich er niet al te veel aan zou kunnen hechten.

Ze hing haar jas op in de garderobekast en trok de spelden uit haar donkere haar. Schudde het los en liep naar de badkamer, waar ze de make-up van haar gezicht haalde. In een doosje op een glazen plank zag ze haar kleurlenzen liggen. *Gemstone Green*. Ze had ze vanmiddag al uitgedaan, meteen nadat ze was thuisgekomen van haar werk bij de familie Stevens-Vos. Blauwe, groene of bruine ogen, blond of bruin haar, lang of kort; het was een kleine moeite om verwarring te zaaien.

Haar penthouse besloeg een hoek van het hoge gebouw en mat zo'n honderdvijftig vierkante meter. Twee slaapkamers, een strakke badkamer met inloopdouche en bubbelbad, een open designkeuken en een woonkamer, en ze boden allemaal een spectaculair uitzicht over de stad. Dat was het hoofdkenmerk van haar nieuwe huis: de ramen liepen van vloer tot plafond en van muur tot muur, in elke ruimte.

Het penthouse was minimalistisch ingericht. Een enkele lage bank en een eettafel met perspex stoelen. Een groot, grijs kleed en elektrisch te bedienen gordijnen zorgden voor een betere akoestiek. Het enige wat buiten haarzelf binnen deze muren ademde, stond in een hoek van de kamer, waar de glazen muren in een metalen hoekprofiel tegen elkaar sloten: een immense palm in een grote pot. Aan de muur achter het kookeiland hing een uitvergroting van een foto van een spoorbrug. Meer was er niet te zien en meer had Hennequin ook niet nodig. Anderen zouden het interieur onpersoonlijk noemen, of zelfs kil. Hennequin vond het rustgevend.

Ze liep door naar de slaapkamer, schoof de inloopkast open en kleedde zich uit. Nam een zijden kimono van de hanger en sloeg die om haar lichaam heen. Rekte zich uit tot ze haar gewrichten zachtjes hoorde knakken. Er zat een spanning in haar lijf die zich niet liet verdrijven. Ze moest Mali maar weer eens bellen. Een stevige massage zou haar goed doen.

Ze liep op blote voeten naar de woonkamer, pakte de zware afstandsbediening van het witte kunststof keukenblad en zette muziek op. 'Strangelove' van Depeche Mode. Geniaal. Muziek uit de eighties werd zo onderschat.

Ze haalde een aangebroken fles pouilly-fumé uit de wijnkast en schonk een glas in. Nam meteen een slok. Ze hield van de manier waarop het vocht uit het Loiredal op haar tong prikte. In de bar van het vijfsterrenhotel waar ze de avond had doorgebracht was de wijn al net zo matig geweest als het niveau van de aanwezige mannen.

Ze neuriede mee met de muziek.

There'll be times
When my crimes
Will seem almost unforgivable
I give in to sin.

Vanaf het kookeiland keek ze door de woonkamer heen naar buiten. Door de donkerblauwe hemel joegen langgerekte wolken, waarvan de rafelige randen werden verlicht door de maan. Eronder fonkelde een zee van lichtjes, en in de verte glinsterde de rivier in het maanlicht – een zilverig lint dat in een gebogen lijn de stad doorsneed.

Hennequin nam plaats op de leren bank en trok haar iPad naar zich toe. Ze had mail van Dora. Ze kon wel raden wat erin stond: het bureau had nog steeds niet al haar papieren. Maar Dora moest maar even wachten. Ze had nog huiswerk te doen.

Een paar weken geleden had Hennequin een pdf met de titel 'Zorginhoudelijke protocollen' van internet geplukt. De 108 pagina's tellende handleiding bleek hoogst interessant leesvoer. Een soort basiscursus kraamverzorgende. Ze had de tekst een paar keer doorgelezen en kende die nu vrijwel uit haar hoofd. De opgedane kennis was voor haar voldoende gebleken om zich een weg naar binnen te bluffen. Maar nu werd het tijd voor een beetje bijscholing. Ze opende een pdf-bestand met de titel 'Borstvoedingsprotocol' en begon te lezen.

Het was stil en schemerig in de logeerkamer. De inbouwspots waren tot het minimum gedimd.

'Ze slaapt. Ik ga naar bed,' zei Oscar. 'Staat er genoeg melk in de koelkast?'

'Hennequin heeft twee flesjes klaargezet voor de nacht. Als dat niet genoeg mocht zijn, dan heb ik hier misschien nog een voorraadje.' Didi legde haar handen op haar borsten en lachte nerveus.

Ze waren voller geworden in de laatste maanden. Je zou denken dat er met al dat extra volume wel genoeg melk in zou zitten, maar dat viel tegen. In het ziekenhuis waren er met heel veel pijn en moeite een paar druppels uitgekomen. Dat gebeurde vaker, was haar verzekerd: binnen een week zou de melkproductie normaal zijn. Maar dan moest ze wel blijven kolven om de melkafgifte te stimuleren.

Oscar had het kolfapparaat – een elektrisch zoemend onding – gehuurd bij het borstvoedingscentrum. Het leek Didi het beste als zijn bemoeienis daar ophield. Ze wilde hem niet nog meer belasten. Hij was al zo aangeslagen vanwege de bevalling. Gelukkig was de kraamverzorgster een schat. Het had vandaag even geduurd voor ze samen hadden doorgekregen hoe het kolfapparaat precies aangesloten moest worden. Toen dat eenmaal was gelukt, was het pijnlijk geweest, zelfs op de laagste stand, maar daarvan had ze niets laten merken. Er was een beetje melk uit haar borsten gekomen, en dat was het belangrijkste.

Oscar wees met zijn kin naar Didi's iPhone. 'Ik ben bang dat ik zo meteen als een blok in slaap val. Als je Indy hoort huilen, bel je me dan wakker?'

Ze knikte. Indy lag hiernaast in haar kamertje. En hoewel de baby daar volgens Oscar en Hennequin heel tevreden mee leek, had Didi haar dochtertje liever bij zich 's nachts. Lekker dicht tegen haar aan, in haar armen. Maar dat kon niet. Als ze pijn kreeg van het extra gewicht van de baby kon ze nauwelijks gaan verliggen. Hennequin had haar ook afgeraden om de baby naast zich in een apart bedje te leggen. Na de zware bevalling moesten moeder en dochter veel rust hebben.

Oscar drukte een kus op Didi's voorhoofd. 'Slaap lekker, tot straks.'

Geen kus op haar mond.

Geen knuffel.

Ze keek hem na toen hij de logeerkamer uitliep en de deur achter zich sloot. Hoorde daarna zijn voetstappen op het laminaat van de overloop. Ze perste haar lippen op elkaar en vocht tegen de tranen.

De tweede dag

WOENSDAG

Miriam legde haar dienstwapen en pepperspray in de kluis en gebruikte haar pasje om de deur naar het trappenhuis te openen. De parkeergarage lag onder het bureau. Haar voetstappen galmden tussen de betonnen muren. Het was halfzeven in de ochtend, maar slaap had ze niet. Haar lijf zat nog vol cafeïne en adrenaline, zoals altijd vlak na een nachtdienst.

Deel uitmaken van een groter geheel was niet de enige reden waarom ze zich geen betere baan kon wensen dan deze. Ze hield van de actie, de afwisseling. Het snelle schakelen. Zelfs op rustige avonden werd er vrijwel constant een beroep op het team gedaan. Geweld, diefstal, drugs, wapens – *never a dull moment*.

De lichten van haar blauwe Peugeot knipperden toen ze de portieren ontgrendelde. Ze stapte in, startte de motor en reed door tot aan het hek. Het schoof al open voordat ze haar pas tegen de kaartlezer had kunnen houden. Ze glimlachte. Annelies, een collega die de wachtcommandantenruimte bemande, had haar op een van de monitoren zien wegrijden en alvast op de knop gedrukt. Achter de Peugeot schoof het gegalvaniseerde hek weer dicht. Ook de slagboom aan het einde van het terrein ging vanzelf omhoog. Miriam kon nu niet meer rechtstreeks met Annelies praten, want haar portofoon lag in de kast op het bureau. Ze seinde daarom kort met haar lichten en stak haar hand op naar de camera.

Ze reed het politieterrein af en draaide de openbare weg op. Het was nog steeds donker, maar daar zou binnen een uur verandering in komen.

Miriam wilde nog niet naar huis. Zonder het gekwetter van haar collega's in haar oortje en de constante stroom arrestanten die ze te woord moest staan, kon ze nog maar aan één ding denken: ze wilde er nog eens gaan kijken, bij die woontoren in het centrum. Wie weet werd ze er wat wijzer.

Hennequin luisterde naar haar voicemail. Iemand had haar vanochtend geprobeerd te bellen – om kwart voor zeven. Daar zou een verbod op moeten komen. Ze tikte geërgerd met haar nagels op het keukenblad.

Dora's stem klonk licht vervormd door de telefoon. 'Hennequin? Hier Dora, van het kraambureau. Eh... ik vroeg me af of je mijn mail nog had ontvangen over die papieren?' Ze pauzeerde even, net als in een echt gesprek. Bijna alsof ze verwachtte dat Hennequin zou antwoorden. Daarna schraapte ze haar keel en ging verder: 'Wil je daar vandaag nog aan denken? Kun je ze eventueel bij me langsbrengen? Ik geloof het allemaal wel, hoor, daar gaat het niet om, maar als er hier controle komt, dan geeft dat echt problemen. Ik moet me ook aan de regels houden.'

'Maar natuurlijk moet jij dat,' zei Hennequin ijzig. 'Dat moeten we allemaal, toch, braaf de regeltjes volgen?' Ze keek met een donkere blik uit over de stad. Er scheen een bleke zon. Het mierenvolkje daar beneden was inmiddels ook weer tot leven gekomen.

Ze legde haar telefoon op het keukenblad en rekte zich uit. Halfacht. Wat een tijd om op te staan. Ze zou er nooit aan kunnen wennen; de avond en de nacht pasten haar beter. Maar het was voor het goede doel. Ze had er zin in, om weer aan de slag te gaan bij de familie Stevens-Vos en hun teerbeminde garnaal.

Hennequin nam haar dubbele espresso mee de logeerkamer in, die ze als kantoorruimte in gebruik had genomen. De gordijnen waren er dicht en dat liet ze graag zo. Aan pottenkijkers geen gebrek in deze stad. Ze had tientallen appartementen in woontorens bezichtigd voordat haar keuze op dit penthouse was gevallen. Tijdens die bezichtigingen had ze een opmerkelijke observatie gedaan: in elk appartement had een telescoop op statief gestaan. De telescopen stonden niet op de sterrenhemel of op de horizon gericht, maar op ramen van naburige gebouwen. Allemaal. Iedereen begluurde iedereen. Hennequin had er ook een aangeschaft, maar het ding zat nog in de verpakking. Ze kende andere, interessantere methoden om diep tot de levens van anderen door te dringen. Zoveel bevredigender ook.

Op een breed, wit bureau stonden een paar computers met verschillende printers. De apparaten maakten zacht zoemende geluiden. Haar vingers vonden blind hun weg op een van de toetsenborden en haar lichtbruine ogen flitsten over het scherm. Ze had al een en ander voorbereid, veel werk was het niet meer. Krap een kwartier later schoof er een A4'tje uit de printer. Het zag eruit als een wat slordige kleurenkopie, wat precies de bedoeling was. Ze pakte het papier vast en bekeek het kritisch. 'Diploma Kraamverzorgende', stond erboven in dikke letters. Elf jaar geleden behaald door mevrouw Hennequin Smith, geboren te Haarlem. Geboortedatum, handtekening. Zelfs het watermerk van het origineel schemerde een beetje door. Het zag er prima uit.

Authentiek. Dora was iemand die graag vertrouwen stelde in de mensen. Ze zou geen argwaan krijgen.

Hennequin vouwde het papier dubbel en schoof het in een envelop.

De baby huilde. Didi had Oscar al vier keer gebeld. Ze hoorde zijn ringtone gedempt door de deuren en muren heen, maar hij nam zijn telefoon niet op. Het was halfacht, Indy had om zeven uur haar flesje al moeten krijgen. En Didi moest naar het toilet.

Ze pakte de papegaai boven het bed vast en probeerde rechtop te gaan zitten. Dat lukte. Stap één. Nu moest ze haar benen over de rand zien te krijgen. Ze pakte haar knieholtes beet voor extra steun. Met houterige bewegingen werkte ze zichzelf beetje bij beetje naar de rand van het bed, totdat haar voeten in het luchtledige bungelden. Dat was stap twee. Nu: opstaan. Ze liet zich uiterst voorzichtig van het bed af glijden. De tranen sprongen haar in de ogen en het zweet parelde op haar gezicht. Ze voelde zich opstandig worden. Waarom moest haar dit overkomen? Het was oneerlijk. Ze had altijd goed voor haar lijf gezorgd. Gesport, gezond gegeten. En nu liet dat lichaam haar in de steek, terwijl overal om haar heen vrouwen probleemloos door hun zwangerschappen en bevallingen heen rolden.

Op haar werk had een van de advocaten het al 'aanstelleritis' genoemd. Niet recht in haar gezicht natuurlijk, maar achter haar rug om. Op dat moment had Didi al in een rolstoel gezeten, omdat lopen echt niet meer ging. Ze dacht terug aan de talloze mensen die op straat en in de supermarkt alleen nog maar Oscar hadden aangesproken. Over haar hoofd heen. Alsof niet alleen haar benen, maar ook haar hersens het hadden laten afweten. Eén keer waren Oscar en zij in de IKEA een collega van Oscar tegengekomen. Een mooi meisje in een strak, blauw jurkje had hen eerst geschrokken aangestaard, alsof ze amper geloofde wat ze zag, maar zich toen snel hersteld en een kort beleefdheidsgesprekje gevoerd. De volgende dag had ze tegen Oscar gezegd: 'Ik wist niet dat jouw vrouw gehandicapt was.' Het was gaan rondzingen op de afdeling. *Een gehandicapte vrouw en nog zwanger ook.* Didi wist vrijwel zeker dat ze erachteraan hadden gedacht: hij kan toch wel iets beters krijgen? Oscar had het wel grappig gevonden, had hij gezegd. Gráppig!

Ze stond. Eindelijk.

Het deed niet eens zoveel pijn. Staan op zich lukte redelijk goed, het waren vooral de bewegingen die pijn deden. Het optillen van een voet of been bijvoorbeeld, waardoor er ongelijke spanning op het instabiele bekken kwam. Ze drukte haar tanden in haar onderlip en zette een stapje vooruit. Te snel! Een gemene pijn schoot als een zweepslag door haar onderrug en bovenbenen heen. Ze verstijfde.

Indy was opgehouden met huilen. Was Oscar bij haar?

Met een verbeten gezicht begon ze achteruit te schuifelen, in een sneu soort moonwalk. Op deze manier had ze het minste last. Steeds steun zoekend bij de muur kwam ze op de overloop terecht.

Oscar kwam juist de babykamer uit, met Indy op zijn arm. Zijn donkere haar zat een beetje in de war en hij lachte haar toe. Haar man zag eruit als een model op een poster of ansichtkaart. *En zij als een wezen uit Midden-aarde.*

'Goed geslapen?' vroeg hij, en hij kuste haar op de wang.

'Ja,' mompelde ze, en ze keek naar het hummeltje dat hij in zijn arm droeg. Indy's oogjes glansden. Didi had gelezen dat baby's op deze leeftijd nog niet konden focussen, maar toch leek het alsof haar dochtertje haar recht aankeek. Die blik ging dwars door haar heen. Wat was ze mooi. Het was een wondertje. Haar kind. *Hun* kind. Ze boog voorover en drukte een kus op het hoofdje. Indy rook heerlijk en haar zachte, dunne haar kriebelde in Didi's neus.

'Wat is ze prachtig,' fluisterde ze.

'Ja, hè. Dat hebben we goed gedaan samen,' zei Oscar zachtjes. 'Gaat het? Hulp nodig?'

'Nee, dank je, het lukt wel.'

'Dan ga ik deze druktemaker alvast haar flesje geven,' zei hij, en hij liep de trap af.

Didi maakte de wc-deur open. Er stond een bidon waarmee ze na het plassen de hechtingen moest spoelen en een pak met een dik soort maandverband. Terwijl ze zich langzaam op de wc liet zakken, voelde ze zich schuldig over haar sombere gedachten van daarnet. Denk positief, prentte ze zichzelf in. Ze had een kind gebaard en het was mooi en gezond, met zachte haartjes en minuscule vingertjes, die zich nu al om haar duim sloten als ze haar een flesje gaf. Bovendien had ze een knappe, attente man met een verantwoordelijke baan die een hele week vrij had genomen om deze periode bewust te kunnen meemaken. Didi was lichamelijk en emotioneel nog niet de oude, maar dat zou vanzelf wel beter gaan. Ze moest gewoon nog wennen aan haar nieuwe status. Die voelde nog onwerkelijk. Het leek soms alsof Oscar en zij vadertje en moedertje spéélden in plaats van het waren. Maar het kindje was echt. Het kwam vast allemaal goed.

Haar gezicht vertrok en ze kneep haar ogen stijf dicht toen ze haar blaas leegde en ze het warme vocht in haar hechtingen voelde branden.

Miriam had haar auto stilgezet op een laad- en losplaats. Die gaf haar goed zicht op het futuristische gebouw waar Hennequin woonde. Ze stond hier nu al bijna een uur, maar er was niets bijzonders gebeurd. Ze peuterde aan haar nagel en keek geërgerd naar het gebouw. Waar wachtte ze eigenlijk op? Wat dacht ze hiermee te bereiken? Misschien was Hennequin niet eens thuis. Of sliep ze uit. Nam ze een andere uitgang dan de officiële entree of de parkeergarage. Wie weet bracht ze de hele dag in bed door. Werken voor haar geld hoefde ze immers niet meer. Miriams broer had bijna zijn hele fortuin – na de verkoop van de villa in Brasschaat meer dan vijf miljoen euro – aan Hennequin Smith nagelaten. Maar toch. Miriam bleef halsstarrig naar het gebouw kijken. Ze kon zich er niet toe zetten om naar huis te rijden.

Nog niet.

Haar gedrag was niet normaal, dat wist ze zelf ook wel. Dit grensde aan het obsessieve. Ze zag in haar eigen karakter dezelfde trekken voorbijkomen als in dat van de stalkers en psychopaten die ze zo graag van de straat haalde. Toch was het nog lang niet zo raar als wat ze vorige week had gedaan. Ze had een klein deel van de erfenis van haar broer gekregen, wat nog steeds genoeg was om de helft van haar hypotheek te kunnen aflossen. Met de rest van het geld had Miriam iets voor haar broer willen doen.

Na lang twijfelen en zoeken op internet had ze vorige week de knoop doorgehakt. Ze had contact opgenomen met een privédetectivebureau in Miami. Een man met een slepend accent en de onwaarschijnlijke naam Chucky Lee had haar verhaal aangehoord en haar daarna een factuur voor een voorschot gestuurd, die ze braaf had voldaan. Sindsdien had ze niets meer van 'Investi-Gators' vernomen. Ofwel Chucky was heel geconcentreerd aan het zoeken in

Hennequins verleden, of Miriam was haar vijfhonderd dollar kwijt.

Er was beweging bij de parkeergarage. Op nog geen twintig meter afstand reed een zwarte Alfa Romeo naar buiten. Achter het stuur zat een vrouw met chic, losjes opgestoken haar. Ze zat alleen in de auto.

Er trok een rilling door Miriam heen terwijl ze de vrouw bekeek. Hennequin had haar haar geblondeerd, maar had nog steeds dezelfde aantrekkelijke, vrouwelijke gestalte. De Alfa sloeg rechts af en reed de straat uit. Instinctief startte Miriam haar auto en voegde zich in het verkeer.

Indy lag tevreden op Didi's arm te slapen. Haar oogjes gesloten, haar minuscule vingertjes half gebogen. Indy's nageltjes waren flinterdun, als snippertjes perkament. Didi aaide er overheen met haar vingertop. Wat was ze mooi. Onwerelds mooi. Dit kind was alle pijn waard.

Het was een goed idee geweest van de verloskundige om ook in de woonkamer een bed neer te zetten. Nu kon ze tv-kijken en zien wat er op straat gebeurde. Het nadeel was dat ze daarvoor 's ochtends de trap af moest, en 's avonds weer naar boven. Elke tree een nieuwe hindernis. Maar ze had het ervoor over. Veel gezelliger zo.

Hennequin kwam de kamer in gelopen met twee mokken koffie. Didi nam er een van de kraamverzorgster aan. Ze draaide haar hoofd zo ver mogelijk van de baby vandaan om een slokje te nemen.

'Het is een zware bevalling geweest, hoorde ik van Dora?' Hennequin had een eetkamerstoel gepakt en zat naast haar bed. Haar gladde, gebruinde benen glansden onder het witkatoenen uniform. Didi vond haar kraamverzorgster nog steeds op een Gooische vrouw lijken, maar haar lichte, typische accent was niet Goois.

Didi knikte. 'Het begon met die bekkeninstabiliteit. Of *bekkenpijn*, zei de verloskundige eerst, maar toen wist ze nog niet dat het zo ernstig was. Ik had er weleens van gehoord, maar ik ken niemand die het heeft gehad. Jij wel?'

Hennequin roerde door haar koffie. 'Het komt niet heel veel voor, gelukkig.'

'De verloskundige verzekerde me dat het geen punt hoefde te zijn voor de bevalling, maar op het laatst moest ze me toch doorsturen naar de gynaecoloog, omdat ik geen weeën kreeg.'

'Je bent ingeleid?'

Didi knikte opnieuw.

'Dora vertelde dat je een epiduraal hebt gehad.'

'Ik kreeg wel weeën, maar amper ontsluiting.' Didi vertelde tot in detail hoe de bevalling was verlopen. Dat ze de minuten had afgeteld en op een gegeven moment op haar knieën voor het ziekenhuisbed had gezeten, huilend van de pijn. Pas nadat ze een hele dag en avond de ene gemene wee na de andere had opgevangen en er nog geen schot in leek te komen, had ze een ruggenprik gekregen. 'Toen ging het sneller.'

Indy was vlak na middernacht geboren. Bijna acht pond had ze gewogen. Een flinke baby. Daarom was de bevalling ook zwaarder geweest dan normaal, had de gynaecoloog haar gezegd. Didi was trots op die vier kilo. Ze had dan wel in een rolstoel gezeten, maar haar kindje was niets tekortgekomen in haar baarmoeder.

'Weet je ook waarom er tot een vacuümextractie werd besloten?'

Didi schudde haar hoofd. 'Niet precies. Er is veel langs me heen gegaan. Te veel, eigenlijk.'

'Heftig hoor.' Hennequin zette haar mok op het tafeltje naast het bed. 'Meisje toch, en dat meteen al bij de eerste bevalling. Oscar was erbij?'

Didi knikte nog eens en haar gezicht betrok. Ze had écht liever gehad dat Oscar bij het hoofdeinde was blijven staan toen Indy werd geboren. Het moest geen fraai gezicht zijn geweest. Zo'n knip. *Dat geluid.* Die vacuümpomp. Ze draaide haar hoofd opzij, slikte een paar tranen weg.

'Och toch,' hoorde ze Hennequin zeggen. De kraamverzorgster legde een hand op haar onderarm. 'Was het zo moeilijk?'

Didi beet op haar onderlip en knikte nog eens. Ze wilde niet huilen.

'Waarom geef je eigenlijk geen borstvoeding?'

'Ik geef toch moedermelk?'

'Dat is niet hetzelfde als borstvoeding,' zei Hennequin streng.

'We hebben het zo besloten samen. Op deze manier is Indy niet helemaal van mij afhankelijk, maar kan haar vader haar ook eens een flesje geven, of de oppas, als we een paar maanden verder zijn.' Ze keek naar haar kindje. 'Volgens de verpleegkundige waren mijn tepels ook te vlak, zodat Indy er moeite mee zou krijgen om "aan te happen", zoals ze dat noemde.' Ze haalde haar schouders op. 'Een flesje is gewoon praktischer. Ik zal straks ook weer aan het werk moeten, als mijn zwangerschapsverlof erop zit.'

'Wat doe je voor werk?'

'Ik ben juriste. Ik werk fulltime op een advocatenkantoor.' Zachter voegde ze eraan toe: 'Ik wil niet zo'n moeder worden.'

'Wat voor moeder?'

'Zo'n vrouw die meteen verandert in een moederkloek nadat ze een kind heeft gekregen. Oscar en ik gingen voor de zwangerschap geregeld stappen en met vrienden naar danceparty's en zo. Dat willen we gewoon blijven doen.'

Hennequin keek peinzend naar het bed. Ze zei niets, maar Didi begreep heel goed wat ze bedoelde.

'De arts heeft gezegd dat het van de zwangerschapshormonen komt en vanzelf overgaat. Er zijn maar heel weinig vrouwen die hun leven lang gehandicapt blijven. Een te verwaarlozen percentage, zei hij.'

Hennequin zweeg nog steeds. Zei toen, nadenkend: 'Het is goed dat ze dat op zo'n manier aan patiënten brengen. Als je als kraamvrouw over dit soort dingen gaat stressen dan heeft dat zijn weerslag op de melkproductie.' Ze stond op. 'Kan ik iets te eten voor je maken? Een lekker beschuitje of een gebakken ei misschien? Dan kijk ik zo meteen naar de stand van je baarmoeder en naar je hechtingen.'

Miriam keek naar het nieuwbouwhuis. Er stond een gefiguurzaagde ooievaar in de tuin. Volgens de roze woordenslinger die voor het raam hing, hadden de bewoners een meisje gekregen. Hennequin had haar Alfa pontificaal voor het huis geparkeerd. Een mooie auto, maar niet van het type dat je verwachtte bij een rijke weduwe die in een exclusieve wolkenkrabber in het centrum woonde. De grootste verrassing was gekomen toen ze Hennequin had zien uitstappen met een koffertje en in een wit uniform. Was ze verloskundige, verpleegkundige, kraamverzorgster? Miriam kon zich niet herinneren dat de weduwe van haar broer een verleden in de zorg had. Daarvoor leek ze haar ook niet het type. Integendeel. Het was haar vaag bijgebleven dat Hennequin iets met computers had gedaan, al wist ze niet precies wat. Maar ze kon zich sowieso niet veel van haar herinneren, omdat ze elkaar zo weinig hadden gesproken. Maar al zou Hennequin in de zorg werken, ze hoefde dat niet meer te doen. Ze hoefde sowieso niet meer te werken, de rest van haar leven niet.

Miriam noteerde het adres in haar notitieboekje: Baljuwstraat 66, en schreef het kenteken van de Alfa erbij.

Daarna rekte ze zich uit en gaapte. Ze streek haar kastanjebruine haar achter haar oren en wierp een blik in de binnenspiegel. Aan weerszijden van haar bruine irissen was het oogwit rood doortrokken. Ze moest nu echt naar huis om te gaan slapen.

Het zag er niet best uit, het uitzicht dat Didi haar een beetje beschaamd bood, met haar knieën trillerig uit elkaar. Bloederig. Opgezwollen. Draadjes van de hechtingen, waarvan er een paar leken te zijn losgesprongen. Dat werd nooit meer wat het was geweest. Geruïneerd. Hennequin wist het zeker: zij zou zich niet zwanger laten maken. Nooit. *No way.*

Ze bleef neutraal kijken en prikte daarna met haar vingertoppen in de weke huid tussen Didi's schaambeen en de navel. Zo had het in de handleiding gestaan. Ze wist niet precies wat ze zou moeten voelen, maar wel zo ongeveer. In die weke massa moest iets zijn wat harder aanvoelde. De baarmoeder, die elke dag een beetje verder hoorde te slinken tot hij zijn normale grootte weer had bereikt. Slinken was goed, groter worden duidde op een bloeding of een ander probleem. Dat moest dan worden gecontroleerd. Hennequin vroeg zich af wat ze zou doen als ze merkte dat Didi's baarmoeder groter werd. Lekker laten groeien, waarschijnlijk. Totdat het mens uit elkaar plofte.

Didi maakte een sissend geluid en haar lijf verstarde.

Hennequin duwde nog eens, wat harder nu.

'Het doet een beetje pijn,' piepte Didi.

'Daar kan ik niets aan doen, sorry. Even de kiezen op elkaar.' Met twee vingers prikte ze nog eens in de slappe buik, voelde nu duidelijk iets hards daarbinnen en drukte erop, bevoelde de contouren. Negeerde het getril van Didi, haar gefluisterde 'au'. Ja, dat harde ding was langwerpig en het einde lag net onder de navel.

'Dat was één.' Hennequin produceerde een flauwe glimlach en pakte de thermometer. 'Nu even stil blijven liggen.'

Didi keek haar niet aan. De hele tijd al niet. Ze had haar hoofd weggedraaid en staarde door de vitrage naar buiten. Ze deed alsof ze er niet bij hoorde, of dat daar beneden het onderlichaam van iemand anders betrof. Dat begreep Hennequin maar al te goed. In de huid van haar buik zaten langgerekte scheuren. Verse striae. Dat kwam ook nooit meer goed. Didi had heel wat moeten inleveren in ruil voor die garnaal. Maar die offers waren peanuts vergeleken bij wat haar nog te wachten stond.

'Trek dat broekje maar weer op.' Hennequin knikte naar de dunne elastische gaasbroek die Didi onder haar nachthemd droeg. Ze ontsmette de thermometer en legde hem terug in Didi's make-uptasje. 'Ik denk wel dat je straks even moet gaan douchen.'

Hennequin boog zich over de eetkamertafel en noteerde haar bevindingen op het formulier van het kraambureau. Tweede dag, tweede meting. Op een ander formulier hield ze het gewicht van de baby en de dagelijkse hoeveelheid poep- en plasluiers bij. Het resultaat zag er professioneel uit. Dat moest ook wel. Verloskundigen kwamen na de bevalling eens in de twee, drie dagen een kijkje nemen. Gisteren had ze niemand gezien, dus verwachtte ze vandaag bezoek.

'Zal ik koffie voor je zetten? Of een kop thee?'

'Ja, thee graag,' zei Didi. Haar gezicht verraadde dat ze pijn had. Ze was nog steeds bezig om de elastische broek terug op zijn plaats te krijgen. Hennequin was niet van plan haar daarmee te gaan helpen.

Ze liep naar de keuken en hield een theemok onder de Quooker. Ze opende de klep van een houten theedoos die op het aanrecht stond en nam er een zakje uit, dat ze in het hete water hing. Het was vanochtend erg rustig in huis. De baby sliep, Didi was weinig spraakzaam en Oscar was weg. Hij was er door zijn vrouw op uitgestuurd om boodschappen te doen. Beschuit met muisjes en extra frisdrank voor de kraamvisite die vanaf morgen welkom was. Didi had uitgebreid verteld over de luxe snoepzakjes die ze speciaal had laten maken en aan iedereen wilde meegeven. Ook die moest Oscar ophalen. Hij had meteen zijn jas gepakt en was in zijn Audi gesprongen, opgelucht dat hij even weg mocht.

Didi's man kon slecht tegen thuiszitten. Zijn habitat was het bedrijfsleven. Hij was overduidelijk gewend aan zijn drukke, invloedrijke baan als salesmanager en had zichtbaar moeite met zijn ondersteunende rol binnen deze vier muren. Hennequin wist het zeker: Oscar kon niet wachten om weer aan het werk te gaan en stoere verhalen te vertellen over zijn vaderschap. Ze zouden daar vast aan zijn lippen hangen, de trainees en de verkoopsters.

Maar er was nog iets waarom hij het huis uit vluchtte: hij ontweek haar. Oscar deed zijn uiterste best om een brave huisvader te zijn. Hij was vastbesloten om zijn eigen nest niet te bevuilen.

Lief van hem. Allerliefst, maar volkomen zinloos.

Ze keek naar de magnetron, waarvan het gladde oppervlak als een spiegel fungeerde, en opende het bovenste knoopje van haar werkblouse. Ze maakte haar rug hol, draaide een halve slag. Grijnsde naar haar spiegelbeeld.

Miriam parkeerde tussen twee auto's die net als de hare een parkeervergunning achter de voorruit hadden zitten. Ze stapte uit en sloot de Peugeot af.

Het vooroorlogse huizenblok had een bonte verzameling winkels en horeca op de begane grond, en daarboven twee verdiepingen met appartementen. Ze lagen in de schaduw van een rij grote platanen die in een groenstrook tussen de ventweg en de brede doorgaande weg stonden. Het blad begon al een beetje te verkleuren.

Miriam voelde zich hier thuis. Haar opa was in deze wijk geboren en opgegroeid. Hij leefde al een poos niet meer, maar had haar talloze verhalen verteld over zijn jeugd in deze stad: spannende verhalen over de oorlog, zeelui, Surinamers en Chinezen. Pas later had Miriam beseft dat opa zijn vertellingen misschien wat had aangedikt, maar toen was ze al in zijn voetsporen getreden en bij de politie gegaan.

Terwijl Miriam de ventweg overstak, groette ze Daoud. De pizzeria-eigenaar stond in zijn deuropening een sigaret te roken. Naast hem was een meubelzaak gevestigd die het hele jaar door uitverkoop hield en pas om één uur 's middags openging. De zaak zag er weinig uitnodigend uit; om energie te besparen deed de eigenaar de tl's pas aan als er een klant binnenkwam. Rechts van de meubelwinkel zat een kleine kunstgalerie, een witte, moderne pijpenla. Vanaf de straat zag je daarbinnen schilderijen aan de muren hangen en kleurrijke sculpturen op sokkels staan. De twee hoge ramen die pal boven de galerie lagen waren van haar appartement.

Miriam liep naar de blauwgeschilderde deur die tussen de meubelzaak en de kunstgalerie ingeklemd zat. In het hout ernaast waren drie deurbellen geschroefd: een voor de eigenaar van de galerie, die achter zijn winkel woonde, een voor haarzelf en eentje voor het appartement op de bovenste etage. Dat stond al een halfjaar leeg. Miriam liep de smalle, donkere trap op naar de eerste verdieping.

In haar halletje hing ze haar jas op. Het was donker binnen. De gordijnen waren dicht geweest toen ze gisteravond om halftien van huis was vertrokken voor de nachtdienst. Miriam liet het zo, ze moest zo meteen toch weer gaan slapen.

Haar appartement was klein, maar gezellig ingericht. Er was een zithoek aan de straatkant die in open verbinding stond met het L-vormige keukenblok en een barretje aan de achterkant. Naast de keuken lagen haar slaapkamer en badkamer.

Ze zette uit gewoonte de tv aan en liep naar de keuken om een beugelfles bier uit de koelkast te pakken. Ze schoof het gordijn een stukje opzij. De achterkant van haar appartement keek uit op andere, soortgelijke appartementen met gemetselde balkons en besloten achtertuinen met schuurtjes. Op sommige balkons hing was te drogen. In de verte zag ze de woon- en bedrijfstorens metalig glanzen in de bleke herfstzon.

De buurt was een poos berucht geweest, het lot van zoveel buurten rondom de centra van grote steden, maar in de afgelopen decennia had de gemeente veel verpauperde woningen gerenoveerd. Er kwamen nu steeds meer leuke, jonge mensen die hun studentenhuis ontgroeid waren of gingen samenwonen. Een van hen was haar benedenbuurman Boris Meijer, de galeriehouder.

Buiten openingsuren was hij vaak beneden in zijn serre aan het werk. Bij zijn bureau stond een schildersezel. Ze kon vanuit haar keuken net niet zien wat hij maakte, maar wel hoe zijn massieve schouders bewogen tijdens het schilderen, en hoe zijn gespierde nek dat markante hoofd schuin hield als hij zijn werk van een afstandje bekeek. Hij had haar weleens wat van zijn werk laten zien. Ze vond het mooier dan de schilderijen die hij in zijn galerie verkocht, maar volgens Boris was nog niets wat hij maakte expositiewaardig. Misschien was haar mening over Boris' werk wel gekleurd vanwege Boris zelf.

Vandaag was hij er niet – in elk geval stond hij niet in de serre te schilderen.

Ze trok het gordijn weer dicht, leegde haar bierflesje en zette het op het aanrecht. Vanmiddag zou ze het kenteken van Hennequins auto natrekken en uitzoeken wie er in de Baljuwstraat woonden. Nu moest ze eerst proberen te gaan slapen.

Oscar kwam binnen met drie volle boodschappentassen. Hennequin nam er eentje van hem over en liep met hem mee naar de keuken.

'Zijn dit allemaal boodschappen?' Ze tilde de tas op het aanrecht en keek erin. Brood, melk, fruit.

'Ja. En attenties voor de kraamvisite. Mijn ouders en mijn zusje komen morgen.' Oscar zette de andere twee tassen ernaast. Hij keek er wat ongemakkelijk naar, alsof het vreemde voorwerpen waren en hij geen idee had wat hij ermee kon aanvangen.

'Zal ik alles maar even inruimen?'

'Eh, ja, graag.' Hij haalde zijn vingers door zijn donkere haar en keek haar aan.

Ze trok de keukenkastjes open en legde de spullen op hun plek. Oscar stond er nog steeds. Zijn ogen brandden gaten in haar rug.

Ze draaide zich naar hem om. 'Zal ik iets te drinken voor

je inschenken?' vroeg ze zacht. 'Iets lekkers te eten maken?'

'Doe geen moeite, dat kan ik zelf wel.'

'Maar ik doe het graag voor je.' Ze glimlachte naar hem. Dat was niet moeilijk. Didi had een gelukkige hand van mannen kiezen. Jammer dat het binnenkort allemaal voorbij zou zijn. 'Omelet met ham en kaas?'

Hij trok zijn wenkbrauwen op. Uit zijn verraste reactie begreep Hennequin dat het al even geleden moest zijn dat iemand voor hem eieren had gebakken. 'Klinkt goed.'

Ze legde vluchtig haar hand op zijn onderarm. Sloeg haar ogen naar hem op en zei zachtjes: 'Een man heeft vlees en eieren nodig, Oscar. Dit zijn speciale dagen. Daar moet je van genieten. Ik doe het graag voor je.'

Miriam had nauwelijks geslapen. Normaal gesproken lukte het redelijk goed om geluiden buiten te sluiten, maar nu alarmeerde elk tikje in de verwarming haar. Ergens in de wijk was iemand aan het zagen. Geïrriteerd sloeg ze het dekbed van zich af. Het was één uur en ze had alleen maar liggen woelen, nagedacht over Hennequin Smith, over Bart. Draaide ze inderdaad door? Zag ze spoken? Zelfs hun ouders hadden de doodsoorzaak niet in twijfel getrokken. Ze moest hen binnenkort eens bellen of bij hen langsgaan. Sinds ze buiten de stad waren gaan wonen, zagen ze elkaar nog zo weinig.

Kort nadat Miriam een vaste baan bij de politie had gekregen, hadden haar ouders een onbegrijpelijke switch gemaakt. Ze hadden een oud huis op de kop kunnen tikken in een gehucht vlak bij het Grevelingenmeer in Zeeland, met de bedoeling het te gaan opknappen om er een bed and breakfast in te beginnen.

Voor Miriam en Bart was het nieuws als een volslagen verrassing gekomen. Hun ouders hadden geen enkele ervaring met horeca – behalve dan als gewaardeerde klant. Maar inmiddels was het huis gerenoveerd en stond de bed and breakfast goed aangeschreven.

Een rit van een uur was geen wereldreis, toch had Miriam zich door hen in de steek gelaten gevoeld. Bart was al veel eerder in België gaan wonen. Zij was nog de enige van de familie die op het nest was gebleven. En ze was zeker niet van plan om te vertrekken. In deze stad hoorde ze thuis. Dit was haar gebied.

Maar nu was Hennequin hier ook neergestreken. Wat had ze hier te zoeken? Het voelde bijna alsof de weduwe van haar broer haar recht in haar gezicht uitlachte. Haar uitdaagde.

Hennequin stond in de keuken en keek naar het konijnenhok dat tegen de schutting in de tuin stond. Het had lange houten poten en twee etages, met frontjes van gaas. Jip en Janneke waren niet onder de indruk van alle luxe, ze maakten niet eens gebruik van de ruimte. Ze zaten roerloos naast elkaar in het stro, met bolle ogen die zelfs in rust nogal paniekerig de wereld in keken. Alleen hun neusjes bewogen. Daaraan zag je dat ze leefden. Hennequin had noch Oscar, noch Didi iets horen zeggen over die twee hangoorkonijnen. Misschien was het de kersverse ouders in alle commotie wel ontschoten dat ze daarbuiten dieren in een hokje opgesloten hadden zitten.

Ze liep de kamer in. Didi lag in bed en had haar ogen gesloten. Oscar zat aan de eettafel. Hij at zijn omelet terwijl hij de krant op zijn tablet las.

'Van wie zijn Jip en Janneke?'

'Van Didi,' zei Oscar.

'Worden die beesten momenteel wel verzorgd?'

Didi opende haar ogen en keek gealarmeerd naar Oscar. 'Dat zou jij toch doen? Dat hadden we toch afgesproken?'

'Dat doe ik ook,' bromde hij, en hij keek Hennequin aan. 'Alleen misschien niet zo vaak als ze zou willen.'

Didi reageerde onverwacht fel: 'Jij wilt er maar niet aan dat die dieren elke dag verzorging en eten nodig hebben, en niet één keer in de week.'

'Konijnen kunnen zich prima redden met wat stro en hooi.'

'Ze éten geen stro, stro is bodembedekking. Hoe vaak moet ik dat nog tegen je zeggen?'

Hennequin keek van de een naar de ander, alsof ze een pingpongwedstrijd volgde.

Didi zocht haar blik. 'Is het zo erg, Hennequin? Stinkt het hok?'

Hennequin haalde haar schouders op. 'Geen idee, ik ben niet buiten geweest, ik vroeg het me alleen maar af.' Ze maakte aanstalten om naar de keuken te lopen. 'Ik ga wel even bij ze kijken. Als het nodig is wil ik ze ook wel verschonen, maar dan moet iemand anders ze even uit hun hok halen en ze er weer terug in zetten, want ik ben allergisch voor konijnen.'

'Prima,' zei Oscar. 'Ik zet ze straks wel in een doos.'

Didi keek haar man boos aan. 'Oscar... je hoort toch wat ze zegt? Hennequin is allergisch. En ik geloof niet dat huisdieren verzorgen een taak is die bij een kraamverzorgster hoort.'

'Het is geen moeite, hoor,' zei Hennequin allerliefst.

'Ik lig hier nou helemaal niet rustig meer. Os, zou je alsjeblieft even willen gaan kijken hoe het met ze gaat?'

Oscar stond op, geïrriteerd. 'Overdrijf niet zo. Die beesten liggen echt niet van de ene op de andere dag op apegapen. Maar goed, ik check het wel even.'

Als ze dan toch niet kon slapen, kon ze beter uit bed gaan. Miriam sloeg het dekbed van zich af en schoot in een joggingpak. Haalde een borstel door haar kastanjebruine haar, dat in grove lagen net over haar schouders viel, en werkte het in een staartje. Snel smeerde ze wat mascara op haar wimpers en liet het daarbij. Veel make-up had ze niet nodig. Haar donkere ogen waren expressief genoeg. Maar al had ze een lichtere huid en ogen gehad, dan had dat voor de makeup – of beter: het gebrek daaraan – waarschijnlijk niet veel uitgemaakt. Miriam was geen meisje-meisje. Nooit geweest. Ze had altijd al liever met jongens dan met meisjes gespeeld en haar interesses hadden zelden in de pas gelopen met die van haar klasgenoten. Ze was vrij klein en aan de magere kant, waardoor ze vooral in haar tienerjaren, toen ze haar haar nog kort droeg, nog weleens voor een jongen was aangezien. Die vergissing werd niet meer gemaakt toen de hormonen vrijkwamen en haar lichaam rondere, vrouwelijker vormen kreeg. Maar klein en slank was ze gebleven.

Miriam liep de kamer in en zette de tv aan. In de keuken maakte ze een kop koffie. Ze luisterde met een half oor naar het journaal en genoot van het leven en de drukte die daarbuiten, aan de voorkant van haar appartement voorbij gleden. Het ronkte, knetterde en zoemde op het grijze asfalt. Hier aan de achterkant van het huizenblok, waar de tuinen lagen, was het juist heel rustig. Dorps bijna. Die tegenstelling had haar meteen aangetrokken aan dit appartement.

Ze kon zich nog goed herinneren dat ze heel enthousiast

tegen Bart had verteld dat ze een bod had gedaan. Hij had haar enthousiasme niet gedeeld. Integendeel. De buurt stond hem niet aan, wat Miriam belachelijk vond omdat ook zijn wortels hier lagen. Hij had haar gewaarschuwd dat het te onveilig was voor een vrouw alleen. Hij wilde wat beters voor zijn kleine zus en had liever gezien dat Miriam buiten de stad was gaan wonen, bij voorkeur in Hillegersberg of een van de omliggende dorpen. Zelf had hij een villa in Brasschaat betrokken. Een huis met een zwembad, camerabeveiliging en een elektrische poort. Een onneembare vesting. Volledig ommuurd: van buitenaf had je Barts villa niet eens kunnen zien. Miriam had het een bijzonder en warm ingericht huis gevonden, maar vond al die beveiliging en het feit dat het zo afgesloten was van de buitenwereld niet echt bij haar broer passen. Het zou haar niet verbazen als Hennequin Smith een grote stem had gehad in de keuze.

Het was wrang dat hij juist in dat huis zou overlijden. Al die veiligheidsmaatregelen hadden hem niet kunnen beschermen. En zij evenmin.

Hennequin zette de wasmand met schone was op de eettafel in de woonkamer. Eromheen stonden met leer beklede stoelen op wieltjes. Oscar had een ervan naar het bed gerold. Hij zat naast zijn vrouw, een enkel op zijn knie, de baby in zijn armen. Hennequins blik bleef even op Didi rusten. In het grauwe, door de vitrage gefilterde middaglicht oogde ze als een bleke boerin op een zeventiende-eeuws schilderij. Een diffuse gedaante.

'Je hebt een licht Amerikaans accent,' merkte Oscar plotseling op. 'Ben je Amerikaanse?'

Ze glimlachte. Ze had 'ja' kunnen zeggen, maar dat deed

ze niet. Het was veiliger om dichter bij de waarheid te blijven. 'Ik heb in Amerika gewoond en gewerkt. Ik was het Nederlands bijna verleerd, maar het begint redelijk terug te komen.'

'Meer dan redelijk,' merkte Oscar op. 'Je hebt alleen een licht accent.'

'Wat cool, Amerika,' zei Didi. 'Oscar en ik zijn vorig jaar nog in New York geweest. Dat was zo indrukwekkend.'

Hennequin zei niets. Pakte een babyrompertje uit de wasmand.

'Waar heb je eigenlijk gewoond in de States?' vroeg Oscar.

'In Vermont,' loog ze. Vermont was een mooie staat, maar ook vrij klein en sprak de meeste Nederlanders niet tot de verbeelding.

'Wanneer ben je teruggekomen?'

'Twee maanden geleden,' loog ze. 'Na mijn scheiding had ik er niet veel meer te zoeken.'

'O, wat rot voor je.' Didi keek haar vanuit haar bed vol medelijden aan.

Het was bijna lachwekkend.

'Lang getrouwd geweest?'

'Dat niet.' Ze glimlachte. 'Ach, we pasten gewoon niet bij elkaar. Ik ben in elk geval blij dat ik in Nederland meteen weer aan het werk kon.'

'In de zorg is altijd werk,' merkte Oscar op.

'Dat was mijn geluk.' Ze trok een handdoek naar zich toe en begon die op te vouwen. Het was inderdaad kinderlijk eenvoudig geweest. De zorg zat om mensen te springen en ze had een indrukwekkend cv. Het was niet eens in Dora opgekomen om een en ander bij het opleidingsinstituut en het ziekenhuis te verifiëren. Had haar opdrachtgeefster dat wel gedaan, dan zou Hennequin hier nu geen was staan vouwen.

Ze liet haar blik nog eens over het jonge gezin glijden. Over Didi, die vermoeid en met een onopgemaakt, bleek gezicht in dat bed op klossen lag. Oscar ernaast: viriel, scherp, vol energie, met zijn dochtertje veilig in zijn goedgevormde armen. Iemand zou dat moeten vastleggen.

'Jullie vormen een prachtig plaatje zo,' zei ze.

Didi glimlachte dankbaar. 'Dank je. Ik voel me niet zo prachtig, momenteel.'

'Dat komt wel weer. Het gaat minstens zes maanden duren eer je je weer een beetje de oude voelt.' Ze wees naar de digitale camera die al sinds haar komst in de woonkamer rondslingerde, maar waar weinig mee gedaan werd. 'Weet je wat? Ik maak een foto van jullie drietjes. Die hebben jullie vast nog niet.'

'Ik weet niet of...' protesteerde Didi.

Hennequin wuifde het protest weg. 'Je ziet er mooi uit, Didi. Echt. Ja toch, Oscar?'

Hij keek verrast op, draaide zijn hoofd naar zijn vrouw. 'Ja. Zoals altijd, lieverd.' Hij wilde naar haar toe buigen om haar een zoen te geven, maar herinnerde zich toen dat er een baby'tje in zijn arm lag te slapen en bleef krampachtig rechtop zitten.

Hennequin pakte de camera, nam wat afstand en boog diep naar voren om op ooghoogte van haar onderwerpen te komen. Ze vond hun gezichten door de zoeker. De revers van haar witte uniform spanden om haar borsten. Door het lensje zag ze dat Oscar het opmerkte.

'Allemaal even lachen. Ja, zo ja. Het staat erop!'

Ze liep op hen toe en bewoog vlak voor Oscar langs om het schermpje aan Didi te laten zien. Subtiel wreef ze haar lichaam langs dat van hem. 'Kijk eens. Mooi toch?'

Didi nam het cameraatje aan en bekeek de foto. Ze knikte, maar ze keek er niet bepaald gelukkig bij.

De Alfa Romeo stond op naam van Hennequin Smith, zoals verwacht. Er was met de auto niets afwijkends aan de hand. Op Baljuwstraat 66 woonde een jong gezin. De vader was Oscar Stevens, vierendertig jaar. Hij was volgens zijn LinkedIn-profiel salesmanager bij een groot werving & selectiebureau. Zijn vrouw, Dineke Stevens-Vos, was gisteren bevallen van een dochtertje. Dat stond niet in het systeem, maar was te lezen op Didi's – haar roepnaam – Facebookpagina. Bijna honderd Facebookvrienden hadden op de statusupdate gereageerd: 'We komen gauw weer langs', 'Wat geweldig, zo blij voor jullie', 'Voel je je al beter?', 'Indy, wat een mooie naam'. Uit sommige reacties kon Miriam opmaken dat de moeder iets mankeerde of tijdens de zwangerschap iets gemankeerd had. Ze vermoedde dat Didi daar ook het een en ander van op haar Facebookpagina had geplaatst, alleen waren die statusupdates afgeschermd. Dat was Didi bij haar laatste berichtje over de geboorte, overmand door emoties waarschijnlijk, vergeten te doen. Miriam bekeek de vriendenlijst en connecties van zowel Didi als Oscar. Er was geen link met Hennequin Smith. Het leek er inderdaad steeds meer op dat Hennequin daar aan het werk was.

Miriam neusde graag rond op social media. Mensen gooiden veel gegevens online die voor de politie interessant konden zijn en waarvan het veel tijd zou kosten om ze op andere manieren te achterhalen.

Inloggen in het systeem daarentegen, wat ze zojuist via haar dienst-BlackBerry had gedaan om de antecedenten van Oscar en Didi en de gegevens van de Alfa te achterhalen, deed ze liever niet. Tenminste niet als het een privéonderzoek betrof waar haar chef en collega's niets van af wisten en ook niets van mochten weten. Dit soort opvragingen werd automatisch geregistreerd. Er kon altijd worden nagegaan welke agent toegang had gehad tot bepaalde informatie. In de praktijk werden zulke gegevens pas bekeken als er een onderzoek werd ingesteld, maar toch. Ze had met haar impulsieve Belgische avontuur de credits bij Van der Steen verspeeld en ze rekende er niet op dat hij haar een tweede kans zou geven.

Didi was in slaap gesukkeld. Indy ook. De garnaal lag met het mondje open in Oscars arm. Op haar rompertje stond: I LOVE DADDY. Daddy zelf zat met zijn vrije hand op zijn iPhone te spelen.

Hennequin boog voorover om schone was in de wasmand te leggen. Ze trok haar rug een beetje hol.

Het had het gewenste effect. Oscar blikte in haar decolleté en keek beschaamd weer weg. Als een schooljongen die was betrapt.

Inwendig moest ze glimlachen. De echtgenoot stond droog. Vast al maanden. Waarschijnlijk had Didi hem al die tijd afgewezen, weggeduwd, omdat daarbinnen een kindje groeide en haar lichaam niet meer aanvoelde als iets seksueels, maar als een broedmachine. Of misschien had *zij* nog wel wat met hem gewild, had zij zijn nabijheid en troost gezocht, maar had hijzelf het gewoonweg niet kunnen opbrengen. Incontinentie, gewichtstoename, emotionele uitbarstingen, pijnklachten, een gestaag groeiende, steeds bewegende baby: broedmachines waren niet sexy.

Zongebruinde, strak in het vel zittende kraamverzorgsters in iets te krappe pakjes waren dat wel.

Hennequin legde alle spullen in de wasmand, zette die op haar heup en liep langzaam de kamer uit. Ze wist dat hij haar bekeek, en met welke ogen hij dat deed.

Hij mocht er nog een nachtje over dromen.

Ze had gewoon moeten gaan slapen. Het was stom geweest om uit bed te komen. Een beginnersfout die ze al lang niet meer had gemaakt. Nu was ze te suf voor de nachtdienst en kon ze alleen maar hopen dat er geen beroep zou worden gedaan op een snel reactievermogen. Een wapen moeten trekken met trillende hand was nooit een goed idee. Over vier uur werd ze op het bureau verwacht voor de briefing. Als ze nu alsnog een slaapmiddel zou nemen, zou het niet op tijd zijn uitgewerkt. Kiezen tussen twee kwaden.

Miriam had een paar verpakkingen Red Bull in de kast staan voor noodgevallen. Ze haalde twee blikjes uit het karton en zette die alvast koud. Ze schonk een glas appelsap in en schoof de gordijnen open.

Boris was aan het werk, daar beneden in de serre. Hij droeg een geruit overhemd met een T-shirt eronder. Zijn dikke, zwarte haar was weggestopt onder een *beanie*, een grijze, grofgebreide muts die hij vaak droeg. Ze had jongens met zulke mutsen altijd een beetje aanstellerig gevonden, maar had haar mening bijgesteld toen ze Boris had leren kennen. Die muts paste bij hem, net als zijn shirts met de meest krankzinnige teksten of tekeningen die hij zelf bedacht. Zelfs zijn zwarte, half volgroeide baardje stond hem goed, terwijl ze helemaal niet hield van gezichtsbeharing – er normaal gesproken zelfs van gruwde. Tot een paar maanden geleden had Boris nog een relatie gehad met een knap meisje, dat haar korte haar zwart verfde en volgetatoeëerde armen had. Dat meisje had ze nu al even niet meer gezien. Waarschijnlijk was het uit.

Ze nam een slok appelsap en keek naar Boris. Genoot van de manier waarop hij geconcentreerd aan het werk was. Het palet, dat eruitzag alsof er een hele verfdoos op was ontploft, steunde op zijn onderarm. Hij mengde de kleuren en bracht laag over laag aan op het doek. Boris' schilderijen zagen er vaak uit als bewogen foto's. Stadsgezichten, terrasjes, auto's die voorbijreden, interieurs van cafés.

Hij keek omhoog. Het was te laat om weg te duiken. Zijn mond plooide zich in een glimlach en hij hief als groet zijn kin. Hij had een mooie lach, Boris. Witte tanden. Lieve, donkere ogen met lachrimpels.

Miriam voelde zich week worden vanbinnen. Ze stak haar hand op en bewoog alleen haar vingers. Glimlachte schaapachtig. Daarna draaide ze zich weg van het raam. Het was een beetje raar om je benedenbuurman te begluren. Hij nam het tenminste goed op.

Hennequin liep in haar zijden kimono en op blote voeten door haar appartement. De gietvloer was hard als glas, maar voelde behaaglijk warm. Ze had zojuist een douche genomen. Haar donkere haar glansde in het lamplicht. De muziek stond hard. Ze spreidde haar armen en danste in slow motion door de woonkamer. De Pet Shop Boys. Zachtjes neuriede ze mee met de muziek, fluisterde de woorden:

For everything I long to do
No matter when or where or who
Has one thing in common, too
It's a, it's a, it's a, it's a sin
It's a sin...

Nadat de tonen waren weggestorven ging ze op de bank zitten en pakte haar iPad. Zes uur, tijd om wat te eten te laten komen. Keuze genoeg. Italiaans, Surinaams, Thais, Japans, Hollands, Chinees... *whatever*. Ze kon ook een kok aan huis bestellen die een maaltijd naar keuze zou bereiden. Het was allemaal mogelijk en het kon ook vrijwel allemaal meteen. Een van de voordelen van de grote stad. Het lag hier allemaal onder handbereik, zo anders dan in de tijd dat ze in de villa in België had gewoond, en daarvoor in het huis-met-aanlegsteiger aan de westkust van Florida. Hennequin koos voor een Thaise salade met zeevruchten en limoen, een garnalen-kokossoep en gebakken inktvis en voerde haar adres in op de bestelsite van het restaurant.

Ze had geen pan meer in haar handen gehad sinds het overlijden van Bart de Moor. Hij lachte haar toe vanuit een hoekje van het openingsscherm. Ze vergrootte de foto. Haar lichtbruine ogen gleden over het niet onknappe, beetje boerse gezicht van haar overleden man. Ondanks zijn nog betrekkelijk jonge leeftijd was zijn haar al danig uitgedund en grijs. Hennequin had mooiere mannen kunnen krijgen dan Bart. Jongere mannen. Toch was hij de beste vangst ooit geweest. De man die het allemaal mogelijk had gemaakt. De genereuze sponsor van dit alles. Al die leuke dingen die ze nu kon doen, de vrijheid die dat geld haar bood.

Ze stond op en liep naar de slaapkamer. Voor de manshoge spiegel trok ze het koord van de kimono los en liet het kledingstuk van haar schouders glijden. Ze bekeek zichzelf met geheven kin in de grote spiegel, draaide een slag en liet haar handen over haar rondingen gaan. Dat lichaam, dat was beeldschoon. Strak en gebruind, gevuld op de juiste plaatsen. Alle investeringen waard.

Morgen ging ze het inzetten om de haarscheurtjes in het prille geluk van de familie Stevens-Vos verder open te wrikken.

%

Miriam had net haar uniform aangetrokken toen de telefoon ging. Ze keek op het scherm. Een lang nummer. Het duurde een volle seconde voor het tot haar doordrong wat dat betekende. Blijkbaar had Chucky Lee toch maar niet zijn vrouw en kinderen meegenomen naar Disney World van haar voorschot.

Ze nam op. 'Met Miriam de Moor?'

'Chucky Lee, Investi-Gators, good afternoon. Is this Mrs. De Moore please?'

Afternoon – het was hier halftien in de avond. Maar daar stond Lee natuurlijk niet bij stil.

'Correct. That's me.'

Chucky stak meteen van wal. Miriam moest moeite doen de man te verstaan. Hij had een vreselijk accent en sprak veel te snel. Nog geen twee minuten later was het telefoongesprek beëindigd en stond Miriam confuus voor zich uit te staren.

Smith was niet Hennequins echte naam. Ze had die overgenomen van een ex-echtgenoot, een vastgoedhandelaar die Keanu Smith heette. Ze was vijf jaar met hem getrouwd geweest en ze hadden samen onder meer in Fort Myers aan de westkust van Florida gewoond. De vastgoedhandelaar was inmiddels overleden, maar toen Chucky verder terug wilde zoeken, was hij op iets opmerkelijks gestuit. Hennequin was ook al niet haar originele voornaam. 'De vrouw heeft haar verleden gewist,' had Chucky gezegd. 'Zowel de voor- als de achternaam die ze in Nederland bij de geboorte heeft gekregen, staat hier nergens geregistreerd.'

Hoe het precies zat, daar ging Chucky nog achteraan. Hij zou haar wel weer een factuur moeten sturen, want er kwamen extra kosten bij kijken om een en ander bij de betreffende instanties boven water te krijgen.

Miriam beet op haar onderlip. Hennequin Smith heette niet Hennequin Smith. Dat verklaarde veel. Miriam had haar naam meer dan eens in het systeem ingevoerd, zonder resultaat. Het kwam puur door haar obsessie met Hennequin dat ze het af en toe was blijven proberen, tegen beter weten in. Haar hart had bijna stilgestaan toen het systeem aan het begin van de week ineens wél een adres en een sofinummer tevoorschijn had getoverd. Doordat ze in Rotterdam was komen wonen, was Hennequin op haar radar verschenen.

De derde dag

DONDERDAG

'Heb je nog iets gehad aan die zalf die ik Oscar heb meegegeven?' Oscars moeder zat in een van de leren fauteuils bij het bed. Ze legde haar beschuit terug op het bordje op haar schoot.

Didi keek naar haar schoonmoeder. Ze was vrij groot en had kort grijs haar en een krachtig gezicht. Henriëtte deed haar altijd denken aan de lange Italiaanse vrouw uit *The Golden Girls*, een oude tv-serie. 'Ja, bedankt nog,' zei ze. 'Het geeft meteen verlichting.'

'Fijn.' Ze nam nog een hap van de beschuit en maakte een hoofdbeweging naar de keuken. 'Leuke kraamhulp hebben jullie. Een knappe meid ook, trouwens.'

'Ja, hè? We hebben geluk gehad met Hennequin. Ze is geweldig.'

Terwijl Oscars moeder het gesprek op gang hield, zat zijn vader zwijgend met Didi's iPad op schoot. Hij bekeek geïnteresseerd de foto's van na de bevalling. Oscars ouders waren de eersten geweest die op de hoogte waren gebracht van de geboorte van Indy en ze waren er ook als eersten bij geweest om hen te feliciteren: krap een uur na de bevalling hadden ze al aan het bed gestaan, met een reusachtige Nijntje in hun armen.

Oscar was een duidelijke mengeling van zijn beide ouders. Fysiek leek hij nog het meest op zijn vader. Hij had hetzelfde slanke postuur als de bankdirecteur en dezelfde, een beetje ver uit elkaar staande grijze ogen, maar zijn karakter was een mix. Oscar kon net zo sociaal en extravert zijn als zijn moeder en was een vlotte prater als dat van hem werd verwacht, maar hij had ook een gesloten, wat afstandelijke kant. Die laatste was sinds de geboorte van Indy meer naar voren gekomen.

Het leek wel of Didi minder in plaats van meer contact met hem had. Dat alarmeerde haar, al besefte ze dat de geboorte en alle veranderingen niet alleen voor haarzelf heel ingrijpend waren.

Indy, die de hele tijd tevreden slapend tegen Didi aan had gelegen, stak schokkerig haar armpjes omhoog, alsof ze ergens van schrok. Ze draaide haar hoofdje zoekend heen en weer, haar mondje geopend, en ze maakte zacht protesterende geluidjes.

Oscar stond op. 'Ik maak wel even een flesje warm.'

Hennequin kwam de keuken uit gelopen met een dienblad. Ze zette er de lege ontbijtbordjes van de visite op. 'Iemand nog thee?'

Het gezelschap knikte instemmend.

'En jij, Didi? Groene thee met honing?'

'Lekker.'

Hennequin liep neuriënd de keuken in. Didi keek haar na. Oscars moeder had het goed gezien: Hennequin wás een leuke kraamverzorgster. Ze zou niet hebben geweten wat ze had gemoeten zonder haar steun.

Miriam trok haar uniform uit en hing het op een hangertje aan de deur van haar kledingkast. De kast was zo vol dat de deuren al maanden niet meer dicht konden. Terwijl ze een sport-bh en een trainingspak bij elkaar zocht, schoot het door haar heen dat ze een grotere kast nodig had. Of misschien minder kleding. *Of een vrije dag om alles op te ruimen.*

Ze kleedde zich aan en liep door naar de badkamer. Haalde een borstel door haar haar en zette het op haar achterhoofd vast met een elastiek.

Gistermiddag had ze amper kunnen voorslapen en natuurlijk had zich dat gewroken. De eerste helft van de dienst was hectisch geweest. Veel aanhoudingen, waaronder een straatroof en een woninginbraak. Die laatste was onverwachts nog behoorlijk spectaculair geworden. Toen zij na de inbraakmelding ter plaatse was gekomen, was de meldkamer gebeld door een buurtbewoner. Die had iemand over zijn schutting zien klimmen en diegene zou zich nog steeds schuilhouden in de tuin. Miriam was er samen met collega's op afgegaan, niet wetende of en waarmee de inbreker gewapend was en of hij bereid zou zijn een wapen te gebruiken. Sommige dieven waren wanhopig en het kwam weleens voor dat iemand bij het zien van een uniform compleet doordraaide. Maar deze inbreker was op de vlucht geslagen. Na een wilde achtervolging hadden ze hem te pakken gekregen.

De adrenalinestoot had haar de eerste uren scherp gehouden, maar daarna was de nacht verzand in routine en was ze haar lichaam gaan voelen. Oorsuizen, misselijkheid; ze had zelfs even moeite gehad om uit haar woorden te komen. Twee Red Bull's hadden haar erdoorheen getrokken.

En nu was het halfnegen in de ochtend en was ze compleet over haar slaap heen. Toch moest ze straks na haar hardlooprondje in slaap zien te komen, want voor vannacht stond er weer een dienst gepland.

Miriam zette koffie, smeerde brood en at dat staande aan

het aanrecht op, tot ze besefte dat ze zich nergens voor hoefde te haasten. Al kauwend pakte ze haar mobiele telefoon van de oplader en ging aan de keukenbar zitten. Geen mail van Chucky Lee.

Ze had nog eens vijfhonderd dollar naar Florida overgemaakt – duizend in totaal. Ze wist dat ze via de officiële weg aan dezelfde informatie zou kunnen komen als Investi-Gators, maar ze kon de faciliteiten van de politie niet gebruiken. Althans, niet als ze haar baan wilde houden. Het geld van Barts erfenis was goed besteed.

Miriam zette de vaat in de machine en draaide zich om naar het raam. Boris zat er weer, in de serre achter zijn galerie. Haar onderbuurman droeg groene sneakers en zijn lange, in jeans gestoken benen rustten op zijn bureau. Hij was aan het bellen. Ze liet haar ogen over zijn postuur glijden en moest onwillekeurig glimlachen om de manier waarop hij zijn woorden kracht bijzette met zijn handen. Boris was heel expressief.

Midden in het gesprek keek hij ineens naar boven. Meteen volgde een brede grijns, daarna een knipoog.

Miriam glimlachte naar hem terug en stak haar handen naar hem op, de handpalmen naar voren, alsof ze wilde zeggen: oké, oké, je hebt me betrapt. Ik geef me over.

Stond ze nu echt te flirten met de buurman – en hij met haar? Het leek er wel op.

Ze zwaaide nog eens naar hem, draaide zich van het raam weg en plugde haar oortjes in haar telefoon. Griste vervolgens de huissleutels van het haakje naast de handdoeken. Ze sloot de deur van het appartement achter zich en rende in een rustig tempo in de richting van de rivier.

Vanuit de woonkamer klonken gedempt de stemmen van Oscars ouders. Ze hadden het over de bevalling van Oscars zus, die twee jaar geleden een zoontje had gekregen. Sophie was nog niet naar Indy komen kijken omdat datzelfde zoontje met griep op bed lag.

'Het is zwaar voor je geweest, hè?' fluisterde Hennequin. Ze liet haar vingertoppen subtiel over Oscars onderarm glijden. Heel kort maar. Ze schonk hem haar meest begripvolle blik.

Oscar keek Hennequin blij verrast aan. Hij reageerde exact zoals Hennequin had vermoed. Waarschijnlijk was het voor het eerst in lange tijd dat iemand hem aandacht gaf, hem werkelijk zag staan. Het zou voor Oscar niet anders zijn gegaan dan voor alle andere mannen in zijn positie. In het afgelopen halfjaar had iedereen ongetwijfeld aan hem gevraagd hoe het met zijn vrouw ging en of alles in orde was met de baby-in-de-buik. Misschien had hij zich braaf laten meezeulen naar pufclubjes, waar hij enorm zijn best had moeten doen om de liefhebbende, begrijpende echtgenoot uit te hangen tussen al die zwetende en totaal aseksuele bezwangerden, terwijl hij duizendmaal liever thuis op de bank voetbal had gekeken, of was gaan tennissen. Rust aan zijn kop. Maar rust had Oscar niet gekregen. Didi had hem vast ook meegesleept naar de controles bij de vroedvrouw, waar hij op een harde stoel in een hoekje van een verduisterde, naar ontsmettingsmiddel ruikende ruimte naar het hartje van de baby had moeten luisteren en zich in deze schimmige vrouwenwereld totaal misplaatst en buitengesloten had gevoeld. 's Avonds, als hij thuiskwam van zijn werk, maar ook 's ochtends vroeg en wie weet in het holst van de nacht, omdat ze niet kon slapen, had Didi vast zijn hand gepakt en die op haar uitgerekte, bolle buik gelegd, zodat ook hij de zachte schopjes kon voelen die Didi zo duidelijk voelde en die zoveel voor haar betekenden, maar die hij amper kon onderscheiden van haar ademhaling, spiertrekkingen of darmbewegingen. En toen raakte Didi ook nog eens invalide.

Een halfjaar lang had niemand zich om hém bekommerd. Niemand was met hém bezig geweest. Hij had niet eens bestaan. En nu was hier deze vrouw, deze gebruinde, slanke vrouw die dicht bij hem stond, hem diep in de ogen keek en hem daadwerkelijk *zag* en het allemaal *begreep*.

'Het gaat wel.' Zijn stem klonk schor, zijn pupillen waren verwijd.

'Je bent sterk,' zei ze zacht. 'Een heel sterke man.' Ze schonk hem een subtiel glimlachje, sloeg toen haar ogen neer en plukte quasinerveus aan een losgekomen plukje haar in haar hals. Draaide zich om en greep het flesje uit de magnetron.

De melk was warm.

Miriam genoot van het buiten zijn en van de monotone bewegingen die haar hielpen haar hoofd leeg te maken. Drie, soms vier keer per week rende ze haar vaste rondje over de kade langs de rivier, waarna ze met een ruime boog om de nieuwbouwwijken en torenflats heen weer uitkwam op het startpunt. Duitse bommen hadden het historische hart uit de oude havenstad gerukt, maar daardoor was er wel een nieuw in te richten ruimte ontstaan die zelfs zeventig jaar later nog jonge architecten, kunstenaars en andere creatieven van over de hele wereld aantrok. Miriam hield van de tegenstellingen die hier naast elkaar konden bestaan. Oud en nieuw, de mix van nationaliteiten en culturen. De stad gonsde altijd. En er was geen plaats ter wereld waar je in een uur tijd door zoveel verschillende sferen en decors kon rennen als hier.

Hardlopen was altijd een van haar favoriete sporten geweest. Ze had ook jarenlang gejudood en het zelfs tot Zuid-Hollands kampioen gebracht. Haar trainer had het vreselijk gevonden toen ze stopte. Hij had haar graag tot Nederlands kampioen gecoacht, en liefst nog verder, maar Miriam had zo'n carrière niet zien zitten. Ze had het bij kennissen zien gebeuren: topsporters hadden naast de sport geen leven meer. En nu was ze opgeklommen tot chef van dienst bij de politie en kon ze niet anders dan constateren dat ze daarnaast eigenlijk óók geen leven meer had.

Haar telefoon zoemde in de zak van haar trainingsjack. Ze trok het ritsje open en diepte het toestel op.

Er was mail. Van Chucky Lee.

Ze had het gered: ze had de eerste kraamvisite na de geboorte van Indy doorstaan. Didi hield van haar schoonouders, maar ze voelde zich bij hen niet vrij genoeg om te kunnen praten over intieme zaken die haar lichaam betroffen. Het klonk ook al snel aanstellerig allemaal, dat besefte ze maar al te goed. Niemand zat te wachten op een zeurende, klagende kraamvrouw die zojuist een volmaakt gezond kind op de wereld had gezet.

Vanochtend was ze opnieuw blij geweest dat Oscar en zij hadden besloten om Indy te laten wennen aan moedermelk uit een flesje. Daardoor had ze haar dochtertje niet aan de borst hoeven leggen waar de schoonfamilie bij was. Dat zou haar echt niet zijn gelukt – niet zonder een van pijn vertrokken gezicht.

Haar borsten waren vandaag nog groter en zwaarder dan

gisteren. Daarbij voelden haar tepels overbelast en rauw, en zo zagen ze er sinds vanochtend ook uit. Ze was bang dat het nooit meer goed zou komen.

Didi sloot haar ogen. Ze was doodop van het vele praten. Ze had de hele ochtend de schijn opgehouden en gedaan alsof alles goed met haar ging. Wat ze nu wilde, was slapen. Urenlang.

'Leuke schoonfamilie heb je,' zei Hennequin. Ze ruimde de laatste kopjes en schoteltjes bij het bed af. Bleef staan, het servies in haar handen.

Didi opende haar ogen. 'Ja, hè, dank je. Het zijn heel lieve mensen.'

'Mag ik je iets persoonlijks vragen?'

'Natuurlijk,' zei ze, lichtjes vermoeid.

'Leven jouw ouders niet meer?'

'Jawel. Tenminste... mijn vader niet, maar mijn moeder wel.'

Hennequin keek om zich heen door de woonkamer alsof Didi's moeder daar ergens tevoorschijn zou springen. 'Ik heb haar nog niet gezien?'

'Ze is ook nog niet geweest. Ze woont in Noorwegen met haar nieuwe man.'

'Weet ze dat ze oma is geworden?'

Didi vertelde dat ze haar moeder had gebeld toen ze na de bevalling een beetje op adem was gekomen. Nelly had heel enthousiast gereageerd en haar verzekerd dat ze zou proberen om zo snel mogelijk naar Nederland toe te komen.

Dat was het laatste contact dat ze met haar moeder had gehad. Verder geen belletje, niets. Misschien was het moeilijk om op korte termijn een vlucht te boeken, misschien stond ze hier morgen ineens op de stoep. Als verrassing.

Wie weet.

Hennequin was even stil en vroeg toen: 'Wat is er met je vader gebeurd?'

'Hij heeft een motorongeluk gehad. Ik kan me bijna niets van hem herinneren. Ik was pas drie toen hij stierf. Mijn moeder is daarna hertrouwd, maar...' Ze zweeg even en keek voor zich uit. Dat ene jaar uit haar vroege jeugd was het zwartste in haar hele leven geweest. Ze droomde er nog weleens van. Nare dromen. Het zou haar waarschijnlijk nooit helemaal loslaten. Zou ze het vertellen aan de kraamverzorgster?

Nee, beter van niet. Het was al zo lang geleden.

Ze schraapte haar keel en zei: 'Nou ja, van die man is ze al snel gescheiden en daarna hebben mijn moeder en ik jarenlang alleen gewoond.'

'Je hebt geen broers of zussen?'

Er gleed een schaduw over Didi's bleke gezicht. 'Niet meer.'

'O?'

'Ik had een zusje. Ze was een paar jaar jonger dan ik. Ze is verongelukt toen ze vier was.'

Hennequin keek haar meelevend aan. 'Jee, meis. Wat een pech en ongeluk heb jij gehad in je leven. Zowel je vader als je zusje overleden...' Tot haar vreugde zag ze Didi's ogen waterig worden. Ze hield haar gezicht in de plooi.

Didi fluisterde: 'Indy is naar haar vernoemd. Naar mijn zusje.'

Hennequin trok haar wenkbrauwen op. 'Ach, wat leuk.'

Didi pakte een schrift dat ze op bed had liggen. Ze bladerde het door en haalde er na enig zoeken een roze kaartje uit. 'Kijk maar. Indy's tweede naam is de roepnaam van mijn overleden zusje.'

Hennequin nam het kaartje aan. Modern, vierkant, met voorop een foto van een babyvoetje. Op de achterkant stond in een cursief lettertype:

ER ZULLEN HANDEN ZIJN DIE JE DRAGEN,

EN ARMEN WAAR JE VEILIG BENT.

EN MENSEN DIE ZONDER VRAGEN

ZEGGEN DAT JE WELKOM BENT.

DOLBLIJ ZIJN WIJ MET ONS MOOIE MEISJE

INDY CLAARTJE STEVENS

Hennequin gaf het kaartje terug aan Didi. 'Wat een mooi eerbetoon.'

Didi stopte het geboortekaartje zorgvuldig terug in het schrift en klapte het dicht. 'Ben jij spiritueel?'

'Spiritueel? In welke zin?'

'Geloof je in een leven na de dood, in geesten?'

'Geesten?' Hennequin trok een wenkbrauw op. De doden die zij had gezien, waren morsdood geweest en ze waren haar geen van allen vanuit het hiernamaals komen opzoeken. 'Daar heb ik eigenlijk nooit echt over nagedacht.'

Didi staarde voor zich uit. Haar stem klonk zacht. 'Weet je, soms denk ik... denk ik dat ze er nog is. Dat Claartje ons ziet, hier beneden. Dat ze weet dat ze nu een nichtje heeft en over haar waakt. Misschien... heel misschien is ze wel *gereïncarneerd* in Indy.' Wat onzeker keek ze Hennequin aan. 'Vind je dat raar, dat ik dat denk?'

'Nee hoor, helemaal niet.' Hennequins ogen lichtten op. 'Ik vind het juist een heel inspirerende gedachte.'

Miriam ging op een bank langs de kade zitten. Ze hield een hand gebogen om het schermpje van haar iPhone om de herfstzon buiten te sluiten. Het moest in Florida nog midden in de nacht zijn, wat betekende dat Chucky Lee al net zo'n ongeregeld werkschema had als zijzelf, of dat de mail onderweg vertraging had opgelopen.

Chucky had veel woorden nodig om te vertellen dat het niet eenvoudig was geweest om de echte naam van Hennequin te achterhalen. Hij wees Miriam er nog eens op dat Hennequins huidige achternaam afkomstig was van haar laatst bekende Amerikaanse echtgenoot, Keanu Smith, een vastgoedhandelaar. Voor ze met hem trouwde stond ze ingeschreven als Hennequin Wilson. Die achternaam had ze overgehouden aan een kort huwelijk met ene Jonathan Wilson, een tandarts met wie ze enkele jaren in Las Vegas had gewoond. *Hoeveel ex-echtgenoten kon een vrouw hebben?* Vanwege haar relatie met deze tandarts had Hennequin een verblijfsvergunning voor de Verenigde Staten kunnen krijgen. Miriam scrolde door de tekst en ging verzitten.

De naam die Hennequin van huis uit had meegekregen klonk een stuk minder exotisch: Catharina Kramer. Ze was vijfendertig jaar geleden op 2 april geboren, in een dorpje waar Miriam nog nooit van had gehoord.

Chucky Lee was grondig te werk gegaan, dat moest ze hem nageven. Bij al zijn bevindingen waren de data genoteerd. Hennequin/Catharina had bijna negen jaar in de Verenigde Staten gewoond en was in die periode, voor zover bekend, twee keer getrouwd geweest. Van de tandarts was ze gescheiden, de vastgoedhandelaar was gestorven aan alcoholvergiftiging.

Chucky schreef in zijn mail dat hij nog meer voor Miriam zou kunnen betekenen. Hij kon bijvoorbeeld proberen om contact op te nemen met echtgenoot nummer één en met eventuele familieleden van echtgenoot nummer twee, zodat hij meer over Hennequin te weten zou kunnen komen en haar Amerikaanse leven in kaart kon brengen. Ook was er een mogelijkheid om het autopsierapport van de overleden echtgenoot op te vragen en te achterhalen hoe het was gesteld met de verdeling van de erfenis. Vanzelfsprekend hingen daar prijskaartjes aan.

Miriam sloot de mail af en stopte haar telefoon in haar zak. Hennequin had drie echtgenoten gehad in een relatief kort tijdsbestek. Twee van hen waren overleden. Toeval? Ze keek uit over het glinsterende water, een brede, grijze stroom die daar ergens in de verte uitmondde in de Noordzee. De zon was achter de wolken verdwenen.

Miriam rilde, ze ritste haar trainingsjack helemaal tot bovenaan dicht en stond op. Chucky Lee had voorlopig genoeg gedaan. Ze had een naam, een geboortedatum en een geboorteplaats.

Vanaf nu kon ze terugvallen op haar eigen ervaring en netwerk.

Hennequin was de keuken aan het opruimen toen ze Didi hoorde huilen. Dit was geen zacht ingehouden gesnik, maar een huilbui die klonk alsof hij niet meer te stoppen was.

'Kraamtranen' werd dat genoemd in het cursusmateriaal dat ze van internet had gedownload. Op de derde en vierde dag na de bevalling was de kans daarop het grootst. Didi reageerde dus precies volgens het boekje. Hennequin had gelezen dat emotionele uitbarstingen zelfs waren te verwachten van kraamvrouwen die na een probleemloze zwangerschap heel vlot een kerngezonde baby ter wereld hadden gebracht. Bij Didi kon je van een probleemloze zwangerschap toch niet bepaald spreken, en een vlotte bevalling was haar ook al niet gegund geweest.

Daar kwam die familiesituatie nog eens bij. Didi had op

jonge leeftijd zowel haar vader als haar enige zusje verloren, en haar moeder had blijkbaar niet zoveel haast om naar haar kleinkind te komen kijken.

Vanmiddag, net nadat het bezoek was vertrokken, was Oscar ook nog eens weggeroepen voor zijn werk. 'Een paar uurtjes kan toch wel?' had hij gezegd, met één voet al in de gang, zijn jas in zijn hand. 'Hennequin is er voor jou en Indy, ik hoef er toch niet de hele tijd bij te gaan zitten?' Toen was hij in zijn lease-Audi gestapt en weggereden.

Dat was een beetje gevoelloos geweest van Oscar. Maar wel begrijpelijk. Zo'n man had lucht nodig. Ruimte. Hij werd vast gek in dit huis, de hele dag tussen vier muren met een ziekelijke, instabiele vrouw en een kraamverzorgster die zijn hormonen op hol bracht. Die man worstelde met zijn emoties. Hij stortte niet huilend in, zoals Didi, hij vluchtte weg.

Maar hij zou terugkomen. En dan was Hennequin hier nog steeds, verleidelijk en gewillig, zachtjes lieve dingen in zijn oor fluisterend. Er was geen ontkomen aan.

Didi lag volop te snotteren. Ze deed geen moeite meer om de schijn op te houden. Ze huilde met lange uithalen.

Hennequin stond ernaar te luisteren, tegen het aanrecht geleund met haar armen over elkaar. Haar ogen gesloten, haar mondhoeken naar boven gekruld.

Ze genoot.

Miriam nam een slok van haar kamillethee. Die hielp haar normaal gesproken om slaperig te worden, net als de hete douche die ze na het hardlopen had genomen, en de stille duisternis die in huis heerste nadat ze de gordijnen had dichtgetrokken. Nu hielp het allemaal niets. Haar laptop zoemde. Het scherm verlichtte haar gezicht en een deel van de kleine woonkamer.

Hennequins geboorteplaats bleek een gehucht te zijn in het uiterste zuidwesten van Gelderland, vlak bij Zaltbommel. Het had iets meer dan zeshonderd inwoners, een hervormde kerk die dateerde uit de elfde eeuw en één basisschooltje, dat De Rank heette en plaats bood aan zo'n honderd leerlingen.

Miriam gebruikte Street View om door het plaatsje te wandelen. De beelden waren in de zomer gemaakt. Blauwe luchten, schapenwolken, fruitbomen en bloeiende heesters. Bijna alle huizen waren vrijstaand en ze leken minstens honderd jaar oud. Mooi gerenoveerde boerderijtjes, waarvan sommige op terpen stonden, villa's met puntdak en witte dakranden met houtsnijwerk – een prachtige plek om op te groeien.

Peinzend bekeek Miriam de straten en huizen, kroop virtueel door het dorp. *Wat voor kind was jij, Catharina Kramer? Wat heeft ertoe geleid dat jij vanaf zo'n idyllische plek naar Amerika bent verhuisd en Hennequin Smith bent geworden?*

Miriam nam nog een slok van haar thee. Wat zei een geboorteplaats nou eigenlijk? Misschien was Hennequin wel in een van die sprookjesachtige huizen geboren, maar heel ergens anders opgegroeid?

Het geluid van haar telefoon bracht haar terug naar het hier en nu. Het toestel lag als een boos zoemend insect op de eetbar te trillen. Ze keek op het schermpje. Een nummer dat ze niet herkende. 'Met Miriam?'

'Hoi. Met Boris.'

Ze pakte de iPhone met twee handen vast en ergerde zich tegelijkertijd aan haar eigen puberale enthousiasme. 'Hé, Boris.'

'Bel ik gelegen?'

'Ja, hoor. Wat is er?'

'Ik vroeg me af... Heb je al wat gegeten?'

'Nee. Nog niet.'

'Mooi. Zal ik voor jou straks ook een pizza bestellen bij onze buurman?'

Haar mondhoeken kropen omhoog. 'Klinkt goed, maar...'

'Maar wat?'

'Ik had eigenlijk al lang moeten slapen, ik heb straks weer nachtdienst.'

Een diepe lach aan de andere kant van de lijn. 'Shit. Dat vergeet ik steeds, dat je politieagent bent. Behalve als je in uniform...' Hij zweeg even en kuchte. 'Raar eigenlijk, we wonen feitelijk in hetzelfde huis en we kennen elkaar amper.'

'Dat heb je in een stad. Sommige mensen vinden dat fijn.'

'Jij ook dan?'

'Soms.' Omdat hij niet reageerde, voegde ze er snel aan toe: 'Nu niet, trouwens.'

'Dus samen een pizza eten schrikt je niet af?'

'Nee. Het lijkt me juist wel gezellig.'

'Oké. Ehm... heb je zaterdag tijd?'

'Ja, goed.'

'Nog speciale wensen?'

'Een pizza hawaï of anders een roma. Zal ik bier meenemen?'

'Perfect. Ik zie je zaterdag rond zessen.' Met een korte groet verbrak Boris de verbinding.

Een beetje beduusd bleef Miriam zitten. Moest ze dit nu beschouwen als een date? Of had hij spontaan bedacht dat ze elkaar maar eens beter moesten leren kennen – gewoon, als goede buren?

Nou werd het helemaal moeilijk om nog de slaap te vatten.

‘Hè, hè, eindelijk heb ik je te pakken! Ik krijg verdorie steeds je voicemail en je belt niet terug.’ De stem van Hennequins opdrachtgeefster klonk helder, bijna alsof ze naast haar stond.

‘Sorry, Dora,’ antwoordde Hennequin. ‘Mijn telefoon doet heel rare dingen de laatste dagen. Ik word er gek van. Maar ik was sowieso al van plan om je te bellen.’ De warmte in haar stem kwam niet overeen met de harde blik in haar ogen. Hennequin haalde geërgerd haar vingers door haar donkere haar. Het was nog vochtig van de baantjes die ze had getrokken in het gemeenschappelijke zwembad in het souterrain van de woontoren. Haar blik bleef rusten op het plastic tasje van de bezorg-Thai dat op de eettafel stond. Het eten was haar gisteren zo goed bevallen dat ze vandaag bij hetzelfde restaurant haar bestelling had gedaan. De geuren van citroengras, gember en kokos vulden de kamer. Dit gesprek moest niet te lang gaan duren.

‘Hoe gaat het bij de familie Stevens?’ hoorde ze Dora vragen.

‘Uitstekend. Echt heel goed. Het zijn leuke, lieve mensen en Indy, het kindje, is heel makkelijk. Met het kolven is het nog een beetje onwennig, maar ik heb er alle vertrouwen in dat dat wel goed zal komen.’

‘Hoe is het met haar bekken?’

‘Niet goed. Ze kan nog steeds niet veel. Ze vertelde me vandaag dat de fysiotherapie na de kraamweek weer wordt opgepakt. Ik hoop echt dat het haar zal helpen, want dit is zo zielig. Ze kan haar eigen kindje niet eens in bad doen.’

‘Ja, dat is triest, inderdaad. Maar je kunt haar alvast geruststellen, want bekkenproblemen zijn vrijwel nooit blijvend. Zeg, om nog even terug te komen op dat kolven: je weet dat we als kraambureau goede ervaringen hebben met een lactatiekundige? Als het niet goed gaat, moet je me dat echt melden, want dan vraag ik of zij wil bijspringen. Vaak zijn er maar een paar kleine aanpassingen nodig.'

'Hoeft niet,' zei Hennequin stellig. 'Het gaat elke dag een beetje beter. Ik weet zeker dat we er samen uit zullen komen.'

Dora was even stil. Zei daarna: 'Dat is ook wel wat de familie zelf zo ervaart.'

De familie zelf? Hadden ze onderling contact?

'O?'

'Aan het einde van de derde dag bel ik de familie op om te vragen hoe het gaat, of het klikt met de kraamverzorgster en of er misschien nog vragen zijn. Ik heb de vader, Oscar Stevens, eerder vandaag gesproken en hij was zeer over je diensten te spreken.'

Hennequin grijnsde naar haar eigen weerspiegeling in het grote raam van het penthouse. Ze zag de witte keuken achter zich en de lage, witte bank bij het kleed. Aan de andere kant van het glas joegen grauwe wolken over de stad. Over een uur zou het donker zijn.

'Fijn te horen dat we op één lijn zitten,' zei ze. 'Hoe is het eigenlijk met de kraamverzorgster die ik heb vervangen, met Jantine?'

Dora klonk plotseling somber. 'Nog steeds niet goed. Het is nog maar de vraag of het ooit goed komt met haar stuitje. Voorlopig heeft ze heel veel pijn en kan ze absoluut niet werken.'

'De meeste ongelukken gebeuren binnenshuis,' zei Hennequin.

'Ja, ze zeggen het. Maar Jantine blijft erbij dat ze van de trap werd geduwd.'

'Door haar vriend of man?'

'Jantine woont alleen. De politie nam haar vermoedens

serieus, maar ze hebben geen sporen van braak aangetroffen.'

Nee, natuurlijk niet. *Jantine is een naïeve doos die het klepraampje boven de keukendeur dag en nacht open laat staan voor de kat en ook nog eens de sleutel op de achterdeur laat zitten.*

'Is er niets gestolen?'

'Nee, niets.'

Hennequin peuterde een velletje van haar nagelriem. Jantine had blijkbaar nog niet gemerkt dat ze een uniform kwijt was. Ze had er dan ook zes in haar kast liggen, in verschillende maten nog wel. 'Jee, wat een eng verhaal, Dora. Ik ken haar niet, maar ik neem aan dat je zoiets niet zomaar verzint. Je zou bijna in geesten gaan geloven.'

'Nou, we blijven wel nuchter, hoor. In elk geval ben ik blij dat jij je precies op tijd hebt gemeld, zodat je haar kon vervangen. Het zal wel zo hebben moeten zijn. Zonder jou had ik me echt geen raad geweten.'

'Ik vind het jammer dat dit ten koste moest gaan van een ander, maar ik ben wel heel blij dat je me deze kans hebt gegeven. Het is ook echt een fijne familie, ik werk er graag. Ik hoop dat ik na volgende week aan de slag kan bij een nieuw gezin.'

'Als het zo doorgaat, zou ik daar wel van uitgaan. Maar doe me een lol en laat je telefoon maken, want ik vind het vervelend dat je zo slecht bereikbaar bent.'

'Zal ik doen,' zei Hennequin. Ze groette Dora nog eens en drukte de verbinding weg.

Ze liep naar de eettafel, pakte het plastic tasje en gooide het zonder erin te kijken in de vuilnisemmer. Nam haar tablet van de bank en bestelde een nieuwe maaltijd.

Ze had een hekel aan lauw eten.

Indy huilde. Haar stemmetje was heel zacht en bibberig en klonk gedempt door de muur, maar het ging bij Didi door merg en been. Ze lag klaarwakker in het logeerbed en keek op haar telefoon. Halfvier. Ze had het geprobeerd. Ze had gedaan wat Oscar haar eerder op de avond had gevraagd: hem niet meteen bij elk piepje van Indy bellen om haar uit het wiegje te halen. Maar nu huilde ze al twintig minuten achter elkaar en Didi kon er niet meer tegen. Het was alsof ze een onzichtbaar lijntje had met haar dochter. Elke kik van haar *voelde* ze, fysiek, als een kramp diep in haar lege buik. Haar borsten reageerden er ook al op.

Ze vervloekte haar bekken. Waarom kon ze nou niet gewoon opstaan en naar haar kind gaan om haar uit het wiegje te pakken en tegen zich aan te drukken? Het was precies wat Hennequin had gezegd vanmiddag: *Wat een pech en ongeluk heb jij gehad in je leven.* Wat had ze verkeerd gedaan dat ze dit allemaal over zich heen kreeg? Tegelijkertijd voelde ze zich schuldig over haar eigen klaagzang. Indy had gewoon honger. Meer was er niet aan de hand. Didi's melkproductie was wel wat toegenomen, maar het was nog steeds niet genoeg voor Indy.

Hennequin had haar verzekerd dat dit tijdelijk was. Ondanks de pijn en overbelasting produceerde Didi steeds meer melk. Het zou een kwestie van een paar dagen zijn en dan zouden vraag en aanbod op elkaar zijn afgestemd. Een week, hooguit.

Indy huilde nog steeds. Ze riep haar echt.

Didi pakte haar telefoon en belde Oscar nog eens. Waarom had ze er ooit mee ingestemd dat ze beter in gescheiden kamers konden slapen? Natuurlijk, dit bed stond op klossen, daarom kon ze er makkelijker in en uit. Maar het had haar ook verdreven uit de echtelijke slaapkamer en weggedrukt naar een hoekje van het huis.

Didi duwde zachtjes tegen haar borsten. Ze voelden zwaar en zo nu en dan schoot er een lichte pijnscheut doorheen. Ze zou nu eigenlijk moeten gaan kolven, maar het kolfapparaat stond beneden in de keuken. Opnieuw belde ze Oscar. Ze hoorde zijn ringtone dwars door de deuren heen. Hij nam niet op.

'Os? Oscar? Os?' Ze verhief haar stem. 'Oscár!'

Indy hield niet op met huilen.

Eruit gaan? En dan? Ze kon haar baby niet eens uit bed tillen. Ze was veel te bang dat haar benen het zouden begeven.

'Oscar!

Hij stond ineens in de logeerkamer. Zijn ogen blooddoorlopen, zijn haar rechtop. Hij had nog hetzelfde overhemd aan als vanmiddag.

'Waarom laat je me nou zo roepen?' vroeg ze.

Zijn kaken verstrakten. 'Waarom laat jij me godverdomme niet gewoon slapen?'

Ze schrok van zijn gezichtsuitdrukking. 'Indy huilt.'

'Ja, Indy huilt. Die huilt verdomme altijd! Ga slapen, mens. Om zeven uur is de baby aan de beurt, ik heb ook nog een leven.'

Ze voelde zich langzaam koud worden. 'Hoe kun je... Hoe... Jezus, Oscar, Indy heeft ons nodig, hoor je dat niet? Ze heeft honger. Ik kan het niet. Oké? Ik kan haar niet uit bed halen. Ik kan ernaartoe strompelen en naar haar gaan staan kijken, dát kan ik. Heb je enig idee hoe frustrerend dat is?'

Hij keek haar zwijgend aan, zijn ogen donker. Zei daarna koeltjes: 'Dit is niet mijn keuze, Didi.'

'Wat is niet jouw keuze? Dat ik niet kan lopen, nee, dat is ook niet de mijne, ik–'

'Dat bedoel ik niet,' onderbrak hij haar. 'Ik bedoel het kind.'

Zijn woorden raakten haar als kogels. 'Maar je hebt gezegd–'

'Ik weet nog verdomde goed wat ik heb gezegd! Dat ik nog niet toe was aan vadertje en moedertje spelen. En dat wist jij ook. Je wist het al toen je besloot om het niet weg te laten halen.'

Didi schudde vol ongeloof haar hoofd. 'Je hebt gezegd dat je me zou steunen. Dat je wel aan het idee gewend zou raken. Je hebt zelfs pas nog gezegd dat je je erop verhéúgde.' Haar zicht was wazig geworden en de tranen liepen over haar wangen.

'Misschien was dat op een gegeven moment ook wel zo, misschien heb ik me laten meeslepen door het idee.' Hij legde zijn hand in zijn nek. Bleef even zo staan. Net toen Didi dacht dat hij zijn excuses zou aanbieden, veranderde zijn gezichtsuitdrukking en wees hij met zijn wijsvinger naar haar. 'Maar jij, Didi Vos, jij bent echt aan het doorslaan met je moedermelkgedoe. Ik heb mijn slaap nodig! Volgende week moet ik weer volop aan het werk en ik kan het me echt niet veroorloven om constant door jou wakker te worden gebeld. Als er echt iets aan de hand is, prima, ik ben echt de beroerdste niet, maar die baby huilt gewoon van de honger. En dát, Didi…' Zijn gezicht vervormde tot een grimas terwijl hij nog eens naar haar wees: 'Is jóúw schuld. Jóúw keus. Daar moet je niet míjn probleem van maken.'

'Maar wat moet–'

'Geef dat kind verdomme gewoon poedermelk, muts, daar zijn hele volksstammen mee groot geworden. Die van ons komt er ook wel mee groot.'

Didi dacht aan de fora die ze op internet had gelezen. Aan al die partners die hun vrouw steunden als ze hun kind borstvoeding wilden geven. Die lief voor haar waren. Massages gaven, knuffels. Thee. Ze was zo geschokt dat ze was gestopt met huilen. Ze voelde zich vanbinnen steeds kouder worden. Leger. Stiller.

'Je bent er gewoon niet geschikt voor,' beet hij haar toe.

'Hennequin zegt–'

'Hennequin kan mijn rug op. Heb je je tieten gezien? Dat komt nooit meer goed. Ik denk dat jij eens moet gaan kiezen wat je belangrijker vindt. Want ik trek dit niet.' Hij beende de kamer uit, verdween in Indy's kamer en kwam terug met de baby op zijn arm. Legde haar onhandig bij Didi op schoot. 'Ik ga een flesje halen,' gromde hij.

Ze wilde hem naroepen om ook het kolfapparaat mee te nemen, maar dat durfde ze nu niet meer.

De vierde dag

VRIJDAG

Miriam parkeerde haar auto in de berm en stapte uit. Ze ritste haar jack dicht tegen de wind. Het dorpje lag in een landschap van weilanden en boomgaarden en bestond uit een verzameling kronkelige laantjes met knoestige oude bomen, boerderijtjes en eeuwenoud ogende, vrijstaande herenhuizen en villa's. Een dorpskern leek er niet te zijn. Verderop raasde het verkeer over de A2, de drukke verkeersader tussen Maastricht en Amsterdam. Dat geraas deed wel een beetje afbreuk aan het idyllische, bijna mystieke van de plek.

Maar de echte domper was de basisschool. Miriam keek ernaar, haar handen diep in de zakken van haar leren jack weggestopt. Witte en oranje bakstenen. Een puntdak, glas, trespa. Als Hennequin in dit dorpje was geboren en getogen, dan moest ze hier zo'n vijfentwintig jaar geleden op school hebben gezeten. En zo lang stond dit gebouw er beslist nog niet.

Ze stapte het plein op en liep naar de ingang. Een van de klapdeuren gaf mee. Binnen hing de typische geur die alle basisscholen in het land gemeen leken te hebben. Een mengeling van hout, linoleum, vingerverf en vochtige kinderjasjes. Die laatste hingen aan een lange kapstok tegen de muur. Daarboven waren planken waar jeugdboeken op stonden.

Miriam zag door het glas van een deur kinderen in een klaslokaal zitten. De tafeltjes stonden per vier tegen elkaar aan.

'Bent u naar iemand op zoek?' Een kerel met een zijscheiding kwam haar tegemoet gelopen en bleef op enkele passen van haar staan. Vanachter zijn montuurloze brilletje keek hij haar argwanend aan. De man moest in de dertig zijn, maar door de manier waarop hij zich bewoog maakte hij een oudere indruk. Dit gedrag en deze mimiek zag je vaak bij priesters en kloosterlingen. Miriam voelde zich ineens heel ver van Rotterdam verwijderd.

'Het spijt me dat ik hier zomaar kom binnenlopen,' zei ze, zonder een spoor van spijt. 'De deur was open. Mijn naam is Miriam de Moor, politie Rotterdam. U bent?'

De man leek even uit het veld geslagen. 'Addo van Zuilen, directeur van deze school.'

'Mooi, dan heb ik meteen de juiste te pakken.' Ze stak haar hand uit, die hij halfslachtig aannam. 'We zijn bezig met een onderzoek en daar zou ik u graag een paar vragen over stellen. Ik hoop dat u even tijd hebt. Normaal gesproken zou ik mijn komst hebben aangekondigd.' Ze liet in het midden waarom ze dat nu niet had gedaan, maar vervolgde, terwijl ze zoekend om zich heen keek: 'Kunnen we hier ergens rustig praten?'

De directe aanpak werkte altijd bij ingetogen types. De directeur ging haar voor naar een kantoor achter in het gebouw. Een groot raam bood uitzicht over verlaten, modderige weilanden en de snelweg. Miriam nam het interieur in zich op. Een zacht glanzend houten bureau, boekenkasten. De meubels waren ouder dan de school zelf. Er stond een koffie- en theeapparaat in de hoek, maar de man bood haar niets aan.

Hij wees naar een stoel tegenover het bureau. 'Gaat u zitten, mevrouw eh... Wat was uw naam ook alweer?'

'De Moor, hulpofficier van justitie.' Ze zag de gezichtsuitdrukking van de man veranderen. Inwendig moest ze grinniken. Hulpofficier van justitie betekende precies hetzelfde als chef van dienst, het was gewoon een duurder klinkende naam voor dezelfde functie.

Ze ging zitten. 'Dit gebouw is nog niet zo oud, valt me op.'

'Klopt. Het is pas zes jaar geleden gebouwd.'

'Had dit dorp vijfentwintig jaar geleden ook al een eigen basisschool?'

'Jazeker.' Hij wees naar de muur achter Miriam. 'Die was toen nog gevestigd in het oude pand, verderop in de straat, dichter bij de kerk.'

Miriam luisterde maar half naar de uitleg die volgde over de slechte staat waarin het oorspronkelijke schoolgebouw blijkbaar al lange tijd had verkeerd voor het werd afgedankt. Bij de eerste adempauze die de directeur nam vroeg ze: 'Komt u uit de regio?'

Hij schudde zijn hoofd. 'Ik ben geboren en getogen in Barneveld en vier jaar geleden speciaal voor deze functie hierheen verhuisd.'

'Werken er op deze school nog leraren die hier eind jaren tachtig ook al lesgaven?'

'Nee. Ons team is jong. Daar zijn we trots op. Een nieuwe generatie, nieuwe methoden en ideeën, met behoud van de waarden en...'

De directeur ratelde door, heel gedetailleerd en zelfs een beetje defensief, alsof ze van de onderwijsinspectie was. Het was geen onbekend verschijnsel: zodra mensen hoorden dat je bij de politie zat, werden ze vaak nerveus. Ze had dat effect zelf nog verergerd door de term 'hulpofficier van justitie' te laten vallen.

Uiteindelijk onderbrak ze hem. 'Hoe zit het met de administratie?'

'U bedoelt?'

'Als ik wil weten welke kinderen zo'n vijfentwintig jaar geleden op deze school zaten, kan ik dat dan terugvinden in uw administratie?'

De man ging verzitten. 'Dat zou in principe moeten kunnen, maar...' Hij keek naar buiten, alsof daar een oplossing voor zijn probleem lag. 'Helaas is er door de verhuizing iets misgegaan.'

'Dat houdt in?'

Hij zag er nu echt nerveus uit. 'Dat we van vóór 2003 geen naam- en adresgegevens meer beschikbaar hebben van onze oud-leerlingen.'

Miriam nam de tijd om na te denken. Ze wist niet eens of Hennequin hier op school had gezeten, en deze man kon haar dat blijkbaar ook niet vertellen. Uiteindelijk vroeg ze: 'Kunt u mij in contact brengen met een oud-onderwijzer of -onderwijzeres?'

Zijn gezicht klaarde op. 'Er woont er hier een in het dorp. Corné Dillen. Zit tegenwoordig in het gemeentebestuur.'

Miriam pakte een notitieboekje uit haar zak en schreef de naam en het adres op. Vroeg de directeur vervolgens om meer namen en adressen, mogelijk ook van een conciërge die ze zou kunnen benaderen, maar daaraan kon hij haar niet helpen.

'Dillen kent misschien nog wel mensen uit die tijd,' zei hij.

Normaal gesproken zou Miriam de man nu haar kaartje hebben gegeven en hem hebben gevraagd haar te bellen als hem nog iets te binnen zou schieten. Maar veel zin zou dat nu niet hebben. Ze bedankte de directeur voor zijn tijd, nam snel afscheid en ging naar buiten.

Het was te hopen dat Corné Dillen thuis was.

Didi's collega's zaten in een halve kring om het bed in de woonkamer.

Een beleefdheidsbezoekje, zag Hennequin. Daar was geen twijfel over mogelijk. De vrouwen toonden geen oprechte interesse voor Didi en de baby. Ze zaten op hete kolen.

'Nou Didi, je hebt een prima hulp, zie ik.'

Hennequin gaf Didi een spuugdoekje en keek glimlachend om naar de kortharige blonde vrouw. 'Het is mijn werk om te helpen.'

Vanuit haar bed keek Didi haar vol adoratie aan. Haar huid leek met de dag transparanter te worden, viel Hennequin op. Een weke, witte laag die over haar geteisterde spieren en beenderen lag, met paarse adertjes bij haar slapen als fijn vertakt koraal.

'Hennequin is te bescheiden,' zei Didi, terwijl ze het spuuglapje opvouwde en naast zich neerlegde. 'Ze is geweldig, een geschenk uit de hemel. Ik zou niet weten wat we zonder haar moesten.'

Het was bijna ontroerend hoe dankbaar Didi was. En stekeblind.

'Ik doe het graag,' zei Hennequin lachend en ze zette de gebaksbordjes en theekoppen op het dienblad. 'Willen jullie nog een kopje thee, dames?'

De vrouwen stonden vrijwel gelijktijdig op, alsof ze het hadden afgesproken. 'Nee, dank je, we moeten er weer vandoor.' Ze grepen hun handtassen van de grond en de stoelleuningen.

'Het is geen moeite, hoor,' drong Hennequin aan. 'Blijf toch even, zoveel bezoek krijgen we niet.'

De vrouwen keken elkaar veelbetekenend aan. Een getint

meisje, de jongste, maakte aanstalten om weer te gaan zitten, maar ze werd door de rest zwijgend terechtgewezen.

Na een korte, ongemakkelijke stilte zei de vrouw met het korte blonde haar: 'Sorry, ik heb een afspraak om halftwee.'

'Ik ook,' zei een ander.

'Zal ik anders volgende week terugkomen?' klonk het aarzelend uit de mond van de jongste collega.

'Gezellig! De deur staat altijd open,' kraaide Hennequin. 'Het is maar één keer kraamtijd. Ik zal jullie even uitlaten.' Hennequin ging de vrouwen voor naar de hal, gaf hun jassen aan en maakte de voordeur open. 'Bedankt voor jullie lieve cadeautjes, echt heel attent,' riep ze hun na, en ze sloot de deur.

In de woonkamer was het stil.

Didi lag nog even bleekjes als zojuist in het verhoogde invalidenbed, haar ogen gesloten en de armen stijf langs haar lichaam. Zoals ze daar lag, leek ze nog het meest op een lijk. Een dode Didi – wat een fijne gedachte. Maar een lijdende Didi was voorlopig nog veel aantrekkelijker.

Neuriënd rolde Hennequin de stoelen terug op hun plaats. Ze hoorde voetstappen op de bovenverdieping. Oscar was eindelijk uit bed. Hij had vannacht net als Didi slecht geslapen, omdat de garnaal veel wakker was geweest. Honger. Het wezen krijste de longetjes uit het pasgeboren lijfje om dat aan haar ouders duidelijk te maken. Maar Didi kon haar kind niet helpen.

Gedempt door de verdiepingsvloer hoorde Hennequin water lopen. Oscar nam een douche.

'Waarom zei je dat nou?' vroeg Didi.

Hennequin neuriede door en stapelde de bordjes op elkaar.

Didi herhaalde haar vraag, nu wat harder. 'Je zei dat we weinig bezoek krijgen. Vind je dat echt?'

Hennequin ging handenwrijvend naast het bed staan. 'Om eerlijk te zijn... ja. Ik ben het drukker gewend.'

'Oscar en ik hebben afgelopen zomer een babyshower in de tuin gehouden, toen was het best druk.'

Hennequin stak een hand op. 'Weet je, Didi. Je hebt gelijk: ik had dat niet mogen zeggen waar je collega's bij waren. Het gaat hen helemaal niet aan. Sorry.'

Didi lachte gespannen. 'Nee, joh, maakt niet uit, hoor. Jij mag natuurlijk zeggen wat je wilt. Ik ben gewoon een beetje prikkelbaar door vannacht. Ik...' Ze sloeg haar ogen neer. 'Ik heb ruzie gehad met Oscar.'

Hennequins ogen lichtten op. 'O, ja? Hoezo?'

'Hij vindt het onzin dat ik het maar blijf proberen met dat kolven.'

'En hij vindt dat een ruzie waard?'

Didi knikte. Boven de deken grepen haar vingers nerveus in elkaar. 'Hij is anders niet zo prikkelbaar. Het komt omdat hij te weinig slaap krijgt, daar kan hij niet tegen.'

'Baby's huilen nu eenmaal, het is hun enige manier om ons te laten weten dat ze honger hebben, of dat ze het koud hebben, of te warm.'

'Dat weet ik, maar...' Didi keek Hennequin aan. 'Indy huilt heel veel 's nachts. Echt veel meer dan overdag. Oscar vindt dat ik haar moet laten huilen, maar dat kán ik niet. Ze roept me, ze ligt daar helemaal alleen in dat bedje in het donker. Ik zou haar zo graag bij me hebben 's nachts.'

'Dat begrijp ik, maar het is echt beter zoals het nu gaat, zowel voor jou als voor Indy. Dat weet je toch?' Hennequin keek haar nadenkend aan. 'Weet je wat we doen? We gaan jou vandaag eens lekker boven in de logeerkamer leggen. Daar lig je wat rustiger dan hier en dan kun je wat extra slaap proberen te pakken. Da's goed voor je humeur en voor je melkproductie. Mocht er nog visite komen, dan vraag ik of ze morgen of overmorgen willen terugkomen. Deal?'

Didi knikte vermoeid.

'Goed zo. Dan breng ik alvast het kolfapparaat naar boven. Je weet hoe het werkt, hè, daarmee hoef ik je niet meer te helpen. Ik breng je zo meteen een kopje thee.'

Vergeleken met het merendeel van de huizen in dit dorp woonde Corné Dillen in een bescheiden kabouterhuisje. Het was witgestuukt en had een flauw aflopend en nogal laag pannendak. Aan de voorkant van het terrein stond een sierhek van groen metaal.

Het grind knarste onder Miriams sneakers toen ze naar de zijkant van het huisje liep. Ze gaf een slinger aan de gietijzeren bel die naast de deur hing. Hij maakte zoveel lawaai dat de rest van het dorp ook meteen op de hoogte moest zijn wanneer Dillen bezoek kreeg.

Miriam keek om zich heen. Het dorp had in werkelijkheid een andere sfeer dan ze had verwacht. In de zomer zou het hier vast prachtig zijn, zoals ze op Google Maps had gezien, wanneer alles in bloei stond en er dieren graasden in de weilanden. Maar nu was het vooral stil. De nevel die opkroop uit de omliggende, modderige weilanden gaf de omgeving iets sinisters. Het was een bevreemdende en veel te rustige plek.

De man die de deur opendeed zag er gelukkig een stuk minder wereldvreemd uit dan de jonge schooldirecteur. Het was een stevig gebouwde kerel met borstelige, donkere wenkbrauwen, gemillimeterd grijs haar en een vriendelijke oogopslag. Hij droeg een blauwe fleecetrui en een ribbroek. Tegelijk met hem verscheen er een keeshondje in de deuropening, dat hees keffend rondjes om haar heen begon te rennen.

'Miriam de Moor, politie Rotterdam. Bent u Corné Dillen, oud-onderwijzer van basisschool De Rank?'

'Dat ben ik.'

Het hondje kefte door.

'Mag ik even binnenkomen?'

Dillen maakte geen aanstalten om haar binnen te laten. Hij wreef met gestrekte wijsvinger over een van zijn dikke, zwarte wenkbrauwen. 'Waar gaat het over?'

'Over een oud-leerlinge van u. In het kader van een onderzoek probeer ik meer over haar jeugd te weten te komen.'

Hij keek over zijn schouder het huis in. 'Ik moet zo meteen weg voor een vergadering. Kan dit misschien een andere keer?'

'Het hoeft niet lang te duren,' probeerde ze.

'Over wie gaat het eigenlijk?'

'Catharina Kramer.'

De gezichtsuitdrukking van de man veranderde. Hij zei niets.

'Ze heeft mogelijk eind jaren tachtig, begin jaren negentig bij u hier in het dorp op school gezeten. Die naam zegt u wel iets, merk ik?'

'Catharina?' Hij bewoog zijn lippen alsof hij er een velletje vanaf beet, en trok onverwacht de deur verder open. 'Goed. Een paar minuutjes heb ik wel.'

'Je ziet er een beetje moe uit, Oscar.' Hennequin pakte een glas uit de kast en hing er een theezakje in. Draaide de Quooker open. Een straal kokend water spoot sissend en borrelend in het glas. Ze zette het neer en keek Oscar aan, die met zijn onderrug tegen het werkblad van de keuken geleund stond en een espresso dronk. Hij droeg een jeans en een rode polo. Zijn donkere haar was nog vochtig van de douche. Hij keek een beetje beteuterd.

'Dit zijn enerverende dagen,' ging ze door. 'Je moet meer rust nemen.'

Hij zette zijn espresso op het blad. 'Gaat niet. Indy was steeds wakker vannacht. Ik heb geen oog dicht kunnen doen. Dit is al de tweede nacht dat ze ons uit de slaap houdt.'

'In principe zou ze met haar geboortegewicht makkelijk moeten kunnen doorslapen op één voeding per nacht. Maar soms huilen baby'tjes zichzelf in slaap. Dan hebben ze dat nodig om goed moe te worden. Vaak zit er dan maar één ding op, en dat is om ze gewoon te laten huilen.'

Hij keek haar aan met bloeddoorlopen ogen. 'Dat wil ik ook, maar Didi blijft me maar bellen omdat ze vindt dat ik Indy eruit moet halen. Ze kan het zelf natuurlijk niet doen.' Hij haalde zijn vingers door zijn haar. Zijn mondhoeken waren in de afgelopen dagen een beetje naar beneden gezakt, merkte Hennequin op.

Toch zag hij er nog steeds goed uit.

'Ik zal het er straks wel even met haar over hebben,' zei Hennequin.

Oscar glimlachte vermoeid. 'Dank je. Lief van je. Je hebt...'

Hennequin ging dichter bij hem staan. Ze rook Oscars douchegel – Rituals, wist ze, ze had de badkamer van de familie Stevens-Vos in de afgelopen dagen al even goed leren kennen als die van haarzelf. Ze had alle kastjes en lades doorgespit.

Oscar was gestopt met praten.

Hennequins borsten drukten bijna tegen hem aan. Ze moest haar hoofd naar achteren leggen om hem in zijn ogen te kunnen kijken. 'Ik begrijp wat je doormaakt. Didi is zichzelf niet.' Ze legde haar hand op zijn onderarm.

Hij keek ernaar, vluchtig, maar trok zijn arm niet terug.

'Luister, Oscar. Ik ben hier niet alleen voor de baby en voor Didi. Ik ben hier ook voor jou,' zei ze, met zachte, mierzoete stem. Haar duim maakte cirkelende bewegingen over zijn arm. 'Maak daar gebruik van. Als ik je ergens mee kan helpen, als ik ook maar íéts voor je kan doen…'

Het was lang geleden dat Miriam filterkoffie had gedronken – ze vroeg zich af of zulke apparaten nog wel werden verkocht. En het was nog veel langer geleden dat ze er een bastognekoek bij had gegeten. Ze nam het interieur van het huisje in zich op. Het was echt klein, maar ook knus door de donkere vloerbedekking en het brandende gaskacheltje. De meubels zagen er oerdegelijk uit. Alles bij elkaar voelde het een beetje alsof ze bij haar opa en oma op bezoek was. Alleen woonden opa en oma Dillen in een soort openbare Efteling in plaats van in een drukke, bruisende wijk in Rotterdam.

Verderop in het woonkamertje zat mevrouw Dillen aan de eettafel te wordfeuden op een iPad. Haar hondje lag opgekruld als een oranje pluizenbal op haar schoot, zodat je niet meer kon zien wat de voor- en de achterkant waren.

Dillen logde in op zijn computer. 'Ik heb een poos terug alle klassenfoto's handmatig ingescand. Oud-leerlingen vragen er nog weleens naar bij school, en dan worden ze naar mij doorgestuurd.' Hij boog zich naar voren en typte nog wat gegevens in. 'Dit is hem. De zesde klas van 1990.' Hij klikte op de foto, vergrootte hem en zoomde in op een mollig meisje met een dikke bril en lang, golvend, maar duidelijk wat sliertig, slecht verzorgd haar. 'En dit is Catharina Kramer.'

Miriam staarde naar de foto. Een groter verschil met Hennequin Smith was niet denkbaar. Hennequin droeg geen bril, ze was slank, gebruind en tot in de puntjes verzorgd. Mensen konden veranderen in de loop van de jaren, maar toch. 'Dit kan haar bijna niet zijn,' zei ze.

'Ik vergis me weleens, maar in het geval van Catharina niet. Zij was zo'n leerlinge die je een leven lang bijblijft. School moet zwaar voor haar zijn geweest.' Hij vergrootte de foto nog verder, zodat het ongelukkig kijkende meisje bijna het hele scherm besloeg.

Miriam tuurde ernaar. Die ogen. Als ze de bril wegdacht, heel wat jaren erbij optelde, wat kilo's eraf, een afgeslankte versie van dat gezicht... Het zou kunnen.

Misschien.

'Waarom was het moeilijk voor haar?'

'Ze werd enorm gepest. Niet de eerste jaren, ik meen dat ze die nog heel behoorlijk heeft doorlopen. Later veranderde dat.'

'Waarom?'

Hij keek haar zijdelings aan. 'Kent u de regio?'

'Niet echt.'

'De mensen hier zijn behoudend. Traditioneel. De kerk is in deze gemeenschap heel belangrijk, het gezin de hoeksteen. Dat was in de tijd dat Catharina hier opgroeide wellicht nog sterker het geval dan tegenwoordig. Er heerste veel sociale controle. Catharina was enig kind, in een dorp waar gezinnen met acht, tien, zelfs vijftien kinderen de boventoon voerden. Die kinderen hadden niet zoveel behoefte aan contact met anderen, ze hadden genoeg aan elkaar. In het geval van Catharina... Nou ja, ze was alleen.'

'Het was ook gewoon een raar meisje, Corné, ze spoorde niet,' hoorde Miriam de vrouw van Dillen zeggen.

Ze draaide zich om naar de vrouw, maar die keek nog steeds naar haar beeldscherm, alsof ze hardop in zichzelf praatte.

'Catharina was op zich niet zo raar,' vergoelijkte Dillen. 'Ze paste hier alleen wat minder goed. Haar ouders kwamen van buiten, uit de stad, net als u. Ze waren misschien gevallen voor de schoonheid van de omgeving en het feit dat een mooi huis in deze streek betaalbaarder was dan waar ze vandaan kwamen.'

'Het waren anders geen armoedzaaiers,' bracht mevrouw Dillen vanachter haar iPad in.

'Waar kwamen ze vandaan?'

'Arnhem, meen ik. Wat mijn vrouw zegt klopt wel. De vader was veel en lang van huis, hij werkte op booreilanden, als ik het me goed herinner. Hij deed in elk geval iets met olie.'

'Die kerel was nooit thuis,' klonk het uit de woonkamer. 'En zijn arme vrouw zat daar maar, in dat veel te grote huis met dat rare kind. Het moet haar allemaal te veel zijn geworden. Misschien kon ze niet meer leven met het isolement.'

Dillen kuchte, zijn kaken verstrakten en hij keek Miriam recht aan. 'Het gezin was in het dorp een buitenbeentje omdat zij niet gelovig waren. Dat mevrouw Kramer, Heidi heette ze, maar één kind kon krijgen werd als een straf van boven gezien.' Hij stak zijn wijsvinger omhoog en maakte er een cirkelend gebaar mee. 'Er zijn er hier die nog steeds zo denken.' Hij boog zich naar haar toe, alsof hij een groot geheim ging verklappen: 'Er zijn er zelfs die geen tv hebben, geen internet.'

'Wat is er met die vrouw gebeurd?'

'Ze heeft zich verhangen.'

Miriam draaide haar hoofd met een ruk naar de man toe. 'Door wie is ze gevonden?'

'Een huishoudster. Naar ik weet heeft de dochter het niet hoeven zien, al durf ik dat niet met zekerheid te beweren. Er doen allerlei indianenverhalen de ronde. Dat kent u vast wel. Nou ja. In het laatste trimester van de vijfde klas raakte dat meisje haar moeder kwijt. En zelfmoord...' Hij beet nadenkend een velletje van zijn lip. 'Dat wordt in deze contreien als een zeer zware zonde gezien, het straalt ook af op de rest van het gezin. Catharina heeft haar school nog wel afgemaakt. Moedig. Havo-advies kreeg ze, al had er meer in gezeten. Het meisje was behoorlijk slim. Tegenwoordig zou je zeggen: hoogbegaafd.'

'Woont de vader hier nog?'

'Nee. Vader en dochter zijn verhuisd toen Catharina naar het voortgezet onderwijs ging.'

'Waarheen?'

Hij haalde zijn schouders op. 'Sommigen zeiden dat ze in het buitenland zijn gaan wonen, anderen zeiden in Nijmegen – feit is dat niemand het echt weet. Misschien is dat te achterhalen in de gemeentelijke registratie?'

Miriam keek naar buiten, naar de velden. De mist was dichter geworden. Daarna keek ze nog eens naar het computerscherm. 'Kunt u die foto naar mij mailen? En misschien hebt u nog meer foto's waar Catharina op staat?'

'Wat voor onderzoek is dit eigenlijk? Is er iets met haar gebeurd?'

'Sorry. Ik kan daar helaas niets over zeggen.'

De man krabde aan zijn dikke wenkbrauw. Het maakte een schrapend geluid. 'Goed. Het spijt me dat ik het gesprek moet beëindigen, ik heb zo meteen een vergadering en ik moet me nog omkleden.' Ze stonden tegelijkertijd op.

'Mag ik u bellen als ik nog aanvullende vragen heb?' vroeg Miriam.

'Uiteraard.' De man peuterde een visitekaartje uit een bakje dat naast de computer stond en overhandigde haar dat.

'Heeft ze iemand iets aangedaan?' hoorde Miriam mevrouw Dillen ineens vragen.

Ze draaide zich naar de vrouw toe. 'Waarom denkt u dat?'

'Ik heb altijd zo'n raar gevoel over dat meisje gehad. Ze was niet helemaal lekker in haar bovenkamer, als u begrijpt wat ik bedoel.' Mevrouw Dillen maakte een ronddraaiende beweging met haar wijsvinger bij haar slaap.

Dillen verhief zijn stem. 'Als het bij jou niet in de pas loopt, vind je het al gelijk raar. Niet iedereen is hetzelfde.'

Ze schudde gedecideerd haar hoofd. 'Dit voel je als vrouw, Corné, daar zijn mannen nou eenmaal minder ontvankelijk voor.' De vrouw richtte zich tot Miriam. 'Ze kon je soms zo doordringend aankijken. Alsof ze zich verheven voelde boven ons.'

'Kwam u weleens bij de familie Kramer thuis?' vroeg Miriam.

'Nee. Ik had geen contact met die mensen. Dat had niemand. We zeiden elkaar amper gedag.'

Miriam liep met de man mee naar de deur.

Daar draaide ze zich om. 'Waar heeft Catharina eigenlijk gewoond?'

Corné Dillen rechtte zijn rug. 'Als u hier de straat uitrijdt en dan bij de kerk rechts afslaat, moet u het derde huis aan de rechterkant hebben. Een hoog, wit pand. Kan niet missen.'

Didi zat bewegingloos in het bed in de logeerkamer. Ze had haar schouders gebogen en hing een beetje voorover. Het kolfapparaat was op allebei haar borsten aangesloten en ze hield de doorzichtige borstschildjes met haar handen op hun plaats. Ze keek naar een plek op de muur. Het deed gemeen zeer. Ze haatte dat apparaat, dat maar stompzinnig tsjoep-tsjoep-geluidjes bleef maken en haar tepels verder ruïneerde. Het viel haar steeds zwaarder. De vaseline die Hennequin haar vanochtend had aangeraden gaf een beetje verlichting, maar niet voldoende. Ze kon gewoon niets meer verdragen daar. En de melkproductie was ook al bedroevend laag.

Hennequin had haar gisteren een speentje gegeven met een extra klein gat erin, zodat Indy veel meer inspanning moest verrichten om dat kleine beetje melk naar binnen te krijgen. Na al dat werk zou ze van vermoeidheid in slaap vallen. Tenminste, dat was het plan, maar Indy liet zich niet foppen.

Het voelde als falen. Ze gaf te weinig melk door alle stress en pijn – of misschien wel omdat ze gewoonweg niet in de wieg was gelegd voor het moederschap. Haar borsten waren te teer voor dit apparaat. De zwangerschap en de bevalling waren ook al zwaar geweest... Zonder medisch ingrijpen zou ze niet eens meer hebben geleefd, dan zou Indy niet eens geboren zijn. *Niet aan denken!*

Vannacht had ze serieus overwogen om het op te geven en op poedermelk over te gaan. Misschien had Oscar wel gelijk. Er waren zoveel mensen grootgebracht op kunstvoeding, dat was de gewoonste zaak van de wereld, dus waarom zou het met Indy niet goed gaan? Tegelijkertijd had ze zichzelf gehaat om die gedachte. Ze moest gewoon volhouden en blijven kolven. Het was een kwestie van dagen, hooguit een week tot het routine zou worden en ze voldoende melk zou produceren voor haar dochtertje. Hopelijk zou het tegen die tijd ook minder pijn gaan doen.

Ze keek naar de klok. Er waren pas vijf minuten verstreken van de twintig die ze aan het apparaat moest doorbrengen. Het leken wel uren.

Waar bleef Hennequin eigenlijk met de thee?

❧

Het zachte vel schoof langs Hennequins snijtanden naar binnen toe. Ze sloot haar lippen eromheen en proefde het voorvocht op haar tong. Ik kan hem nu bijten, dacht ze. Heel erg hard. Ik kan dat hele ding van hem eraf bijten, en daarmee zou zijn verrotte luizenleventje ophouden te bestaan, en dat van Didi Vos erbij.

Oscar werd enthousiast. Hij duwde zijn geslacht dieper bij haar naar binnen, maakte stotende bewegingen.

Vertrouwen.

Hennequin bleef zich erover verbazen dat mannen zo achteloos hun belangrijkste, o zo geliefde lichaamsdeel konden blootstellen aan gevaar, dat ze dat tere vlees zo lichtzinnig uitleverden aan een volslagen vreemde.

Ze liet hem begaan, ontspande haar keelspieren, liet hem dieper komen. Met haar mondhoeken lichtjes opgekruld sloeg ze haar ogen op en keek naar boven.

Oscar hield zich vast aan het aanrecht, klemde er beide handen omheen, buiten adem, alsof hij pijn had, zijn ogen stijf gesloten. Het zou niet lang gaan duren. Oscar had niet veel nodig.

Het gezwollen vlees gleed heen en weer over haar tong, duwde tegen haar huig, schoof langs haar kiezen. Het zou zo makkelijk zijn. Eén harde knauw, genadeloos, totaal onverwacht. Het ene moment euforie, het andere Oscar-zonder-pik, vader van een dochtertje dat hij nooit meer mocht zien, gehospitaliseerd, voor het leven verminkt én gescheiden, nog voor het nieuwe jaar was aangevangen.

Maar heel veel plezier zou ze daar zelf niet van ondervinden. Als ze toegaf aan deze impuls, dan was het spel uit. Hennequin zag zichzelf graag als een kat; een cyperse poes, rank en lenig, met goudgele ogen zoals de kat van haar oude buren in haar geboortedorp. De poes had urenlang met haar prooi gespeeld. Hennequin had er als kind vaak naar zitten kijken. Eerst werd het prooidiertje dusdanig verwond dat het niet meer weg kon rennen. De kat tikte daarna tegen het beestje aan, waarna het versuft bij haar vandaan hobbelde. Als het bijna buiten bereik was, haalde ze uit en zette haar klauwen in het ruggetje om het wezentje naar zich toe te trekken. Keek dan snorrend van genot toe hoe het spartelde. Katten konden dit uren volhouden. Hennequin wilde er veel langer over doen.

Oscar begon te hijgen. Hij deed zijn uiterste best het zo zacht mogelijk te doen, maar als Didi erop bedacht zou zijn, kon ze hem misschien wel horen vanuit de logeerkamer. Misschien kon ze hem *zachtjes* bijten. Oscar alleen maar een beetje plagen; een velletje vastpinnen tussen haar hoektanden en het perforeren, hard genoeg om het een stukje open te scheuren, het te laten bloeden – per ongeluk, natuurlijk. *Och, nee toch, heb ik me laten gaan, wat erg.* Kusje erop – het bloed aflikken met de aandacht en intensiteit van een kat die haar vacht verzorgde, sorry, sorry, hoe kan ik dit nu met je goedmaken…

Boven haar kreunde Oscar gedempt, alsof hij werd gemarteld, zich onbewust van haar gedachten. Zijn ademhaling stokte, zijn lijf spande zich, maakte een korte, schokkende beweging.

Hij stroomde in haar over. Nam niet eens de moeite om haar te waarschuwen.

Met ogen vol haat keek ze op naar het vertrokken gezicht boven haar, zijn mond opengesperd in een stille schreeuw.

De volgende keer zou ze hem pijn doen. Veel pijn. Hij verdiende het.

Ze spuwde in de spoelbak, nam een slok uit de kraan, spoelde en liet het water uit haar mond lopen. Depte haar lippen met een slabbetje van Indy en draaide zich om.

Oscar knoopte zijn broek dicht. Hij keek verwilderd om zich heen, met rode konen. Er parelde zweet op zijn slapen. Het schuldgevoel teisterde hem nu al, of misschien was het schaamte. Hij hield zijn blik strak op de tegels gericht.

'Mijn god,' fluisterde hij voor zich uit, alsof ze plotseling niet meer bestond.

Het ouderlijk huis van Hennequin Smith alias Catharina Kramer lag een stukje terug van de smalle asfaltweg die door het dorpje meanderde. Een oprit van grind leidde ernaartoe. Midden in een slecht onderhouden gazon stond een enorme treurwilg. De boom was zeker zo hoog als het huis zelf en nam zoveel zonlicht weg dat eronder niets meer groeide. Rechts van het huis, aan het einde van de oprit, stond een vuilwitte stenen schuur met een hoog pannendak.

Er hing een aparte sfeer rondom het huis. Bevreemdend, iets tussen sprookjesachtig en griezelig in, net zoals in de rest van het dorp.

Miriam parkeerde haar Peugeot langs de kant van de weg en stapte uit. Het huis was niet heel groot, maar het zag eruit alsof het ooit voornaam was geweest, met betegelde treden naar de voordeur en een klein bordes. Er hingen rode luiken bij de ramen en over de muren lag een witte verflaag die was bepoederd met groene aanslag.

Dus hier was Hennequin geboren. Op deze plek had ze tot haar twaalfde gewoond. En in dit huis had Hennequins moeder een einde aan haar leven gemaakt.

Miriam had als chef van dienst veel doden gezien. Ze was de tel kwijtgeraakt – twintig, vijfentwintig? Als er ergens een lichaam werd aangetroffen, werd zij er vaak als eerste bij geroepen. Meestal betrof het mensen die op een natuurlijke manier waren gestorven, soms een suïcide en slechts af en toe was er sprake van moord. Maar hoewel ze er gaandeweg aan gewend was geraakt om lijken te zien, had ze met verhangingen nog steeds moeite. Die behoorden tot de meest afschuwelijke voor de toeschouwers. Dillen was er niet zeker van of Catharina haar moeder dood had aangetroffen. Maar het zou kunnen en dan zou het een verwoestende impact hebben gehad op haar emotionele ontwikkeling.

Miriam zag een beweging achter een van de ramen op de verdieping. Ze liep naar de voordeur, stapte het bordes op en belde aan.

De vrouw die opendeed oogde een stuk jonger en moderner dan het aanzicht van het huis en de hele sfeer eromheen deden vermoeden. Ze kon niet veel ouder zijn dan dertig en droeg een jeans en een zwarte hoodie. Ze stelde zich voor als Anita van Wijk.

'Ik woon hier niet, hoor, dit is het huis van mijn ouders.' Ze vertelde dat ze samen met haar vriend en twee broers een dag vrij had genomen om haar ouders te helpen klussen.

Er lagen pakken met laminaat in de smalle hal opgestapeld en Miriam rook verf en hout. Boven klonken luide mannenstemmen en geschuifel.

'Mijn ouders zijn al op leeftijd,' legde Anita uit. 'Ze willen kleiner gaan wonen, maar in de huidige staat kan het huis niet worden verkocht.'

'Zoveel hulp. Daar zullen uw ouders blij mee zijn.'

Ze keek haar samenzweerderig aan. 'Dat zou je denken, hè, maar vergeet het maar. Ze zijn dol op hun mosgroene vloerbedekking en schrootjesplafonds.'

'Wanneer hebben uw ouders dit huis gekocht?'

Anita trok de touwtjes van haar capuchon strak en kneep haar ogen tot spleetjes. 'Ik heb mijn tiende verjaardag in dit huis gevierd. Dus… Nou ja, tweeëntwintig jaar geleden dus.' Ze zweeg even en zei toen: 'Wat brengt u eigenlijk helemaal uit Rotterdam naar dit gat?'

'Een onderzoek naar de vorige bewoners van dit huis.'

'O, dan denk ik niet dat ik kan helpen. Het huis stond al leeg toen we hierheen verhuisden en ik geloof niet dat mijn ouders ooit contact met die mensen hebben gehad. Of eigenlijk met die man. Want die vrouw… Nou ja, dat zult u wel weten.' Haar ogen lichtten op. Ze werd ineens enthousiast. 'Gaat het daarover? Bent u van zo'n *cold case*-team?'

Miriam schudde haar hoofd. 'Sorry, het is nog te vroeg om daar iets over te kunnen zeggen. Ik zou wel graag uw ouders even spreken.'

'Ze zijn boodschappen doen. Ik denk dat ze binnen een uurtje wel thuis zijn.'

De vrouwen bleven wat onwennig tegenover elkaar staan.

'Eh… wilt u anders even binnenkomen?'

'Graag.' Miriam stapte naar voren. In de hal lag een ouderwetse terrazzovloer en de muren waren bekleed met vergeelde grenen schrootjes. 'Is er veel aan gedaan toen uw ouders hier zijn ingetrokken?'

Anita schudde haar hoofd. 'Helemaal niets. Het is op de kinderkamers na nog grotendeels in de oude staat. Mijn ouders vonden het mooi zoals het was. Net een museum.' Ze rolde met haar ogen. 'Vandaar dat een opfrisbeurt echt wel nodig was. Het is niet makkelijk om een huis te verkopen in deze tijd.'

'Vindt u het goed als ik een beetje rondkijk?'

'Eh…' Anita streek een losse haarpluk achter haar oor en glimlachte verontschuldigend. 'Ja, waarom eigenlijk niet. U bent van de politie, toch? Dan hoef ik niet bang te zijn dat er iets gestolen wordt.'

Oscar was weggegaan. Dat was het enige antwoord dat Didi's echtgenoot leek te hebben op zo'n beetje alle lastige vraagstukken en situaties die zich binnen de strak gestuukte muren van Baljuwstraat 66 voordeden: in die leasebak van hem springen en op de vlucht slaan.

Misschien had Didi dan toch niet zo'n goede hand van mannen kiezen – Oscar had zich daarnet wel heel makkelijk gewonnen gegeven.

Hennequin was bezig het kolfapparaat schoon te maken. Ze kookte de opzetstukken en slangetjes uit met water uit de Quooker en legde alle losse onderdelen naast elkaar te drogen op keukenpapier. Toen pakte ze een busje keukenzout, strooide er wat van op haar nog vochtige wijsvinger en smeerde dat aan de binnenkant van de opzetstukken.

Neuriënd waste ze haar handen en keek daarna de tuin in. Oscar had eergisteren de konijnen verschoond en ze vers water en voer gegeven. Sindsdien was hij de dieren waarschijnlijk weer vergeten: bij binnenkomst vanochtend had Hennequin het waterflesje in het gras voor het hok zien liggen en daar lag het nu nog steeds. Dat was slordig van Oscar. En het bracht haar op een idee.

Zachtjes liep ze naar de hal en bleef roerloos onder aan de trap staan luisteren. Doodse stilte daarboven. De baby sliep en Didi waarschijnlijk ook.

Ze liep terug de keuken in en opende de tussendeur naar de garage. Die werd bijna helemaal gevuld met Didi's auto, een rode Opel Corsa. Tegen de korte wand van de ruimte stonden een wasmachine en een droger en daarboven waren lange witte planken aangebracht. Er stonden ook twee fietsen. Een mamafiets met lage instap, zodat er ruimte overbleef voor een kinderzitje aan het stuur, en een strakke racefiets. De prioriteiten in dit gezin waren duidelijk.

Hennequin speurde de planken af. Ze vond al snel wat ze zocht: een jerrycan met vloeibare, blauwe inhoud. Ze las het etiket, draaide de dop eraf en rook er voorzichtig aan. De ethyleenglycol in antivries was sterk spul. Je had er maar heel weinig van nodig. Hennequin haalde een flesje uit haar zak en goot er een beetje vloeistof in over. Daarna sloop ze terug de keuken in.

Buiten lag het waterflesje nog steeds in het gras voor het hok. De langoren zouden wel dorst hebben.

Ze trok de schuifpui open en liep naar het hok.

Didi had zich haar kraamtijd anders voorgesteld. Romantischer. Wármer. Natuurlijk, het ging niet goed met haar bekken en ze was realistisch genoeg geweest om te beseffen dat dat probleem niet ineens na de bevalling verdwenen zou zijn. En wat ze ook wel had verwacht, was dat een kindje, zeker in het begin, een wissel zou trekken op de relatie met Oscar. Maar toch. Onwillekeurig had ze zich een mooier beeld gevormd van deze periode. In haar fantasie had ze zich voorgesteld hoe ze met Oscar bij het wiegje zou staan, verwonderd kijkend naar dat levende wezentje dat ze samen hadden gemaakt. Hoe ze samen de baby in het badje zouden doen, haar om beurten de fles zouden geven en op zonnige dagen met haar zouden gaan wandelen. Gewoon, hoe ze samen een liefdevol *gezin* zouden vormen: Oscar, de baby, zijzelf. Een onverbrekelijke drie-eenheid. Want ze was er steeds van overtuigd geweest dat ze dat zouden worden. Zelfs Oscar was erin gaan geloven, na zijn aanvankelijk afwijzende houding.

En nu dit.

Vanochtend vroeg had Oscar halfslachtig zijn excuses aangeboden en gezegd dat hij het niet zo had bedoeld, dat hij tijd nodig had om aan de nieuwe situatie te wennen. Maar dat kon niet verbloemen dat er wel degelijk iets aan de hand was. Oscar gedroeg zich al afstandelijk sinds Indy's geboorte en het leek alleen maar erger te worden in plaats van minder. Als hij lijfelijk aanwezig was, dan was hij er duidelijk met zijn hoofd niet bij. En nu was hij weg – wéér weg. Terwijl ze na vannacht meer dan ooit behoefte had om met hem te praten en een arm om zich heen te voelen. Het leek wel of hij elke mogelijkheid aangreep om dat juist te ontlopen.

Hij had haar niet eens laten weten waar hij naartoe was. Ze had hem al drie keer gebeld, maar hij nam zijn telefoon niet op.

Didi keek op haar digitale camera naar de foto die de kraamverzorgster van hun drieën had gemaakt. Het jonge gezin dat haar vanaf het schermpje aanstaarde, kwam allesbehalve gelukkig en stralend over. Oscar keek zelfs een beetje vreemd, zijn ogen strak gericht op iets wat lager was dan het camerastandpunt. Indy was nauwelijks te zien, weggezonken in de babydoek, met de badstof capuchon over haar hoofdje. En zijzelf lachte veel te geforceerd, met roodomrande, bijna uitdrukkingsloze ogen in een bleek, pafferig gezicht.

Geen wonder dat Oscar hier niet wilde zijn.

Ze pakte haar telefoon en belde hem nog eens.

Voicemail.

❧

De voordeur van de villa werkte als een teletijdmachine. Hierbinnen leek de klok minstens dertig jaar teruggedraaid te zijn. Er zaten vergeelde schrootjes langs de trap, helemaal tot bovenaan. Op de dichte treden lag mosgroene vloerbedekking. Miriam keek omhoog. De vaste trap naar zolder was weggewerkt achter een schuine wand. Mevrouw Kramer zou zich niet in het trapgat hebben kunnen ophangen.

'Zijn jullie ervan op de hoogte wat er hier is gebeurd?'

Anita liep vlak achter haar. 'Het is hier een dorp, hè? We kennen de verhalen.'

Ze kwamen uit op de etage. In een van de kamers stond iemand behang af te stomen terwijl twee anderen bezig waren om de vloerbedekking los te trekken. Toen ze haar zagen, hielden ze op met werken. Het was in één oogopslag duidelijk wie de broers waren. De tweeling was zo te zien een stuk jonger dan hun zus; ze zouden zich dus nog minder herinneren. Anita stelde Miriam voor aan de mannen en legde hun in het kort uit wat ze kwam doen.

'Wat weten jullie over het gezin dat hier heeft gewoond?'

'Niet zoveel. Ze hadden één kind, een meisje. Die vader werkte op een booreiland of zo.'

'Mevrouw Kramer heeft zich hier opgehangen,' merkte een van de mannen op.

Miriam keek om zich heen. 'Hier?'

'Nee, in de schuur.'

Ze liet haar ogen even op Anita rusten. 'Dat wisten jullie toen jullie hier kwamen wonen? Dat moet voor kinderen een eng idee zijn geweest.'

'Onze ouders hebben dat niet aan ons verteld, we hoorden het pas later op school. Ik was bang dat die moeder zou komen spoken, maar er is nooit iets gebeurd. Al was ik nooit graag in de schuur.'

'Ik ook niet,' zei een van de broers.

De andere had een sigaret in zijn mondhoek gestopt en zocht naar een aansteker in zijn broekzakken. 'Ik weet niet hoe serieus je die verhalen moet nemen.' Hij wees met zijn kin naar de straatkant. 'Sommigen zeiden dat die vrouw daarbuiten aan die boom had gehangen.'

Miriam keek door de vitrage naar de treurwilg.

'Ze spreken elkaar allemaal tegen,' zei Anita's vriend, een slanke, lichtgetinte man in een schreeuwerig Diesel-T-shirt. 'Maar daar zijn voor jullie vast nog wel rapporten van op te vragen, toch?'

'Daar hebben we wel wat mogelijkheden voor, inderdaad,' zei Miriam.

Jammer genoeg was het niet zo. Ze kon het systeem tot vijf jaar terug raadplegen. Verder terug graven werd lastig. Lastig, maar niet onmogelijk – als dit tenminste een officiële zaak zou zijn.

'Was het misschien geen zelfmoord dan?' vroeg Anita.

'We houden alle opties open, maar dit onderzoek is nog heel algemeen. Ik wil u ook met klem verzoeken om er niet met derden over te praten, dat zou het onderzoek kunnen schaden.'

'Nee, natuurlijk niet.'

'Ik zou graag even alleen rond willen kijken, ook op zolder en in de schuur. Is dat goed?'

'Prima, hoor. Laat u het even weten als u weggaat?'

Hennequin goot neuriënd de pan met kokend water leeg. Ze viste de babyflesjes en speentjes uit de gootsteen en zette ze naast elkaar op het aanrecht. De hele keuken rook naar keukenazijn. Het kunststof van de flesjes werd er mooi helder van. Volgens het protocol zou ze de flesjes nu goed moeten naspoelen met koud water, maar dat liet ze achterwege. Dat Indy de azijnsmaak niet heel erg zou waarderen, was niet Hennequins probleem: zij was hier over een halfuurtje vertrokken.

Didi was boven in de logeerkamer aan het kolven, al voor de vierde keer vandaag. Ze deed het best goed. Veel beter dan ze zelf dacht. Dat mens bleef maar melk aanmaken, en nog veel ook, ondanks de veel te kleine inzetstukjes op de kolfset, waardoor haar tepels steeds verder beschadigd raakten.

Hennequin haalde twee flesjes moedermelk uit de koelkast en maakte ze open. De weeïge lucht kringelde omhoog, recht haar neusgaten in. Ze wendde haar gezicht af. Kots, daar rook het naar. Walgelijk. Ze vulde twee schone flesjes tot 20 cc met de melk en lengde het tot 40 cc aan met kraanwater. Hield de flesjes tegen het licht. De melk werd er iets doorzichtiger van, maar het verschil was niet zo heel groot. Oscar en Didi hadden het gisteren en eergisteren ook niet gemerkt. En waarom zouden ze ook? Ze hadden geen reden om aan te nemen dat er iets niet in orde was met de melk.

Hennequin goot de koude flesjes met de rest van de moedermelk leeg boven de gootsteen. Ze keek gefascineerd toe terwijl het kostbare vocht in het afvoerputje verdween.

De schuur was veel groter dan hij van de weg af had geleken. Er was ruimte genoeg voor vier auto's. Het was er schemerig en stoffig, er stonden dozen met oud papier en er slingerde gereedschap rond. Het daglicht viel naar binnen door een paar smoezelige vierkante raampjes. Hoog boven Miriams hoofd ondersteunden onbewerkte houten balken het met dakpannen afgesloten puntdak.

Ze had door het hele huis gelopen, dat grotendeels nog in de oude staat was. Daardoor had ze het gevoel gehad dat de jonge Catharina elk moment kon opduiken; aan de keukentafel terwijl ze haar melk dronk voor ze naar school ging, of rennend door de woonkamer en suite. Het was een boeiende wandeling door Hennequins jeugd, maar veel wijzer was Miriam er uiteindelijk niet van geworden.

Wat haar tot nu toe nog het meest had getroffen, was het grote verschil in uiterlijk. Miriam vond het wonderlijk dat die elegante en verzorgde vrouw van nu vroeger een stevig, onbeholpen in de camera grijnzend kind was geweest. Een buitenbeentje in de klas en in het dorp. Een eenzaam kind ook. De vrouw van Corné Dillen beweerde dat Catharina 'niet lekker in haar bovenkamer' was geweest. Dat ze mensen doordringend kon aankijken en hun het idee gaf dat ze zich boven anderen verheven voelde. Dat laatste kwam overeen met de indruk die Miriam van Hennequin had gekregen. De manier waarop de weduwe van haar broer haar familie tegemoet getreden was leek op het eerste gezicht heel vriendelijk, maar als je haar langer observeerde, dan zag je dat ze iedereen op vrijwel exact dezelfde manier benaderde: met een glimlach die van plastic leek te zijn. Onecht. Alleen al daarom had Miriam de kriebels gekregen van Hennequin. Nu moest ze ook ineens weer denken aan dat melodieuze geneurie van haar. Ze kende niemand die zoveel neuriede, het was alsof ze constant binnenpretjes had en op iets broedde. Opnieuw voelde Miriam de rillingen over haar rug lopen. Ze had nooit begrepen waarom haar broer voor zo'n vrouw was gevallen en zo ziende blind kon zijn geweest. Ze betreurde het nog elke dag dat ze nooit het lef had gehad om daarover met hem te praten.

Miriam wilde al naar buiten lopen, toen ze aan de muur, half verscholen achter een open kast, een aantal posters zag hangen, vergeeld, bedekt met spinnenwebben en een dikke laag stof. De posters hadden een vouw in het midden en er zaten scheurtjes in het dunne papier waarin ooit nietjes hadden gezeten. Ze blies het stof eraf. Talking Heads, Duran

Duran, de Pet Shop Boys – bands uit de jaren tachtig. Peinzend keek ze ernaar. Catharina had in dit huis gewoond van haar geboorte in 1978 tot in 1990. Miriam had begrepen dat de huidige bewoners veel intact hadden gelaten, maar zou het zover zijn gegaan dat ze niet eens de moeite hadden genomen om posters van de muren te halen? Konden die nog van Hennequin zijn – had zij ze hier zelf als kind nog opgehangen? Ze besloot om het zo meteen aan Anita te vragen.

Oscar was net op tijd thuis: over vijf minuten zou Hennequins werkdag erop zitten.

Ze hoorde de auto de oprit opdraaien en kort daarna ging de voordeur open. Oscar ging niet naar boven toe. Zijn voetstappen klonken op de tegels in de woonkamer.

'Je bent er nog,' zei hij, toen hij haar in de keuken zag staan. Hij zag er een beetje verwilderd uit. 'Waar is Didi?'

'Boven,' zei ze kalm.

'Luister, Hennequin, wat er vanochtend is gebeurd, dat is...'

Ze legde een hand op zijn onderarm. 'Sssh,' siste ze zacht. 'Er is niets gebeurd, niets belangrijks.'

'Maar–'

'Het was toch lekker?'

Hij keek haar aan met een mengeling van verbazing en verwarring.

'Ik vind het fijn om te doen,' zei ze. 'Ik help graag. Je had het nodig, dat voelde ik.' Ze maakte een beweging met haar kin naar de eerste verdieping. 'Je vrouw kan het je nu niet geven, toch?' Ze grinnikte erbij om haar woorden nog luchtiger over te laten komen en grapte, met twinkelende ogen: 'Service van de zaak.'

Oscar keek schuw in de richting van de woonkamer, alsof zijn vrouw daar elk moment kon verschijnen. 'Doe je dit vaker?'

Ze fronste haar wenkbrauwen. 'Niet over nadenken. Geniet gewoon. Je hebt het zwaar genoeg gehad, en nóg. Volgende week donderdag ben ik hier voor het laatst, daarna zie je me nooit meer.'

'Ik kan niet geloven dat...'

Ze kuste hem zacht op zijn wang, waarvoor ze op haar tenen moest gaan staan. 'Zolang ik hier werk, ben ik er niet alleen voor je kindje en voor je vrouw, maar ook voor jou... Als je dat wilt, tenminste.' Ze pakte zijn handen vast en keek hem nadrukkelijk aan. 'Het is voor mij een kleine moeite, Oscar. En jij hebt het verdiend. Je hebt het dik verdiend.' Ze schonk hem een stralende glimlach. 'Zal ik een kop thee voor je maken?'

Hennequin trippelde de woonkamer in. De deur naar de hal stond nog steeds open. Ze ging onder aan de trap staan en verhief haar stem: 'Jij ook thee, Didi?'

'Ja, graag,' klonk het uit de logeerkamer. 'Met twee zoetjes alsjeblieft.'

Gut. Het lijk kon niet eens lopen en ze maakte zich zorgen om haar figuur.

Neuriënd liep Hennequin terug naar de keuken. Oscar was er nog steeds. Ze reikte in een kastje om thee en twee mokken te pakken.

'Kunnen we elkaar... misschien een keer ergens anders zien?' hoorde ze achter zich fluisteren. 'Ik vind dit toch... Ik heb hier moeite mee.' In zijn stem was wel lichte twijfel, maar geen schuldgevoel meer te bekennen.

'Daar hebben we het morgen wel over, goed?'

De Quooker spuwde sissend kokend water in de theemok. Terwijl ze de tweede mok onder de kokende straal hield, hoorde ze hoe Oscar zich uit de keuken verwijderde en naar boven liep.

Glimlachend wierp ze de theezakjes in de mokken. Het werd steeds gezelliger bij de familie Stevens-Vos. Ze zou deze mensen nog gaan missen als ze er straks niet meer waren.

Ze pakte de mokken van het aanrecht en draaide zich om. Door de glazen schuifpui had ze goed zicht op Jip en Janneke. De hangoorkonijnen zaten er goed bij. Dik in het stro. Rustig soezend naast elkaar, hun neusjes wipten op en neer.

Het waterflesje was al voor een kwart leeg.

De posters bleken er inderdaad al gehangen te hebben toen het gezin in 1991 de villa betrok. 'Het was maar een schuur,' had Anita tegen Miriam gezegd. 'Mijn vader kwam er weleens, maar wij nooit, vanwege die verhalen.' Anita had Miriam ook verteld dat ze pas sinds kort wist dat haar ouders de villa voor relatief weinig geld hadden kunnen kopen en dat zij daarom de beladen historie voor lief hadden genomen.

De hele weg terug naar huis was Miriam in gedachten verzonken. Ze moest steeds denken aan dat ongelukkig ogende, stevige kind van de klassenfoto, dat kind dat werd buitengesloten en van wie de moeder zelfmoord had gepleegd. Het contrast tussen Catharina Kramer en de zelfverzekerde, zelfs een beetje intimiderende, volwassen Hennequin Smith was groot. Miriam vermoedde dat Hennequin het een en ander aan zichzelf had laten veranderen. Ze zag dat vaker bij mensen die een nare jeugd hadden gehad, of die negatieve herinneringen hadden aan hun ouders of familie. Ze lieten hun gezicht door plastisch chirurgen veranderen omdat ze niet steeds geconfronteerd wilden worden met de zo gehate of gevreesde familietrekken. Hennequin had jarenlang in de Verenigde Staten gewoond. Ze had daar haar naam laten veranderen, dus waarom ook niet haar lijf en haar gezicht? Daarbij moest ze zichzelf ook allerlei sociale vaardigheden hebben aangeleerd, gedragingen die niet pasten bij wat ze vanbinnen voelde. En ze kwam er grotendeels mee weg. Ze waren niet talrijk, mensen met voldoende ontwikkelde sociale voelsprieten die de discrepantie tussen het gedrag en de uitstraling van Hennequin opmerkten. Bart had het immers ook niet doorgehad. En misschien de twee echtgenoten vóór Bart ook al niet. Zelfs Miriams ouders hadden Hennequin een mooie, lieve meid gevonden.

Waarheen pa Kramer en zijn dochter waren verhuisd hadden Anita en haar broers Miriam niet kunnen vertellen. Ze hadden beloofd om het koopcontract op te zoeken en de officiële gegevens van Kramer aan haar door te bellen – die moesten daar immers op staan. Miriam zou met een naam, geboortedatum en geboorteplaats snel kunnen achterhalen of de man nog in leven was en waar hij momenteel woonde. Als hij tenminste nog in Nederland verbleef. Vreemd genoeg kon ze zich niet herinneren of de vader van Hennequin op de bruiloft was geweest. Ze dacht van niet. De plechtigheid en het feest waren vooral bijgewoond door vrienden en zakelijke kennissen van Bart, een heleboel mensen die zichzelf graag hoorden praten. Miriam kon zich wel voor het hoofd slaan dat ze nauwelijks vragen had gesteld aan de bruid en dat ze ook daarna, in die anderhalf jaar dat Hennequin deel had uitgemaakt van Barts leven, zo weinig met haar had gesproken. Eigenlijk had ze ook betrekkelijk weinig met Bart zelf gesproken. Zowel haar ouders, Bart als zijzelf waren in de afgelopen jaren opgeslokt geweest door hun werk en hun eigen leven. Onder normale omstandigheden zou dat geen punt zijn geweest: Miriam had altijd een goede band met haar broer gehad en ze wist zeker dat ze die samen op een gegeven moment wel weer aangetrokken zouden hebben. Dat dat moment nooit meer zou komen, maakte het gevoel van spijt en gemis nog groter.

Misschien had haar collega Rens gelijk, was ze nog volop in de rouw en kon ze de plotselinge dood van haar broer zo moeilijk verkroppen dat ze een zondebok zocht. Dat zou haar professionele kijk behoorlijk vertroebelen. Want het was heel goed mogelijk dat Hennequin haar uiterlijk en naam had laten veranderen vanwege haar jeugd: misschien wilde ze in geen enkel opzicht herinnerd worden aan dat ongelukkige, eenzame kind dat ze ooit was geweest. Het kón. Maar dat ze daarbij in korte tijd drie echtgenoten had versleten van wie er twee waren overleden, was wel opmerkelijk. En dan het commentaar van mevrouw Dillen: *Ik heb altijd zo'n raar gevoel over dat meisje gehad. Ze was niet helemaal lekker in haar bovenkamer, als u begrijpt wat ik bedoel.*

Hennequin Smith alias Catharina Kramer had de schijn tegen.

Het was schemerig in de logeerkamer, er brandde alleen een leeslampje. Oscar stond naast het bed in zijn boxer, zijn haar zat in de war.

'Wat is er met haar aan de hand?' vroeg Didi zich hardop af. Indy had duidelijk honger gehad, zoekend met halfopen mondje naar de speen, maar toen ze die eenmaal had gevonden, had ze haar hoofdje weggedraaid en het op een brullen gezet.

'Ze heeft geen honger,' zei Oscar.

'Tuurlijk wel. Je ziet toch zelf ook wel dat ze wil drinken?' Didi keek vertwijfeld naar haar kindje, dat steeds roder werd van het huilen, en ze duwde de speen nog eens tegen het mondje aan. Bewoog hem heen en weer en liet een druppeltje melk in het babymondje vallen. Opnieuw draaide Indy haar hoofdje weg. Nee, ze wilde echt niet. Eerder vanavond was het ook al zo'n drama geweest.

'Ik heb gelezen dat de smaak van de melk wordt beïnvloed door wat de moeder eet,' zei Oscar. 'Wat heb je vandaag gegeten?'

'Gewoon. Normaal. Niets raars.'

Oscar knikte naar de baby. 'Blijkbaar wel. Ze vindt het niet lekker.' Hij rekte zich uit. 'Of ze heeft gewoon genoeg gehad. Hennequin zegt dat baby's soms huilen om moe te worden. Dat je ze best weleens mag laten huilen.'

Didi keek vertwijfeld naar haar kind. Alles in haar zei dat Indy honger had. Niet alleen vannacht. Al dagenlang. *Je kunt haar niet geven wat ze nodig heeft, en je melk is niet lekker genoeg.* Didi voelde tranen achter haar ogen prikken.

'Kom maar, ik leg haar terug in de wieg.' Oscar stak zijn handen uit.

Aarzelend liet Didi haar kindje los. Ze kon Indy niet eens optillen om haar aan Oscar over te dragen; dat zou een gemene pijnscheut door haar onderlijf opleveren. Ze keek toe hoe Oscar met Indy op zijn arm naar de babykamer liep. Even later klonk er een zacht instrumentaal slaapliedje uit de mobile boven het bedje. Didi hoorde Oscar de deur van de babykamer sluiten. Indy was even stil, nog overrompeld door de nieuwe indrukken, maar al snel had ze door dat ze alleen werd gelaten en zette ze het weer op een huilen.

Oscar kwam in de deuropening staan. Hij streek met zijn vingers door zijn haar. Keek Didi even aan en keek daarna weer van haar weg, alsof hij haar iets wilde vertellen, maar zich bedacht.

'Is er iets?' vroeg Didi.

Hij schudde zijn hoofd. 'Nee, niets. Welterusten,' zei hij, en hij liep de kamer uit.

Miriam zat in kleermakerszit op de bank, met haar laptop opengeklapt op schoot. Op de salontafel stond een leeg bierflesje en op tv was een herhaling van *Absolutely Fabulous*. Ze kreeg niets mee van de comedyserie. Ze was al uren ingespannen bezig met het invoeren van allerlei namen in de zoekmachine. Het voelde alsof ze blind in het rond aan het schieten was met hagel, in de hoop iets te raken: Catharina Kramer, Hennequin Smith, Hennequin Wilson, Keanu Smith, Jonathan Wilson... Ze had zich zelfs al verdiept in het fenomeen booreilanden – *offshore industry* – in de hoop er een 'Kramer' tegen te komen, maar dat bleek onbegonnen werk. Van de rest was ze ook niet veel wijzer geworden. Op één foto keek een grijzende Jonathan Wilson haar glimlachend aan met een mond vol onnatuurlijk witte tanden. Daaronder stond het adres van zijn praktijk en de mededeling dat bij het eerste betaalde consult een röntgenfoto gratis was. Over het privéleven van de tandarts kon ze niets vinden.

Chucky Lee had zijn informatie in elk geval niet van internet gehaald.

Ze zuchtte en rekte zich uit. Het was al halftwaalf. Morgen had ze een normale werkdag, wat inhield dat ze om zeven uur op het bureau moest zijn en tot drie uur zou doorwerken. Er bleef dus tijd genoeg over om te douchen en zich op te knappen voor de date met Boris – als het al een date was. Misschien maakte ze er te veel van. In elk geval kon ze nu beter gaan slapen.

Ze wilde haar laptop al afsluiten toen ze een ingeving kreeg: nu het erop leek dat het spoor in Hennequins jeugd was doodgelopen, was het misschien een idee om andersom te gaan zoeken. Ze had informatie over de basisschoolleerlinge Catharina Kramer en de volwassen Hennequin Smith die zich op zesentwintigjarige leeftijd in de Verenigde Staten had gevestigd. Er zat een periode van veertien jaar tussen die ze nog in kaart wilde brengen.

Ze opende haar mailprogramma en stelde een mailtje op naar Chucky. Misschien kon hij in de emigratiepapieren duiken en achterhalen wat Hennequins laatst bekende adres in Nederland was geweest.

De vijfde dag

ZATERDAG

Hennequin kende de cijfers: één op de honderd voldragen of bijna voldragen baby's stierf tijdens de geboorte of binnen vier weken erna. Dat waren er best veel. Alarmerend veel. Nederland behoorde tot de koplopers in Europa. Allerlei organisaties en beroepsgroepen buitelden over elkaar heen om elkaar de schuld te geven, of ze weten het lage rapportcijfer voor Nederland aan de wijze waarop de metingen waren verricht. Maar het feit lag er: je was als baby'tje in dit land je leven niet zeker.

Hennequin keek in het wiegje. Indy wekte niet de indruk dat ze het snel zou opgeven. De garnaal had duidelijk besloten om zich aan te sluiten bij de negenennegentig procent van de zuigelingen die het wel zouden redden. Ze brulde en ze huilde. Ze balde haar vuistjes. Ze stampte met haar voetjes in de trappelzak. Wie had ooit bedacht dat baby'tjes *lief* waren? Pure massahysterie. Er was niets liefs aan Indy, zoals ze daar in de wieg kabaal lag te maken en steeds roder aanliep. Hennequin keek toe, haar armen over elkaar geslagen. Indy had door hoe het spel werd gespeeld. Dat haar moeder in de kamer hiernaast zo'n beetje in puin lag, volledig murw na een traumatische zwangerschap en een veel te zware bevalling, dat interesseerde Indy niet. Indy had honger, dus schreeuwde ze. Indy had een vieze luier, dus schreeuwde ze.

Indy wilde aandacht, dus schreeuwde ze. Indy dacht aan Indy. Daar in dat wiegje openbaarde zich the survival of the fittest in optima forma.

Hennequin voelde een diepe haat opkomen terwijl ze het kindje uit bed haalde. Ze deed het zachte truitje uit en trok de drie drukknoopjes onder aan het rompertje los. Met opgetrokken neus en snelle, onzorgvuldige bewegingen verschoonde ze de luier.

Indy was gestopt met huilen, overrompeld door de abrupte handelingen. Ze keek in haar richting met die kleine, blauwe oogjes. Ze staarde in het luchtledige, wist Hennequin. Baby's van deze leeftijd konden nog niet focussen. Ze zagen je niet, ze konden alleen licht en donker en grove contouren ontwaren. En de halve glimlachjes waar Didi zo verrukt op reageerde, waren niets anders dan ongecontroleerde spiertrekkingen. Indy was een naar, egocentrisch wezentje.

Hennequin tilde de baby onder haar okseltjes op en hield haar met gestrekte armen van zich af. Het kindje hing als een zwaar uitgevallen lappenpop tussen Hennequins slanke handen, het hoofdje half naar voren en naar de zijkant gezakt omdat het nekje nog niet sterk genoeg was. Ze maakte snokkende geluidjes.

Haat overspoelde Hennequin opnieuw. Ze speelde met de gedachte om de garnaal op de buik in plaats van op de rug in het wiegje terug te leggen. Ze zou ook een beetje antivries in het flesje kunnen doen. Veel had zo'n kindje niet nodig.

Eigenlijk zou ze daar Didi een gunst mee verlenen.

*

Raar was dat, zoals een paar nachtdiensten achter elkaar je hele systeem nog dagen later overhoop konden gooien. Miriam wist zeker dat de verdachten die ze vanochtend had voorgeleid niets aan haar hadden gemerkt, maar ze voelde zich de hele tijd al zweverig en een beetje misselijk. Het kwam dus prima uit dat ze Rens moest inwerken; hij reed, terwijl zij naast hem zat, half soezend en half luisterend naar het gepraat in haar oortje.

Het was zaterdagochtend en vrij rustig. Stilte voor de storm, wist ze. Vanavond en vannacht zouden haar collega's hun handen vol hebben aan mensen die dronken of doorgesnoven, of allebei, elkaar op allerlei manieren te lijf zouden gaan. Thuis, op straat of in de kroeg: in het weekend was er altijd wel ergens een actie die ingrijpen vereiste. Het was een van de leukste en tegelijkertijd gevaarlijkste kanten van dit beroep, en de reden dat zij en haar collega's een kogel- en steekwerend vest onder hun uniform droegen.

'Je zou ze toch,' hoorde ze Rens naast zich zeggen. Hij doelde op de auto die voor hen reed. Een zwarte Ford, waarvan de vrouwelijke chauffeur zich, met een politieauto in haar achteruitkijkspiegel, al te braaf aan de maximaal toegestane snelheid hield. Ze reed amper dertig kilometer per uur.

'Met dank aan de wannabe's van het flitsteam,' merkte Miriam op.

'Daar ben ik niet verantwoordelijk voor,' zei Rens geërgerd.

Miriam knikte naar de auto. 'Zij zien het verschil niet.'

Terwijl Rens de vrouw inhaalde, begon Miriams iPhone te trillen. Ze haalde haar privétoestel uit haar zak. Mail van Chucky. Het zou wel een factuur zijn. Ook in Florida ging alleen de zon voor niets op.

Tot haar verbazing bevatte de mail informatie. Haar vermoeidheid verdween op slag. Ze kantelde de telefoon een beetje, zodat Rens er niet op kon kijken.

Chucky Lee had een adres voor haar: Den Haag was de laatst bekende woonplaats van Hennequin Smith alias Catharina Kramer.

Didi trok trillerig haar oversized slaap-T-shirt uit en legde het over de badrand. Het shirt was goed te doen. De onderbroek was lastiger, ook al was dit witte geval van gaas dat ze van het ziekenhuis had meegekregen heel dun en elastisch. Gewoon een voet optillen en de knie een beetje zijwaarts draaien om eruit te stappen kon ze niet. Ze stroopte de broek langzaam van haar bovenbenen naar beneden en kneep sissend haar ogen dicht toen ze er op het laatst uit moest stappen.

Ze wisselde het kraamverband, richtte zich op en trok haar voedings-bh uit. Ook al zo'n lelijk onding, maar het was nog niets vergeleken met wat de spiegel haar liet zien. Ze was er al bang voor geweest toen ze vanochtend wakker werd: haar borsten waren opgezwollen. De witte huid stond gespannen, de ondergrond was knobbelig en er tekenden zich verdikte, blauwe aderen op af. Slechts met moeite was er nog het paar borsten in te ontdekken dat Oscar ooit had aanbeden. De spanning op haar huid was pijnlijk zonder de steun van de bh, alsof ze onderhuids keien met zich mee torste. Ze draaide haar hoofd weg van de spiegel en wilde net onder de douche stappen toen ze Indy hoorde huilen.

Haar stemmetje klonk heel zacht. Het leek écht op het gemekker van een jong geitje. Zo klein, zo kwetsbaar. Het huilen hield abrupt weer op. Didi deed een pas in de richting van de badkamerdeur. Aarzelend, luisterend. Ze kon niet even snel naar haar kindje lopen, daarvoor zou ze minstens het gazen broekje weer moeten aantrekken, met een kraamverband, en dat zou vijf minuten in beslag nemen.

Indy huilde opnieuw. Het klonk nu anders, alsof er meer aan de hand was dan alleen een vieze luier of honger. *Het is alsof ze me roept.*

Didi voelde een vreemde kramp in haar onderbuik: ze reageerde fysiek op de stem van haar kind. Oscar was boodschappen doen, maar Hennequin liep ergens in huis rond. Zou ze nog beneden zijn? Hoorde ze nou voetstappen of dacht ze dat alleen maar?

Ineens was het weer stil. Didi bleef staan luisteren, minutenlang, maar er gebeurde niets. Waarschijnlijk was Indy weer in slaap gevallen en was er niets aan de hand. Ze zag spoken.

Op het moment dat ze haar hand uitstak naar de douchekraan, zwaaide de badkamerdeur open. Hennequin verscheen in de deuropening, met Indy in een dekentje tegen zich aan gedrukt. De kraamverzorgster zag er stralend uit. Slank en gebruind, gemanicuurde nagels. Het contrast met haarzelf was groot.

Hennequin keek Didi aan, maar niet voordat ze ook haar lijf uitgebreid had bekeken. Didi voelde zich er niet prettig onder, maar drukte dat gevoel weg. Hennequin hielp haar tenslotte ook met kolven, en ze bekeek elke dag de hechtingen.

'Doet het pijn?' vroeg Hennequin, met een knikje naar Didi's borsten.

'Ja. Ze voelen heel zwaar.'

'Je hebt stuwing. Dat is niet ongewoon in de kraamweek.'

'Hebben alle vrouwen dat?'

'Niet allemaal. Elke vrouw is anders. Maar het gaat wel weer over.'

'Het kolven is al zo pijnlijk.'

Indy roerde zich. Didi hoorde haar kind zacht protesterende geluidjes maken. Het leek of ze zich niet prettig voelde door de manier waarop Hennequin haar vasthield. Didi onderdrukte de neiging om Indy uit Hennequins armen te pakken. Een kraamverzorgster wist echt wel beter dan zijzelf hoe je een baby vast diende te houden.

'Dat weet ik. Het is heel vervelend voor je. De een geeft heel veel melk, zonder problemen, en bij anderen is het net even wat ingewikkelder.' Hennequins ogen bleven opnieuw op haar borsten rusten. '… en pijnlijker. Het spijt me voor je, maar je zult nu juist méér moeten kolven om de stuwing te verminderen.'

'Ik heb er vannacht op de iPad over liggen lezen en–'.

'Nooit doen.' Hennequin keek haar streng aan. Verwijtend, bijna.

'W- wat?'

'Blijf weg van internet.'

Didi schrok van de plotselinge hardheid in Hennequins stem en van de felle blik in haar ogen. Op Hennequins arm bewoog het in badstof verpakte bundeltje opnieuw.

Hennequin keek Didi recht aan. 'Er zijn zoveel verschillende meningen, iedereen spreekt elkaar tegen, zelfs binnen onze beroepsgroep. Bovendien is veel van die informatie achterhaald en op fora doen de ergste indianenverhalen de ronde.'

Didi kon het niet helpen, ze moest huilen. De plotselinge uitbarsting van Hennequin – ze begreep het niet. Wat had ze verkeerd gezegd?

Hennequin stond ineens naast haar en legde een hand op haar arm. 'Och, gossie toch, Didi. Wat ben je emotioneel vandaag. Sorry, dat had ik moeten zien. Ik wil juist voorkómen dat je overstuur raakt, daarom kun je maar beter van internet wegblijven.' Ze keek haar aan, van dichtbij. Hennequins ogen waren opvallend groen. Diepgroen. Didi kende niemand met zo'n intense oogkleur.

'Heb nou maar gewoon vertrouwen in me,' zei Hennequin. 'Het komt goed.'

'Echt?'

'Echt waar.'

Didi legde haar voorhoofd op Hennequins schouder en begon zachtjes te snikken. Op momenten als deze miste ze haar moeder zo vreselijk dat het meer zeer deed dan alle lichamelijke ongemakken bij elkaar. Nelly had haar niet eens gebeld. Zou ze niet naar Nederland komen?

Hennequin maakte zich los en pakte haar hand. Keek haar onderzoekend aan. 'Gaat het weer? Liefje, wat je nu doormaakt is tijdelijk. Je hebt als roodharige nu eenmaal een heel tere, dunne huid. Dat maakt je bevattelijker en gevoeliger dan andere vrouwen. Die pech heb je nu eenmaal. Maar het gaat over. Je huid moet gewoon wennen aan de nieuwe situatie en jij moet vooral doorgaan met kolven. Een beetje pijn en ongemak horen daar in jouw geval nu eenmaal bij.' Ze verplaatste haar blik naar Indy, van wie het gezichtje amper zichtbaar was, diep weggezonken in de badstof omslagdoek. 'Hier doe je het voor, weet je nog? Voor je kindje. Zij kan geen tweede start maken. Dit is jouw offer aan haar.'

Didi snotterde. Ze pakte een tissue van het planchet boven de wastafel en snoot haar neus.

'Ik neem deze dame mee naar beneden. Ga jij maar even lekker douchen, dan maak ik zo meteen een kop thee voor je.' Hennequin verdween en sloot de deur achter zich.

Didi snoot nog eens haar neus. Hennequin had natuurlijk gelijk. Ze moest zich vermannen. Ze kon dit toch niet opgeven, nu het een beetje tegenzat? Moedermelk was de beste voeding en ze wilde Indy de allerbeste start geven. Dat was ze haar kind verplicht.

Het was bijna twee uur. Miriam dronk een kop koffie in de meldkamer, een grote, hoge vierkante ruimte die met een beetje fantasie aan een moderne kerk deed denken. Centraal in de ruimte stonden bureaus met monitoren in een grote U-vorm opgesteld. Haar geüniformeerde binnendienstcollega's zaten met headsets achter de computers. In de meldkamer was het altijd hectisch, maar ook gezellig – ze kwam hier regelmatig koffie drinken en met collega's bijpraten. Ook vandaag werd er veel gelachen en werden er anekdotes uitgewisseld, maar Miriam luisterde nauwelijks.

Ze had in de auto al op haar iPhone gecheckt hoe ver het rijden was naar het adres dat Chucky Lee haar had gemaild. Het moest te doen zijn binnen twintig minuten, hooguit een halfuur. Tenminste, als het verkeer op de A13 wilde doorrijden. Op zaterdag was de kans daarop groter dan doordeweeks, maar dan nog veroorzaakte een aanrijding of alleen maar een auto die met pech in de berm stond al gauw een kilometerslange file op de verbindingsweg tussen Rotterdam en Den Haag. Ze was gaan tellen. Over een uur zou haar dienst erop zitten en om zes uur had ze met Boris afgesproken. Daartussenin wilde ze proberen om één of meer voormalige buren van Hennequin te spreken te krijgen, waarna ze zich thuis zou kunnen douchen en omkleden. Het zou krap zijn. Bovendien moest ze eerst nog naar huis. Ze kon toch moeilijk in haar uniform naar Den Haag gaan. Ze had in Hennequins geboortedorp al te veel misbruik gemaakt van haar functie. Het wachten was op een bewoner die zelf bij de politie zat – dan waren de rapen gaar.

'Waar zit jij met je gedachten?' Emma, een binnendienstcollega, legde een hand op haar schouder.

'Nergens. Slecht geslapen.'

'Die nachtdiensten nekken je, hè?'

Ze wreef over haar gezicht. 'Eigenlijk is het gekkenwerk. Mijn interne klok is constant van slag.'

Even speelde ze met de gedachte om een griepje te veinzen, zodat ze eerder naar huis kon. Haar plichtsbesef weerhield haar daarvan. Ze was vandaag de enige chef van dienst in het gebied. Rens was nog niet bevoegd om beslissingen te nemen. Als zij naar huis ging, zou een directe collega in een aangrenzend gebied worden opgezadeld met haar werk.

Miriams privételefoon zoemde in haar zak. Ze keek op het schermpje, maar herkende het nummer niet. 'Met Miriam.'

'Spreek ik met Miriam de Moor?'

'Dat ben ik.'

'O, fijn. Ik zou u nog de gegevens doorbellen van de vorige eigenaar van het huis van mijn ouders, weet u nog? Ze stonden inderdaad in het koopcontract van het huis. Die man heet–'

'Momentje.' Miriam stond op en liep in de richting van de toiletten. Ze haalde haar opschrijfboekje uit haar zak. 'Zeg het maar.'

'Arnoldus Hendrikus Kramer. Hij is geboren op 7 mei 1953, in Druten.'

'Geweldig. Dank je.' Meer gegevens had Miriam niet nodig. Ze beëindigde het gesprek en voerde de gegevens meteen in op haar dienst-BlackBerry.

'Bingo,' zei ze zacht.

De vader van Hennequin/Catharina was nog in leven en woonde in Arnhem. Miriams enthousiasme werd al snel getemperd. Ze kon niet zomaar naar die man toe gaan om met hem te praten. Ze wist immers niet hoe de verhoudingen tussen vader en dochter lagen. Wie weet spraken die twee elkaar dagelijks.

Als ze hem überhaupt al zou benaderen dan moest ze dat

zo subtiel mogelijk aanpakken. Ze kon zich geen gedonder op het werk veroorloven. En dat zou ze zeker krijgen, als bekend zou raken dat ze haar functie misbruikte voor een privézaak.

Er stonden twee vrouwen aan de deur. Een was een spichtige, wat nerveus ogende blondine van achter in de twintig. De ander, een gezette brildraagster, was een stuk ouder. Haar donkere, korte haar was met grijs doorschoten.

Hoog bezoek.

'Kom binnen.' Hennequin stapte opzij om de vrouwen binnen te laten.

De blondine gaf haar een hand en stelde zich voor als Ella, verpleegkundige van de GGD. 'Ik kom voor de NGS en het hielprikje.'

NGS? Hennequin knikte alsof ze precies wist waar het over ging en richtte haar aandacht op de ander. 'U bent vast de verloskundige.' Ze gaf de oudere vrouw een hand. Die voelde hard en ruw. Krachtig ook. Eerder een mannenhand. Op dat ene, korte moment waarop hun handen elkaar vastgrepen, besefte Hennequin dat deze kordate vrouw haar absolute tegenpool in het leven was. Zij hielp nieuw leven ter wereld, Hennequin zag zichzelf eerder als een actieve en zeer gedreven stervensbegeleidster.

'Kennen wij elkaar al?' vroeg de verloskundige. Ze loerde naar Hennequin vanachter haar dikke bril.

'Nog niet.' Hennequin nam hun jassen aan. 'Ik ben nieuw.'

'Hoe gaat het met mevrouw?'

Hennequin draaide zich om naar de verloskundige. 'Didi ligt veel in bed. Ze kan nog steeds niet goed lopen.'

'Dat zou ook wel zeer wonderlijk zijn, mevrouw is pas vier dagen geleden bevallen.'

Hennequin incasseerde de sneer zonder een spier te vertrekken. 'Didi ligt in de woonkamer, de baby ligt boven te slapen. Kan ik koffie of thee voor jullie inschenken?'

'Nee, dank je,' mompelde de verloskundige en ze liep langs haar heen de woonkamer in. 'Ik heb een moordend schema vandaag.'

De verpleegkundige leek ineens ook haast te krijgen. Ze snerpte: 'Haal jij de baby even? Ik doe de screening altijd waar de moeder bij is.' Ook zij verdween de woonkamer in.

Terwijl Hennequin de trap op liep, nam ze zich voor om die twee zo meteen nog eens koffie of thee aan te bieden. Met een paar druppeltjes ethyleenglycol erin, zodat ze zich binnen de kortste keren zo misselijk zouden voelen dat hun maag zich binnenstebuiten zou keren.

Het was niet de meest welvarende wijk in Den Haag. Massale galerijflats met daartussenin breed opgezette groenvoorzieningen. Gebouwd in de jaren zestig, zeventig, schatte Miriam, toen er in korte tijd heel veel mensen gehuisvest moesten worden. De wijk zag er onder een betrokken hemel wat troosteloos uit, wat nog werd versterkt door de grote, kalende bomen en veldjes met speeltoestellen waar geen kinderen speelden omdat er jongeren op scooters rondhingen.

Ze reed stapvoets langs de flat waar Hennequin zo'n elf jaar geleden moest hebben gewoond. Miriam had er weinig hoop op dat ze vandaag nog iemand te spreken zou krijgen die haar meer kon vertellen. In flats als deze was veel verloop. Jonge gezinnen met kinderen wilden liever een huis met een tuin en bij oudere mensen waren zulke flatwoningen ook al niet in trek. Bovendien was de gemeenschapszin meestal niet zo groot in dit soort wijken.

Omdat de parkeerplaats was afgesloten met een hefboom parkeerde Miriam haar auto langs de straat. Ze pakte haar leren jack van de achterbank en stapte uit. Sloot haar auto af en liep naar de entree. Halverwege hield ze haar pas in en keek langs de muren omhoog. Ze realiseerde zich dat het precies vier dagen geleden was dat ze op dezelfde manier de Rotterdamse woontoren had bekeken waarin Hennequin woonde. Die stond pal in het hippe centrum van Rotterdam en trok een ander, heel wat welvarender publiek dan deze galerijflats in Den Haag. Hennequin Smith had het beter voor elkaar dan haar alter ego Catharina Kramer.

Indy lag dicht tegen Didi aan. De verpleegkundige had net boven haar hakje een gaatje geprikt, waarna ze het helderrode bloed had opgevangen. Indy was meteen gaan huilen. 'Da's alleen maar van de schrik, hoor,' had de verpleegkundige gezegd, maar Didi vroeg zich af hoe de vrouw dat zo stellig kon beweren. Natuurlijk deed het pijn als iemand een gaatje in je prikte, of je nou volwassen was of nog zo piepklein en onwetend als Indy. De gehoorscreening was een stuk prettiger verlopen. Indy had gewoon fijn bij haar op bed kunnen liggen terwijl de verpleegkundige een reeks tests uitvoerde.

Daarna had de verloskundige Didi's hechtingen bekeken en opgemerkt dat een sodabadje geen kwaad zou kunnen, waarna ze de stand van haar baarmoeder nog eens had gecontroleerd. Die week lichtjes af van wat Hennequin vanochtend had gemeten. Ook dat was een aandachtspunt, zei ze. Buiten het zicht van de verloskundige had Hennequin met haar ogen gerold. Didi had moeite gehad om haar lach in te houden – voor het eerst sinds de bevalling voelde ze de neiging opkomen om in schaterlachen uit te barsten. Misschien werd ze wel hysterisch.

'Nou, dan ga ik maar weer,' hoorde ze de verloskundige zeggen. 'Of heb je nog vragen, Didi?'

Die had ze. Ze had heel veel vragen. Ze vroeg zich onder meer af of het normaal was dat ze steeds zo'n pijn had bij het kolven, en dat de opzetstukken die ze over haar tepels moest schuiven in haar wondjes leken te prikken.

Ze keek de verloskundige aan. Schuin achter de vrouw stond Hennequin. Kon het eigenlijk wel – kon ze wel dezelfde vragen stellen aan de verloskundige die ze eerder vandaag al aan Hennequin had gesteld? Zou Hennequin dat niet verkeerd opvatten? Het zou kunnen lijken alsof ze Hennequins inzichten niet vertrouwde.

De verloskundige had haar autosleutels al in haar hand; zij zou zo meteen weer weg zijn, terwijl Hennequin nog dagenlang zou blijven om voor haar en Indy te zorgen. Ze wilde de band die ze met de kraamverzorgster had opgebouwd niet verstoren.

'Geen vragen?'

Didi schudde haar hoofd.

'Goed dan. Je ziet me over een paar daagjes weer. Misschien twee, misschien drie. Het is verschrikkelijk druk momenteel en het zijn bijna allemaal jongetjes, dus jouw Indy heeft ze later voor het uitkiezen.' Ze glimlachte en gaf haar een hand. 'Tot dan.'

Op nummer 276, Hennequins oude adres, woonde een Marokkaans gezin met jonge kinderen. De moeder sprak geen Nederlands. Miriam had de poging om met haar te communiceren al snel opgegeven – de kans dat deze vrouw Hennequin kende was immers niet zo groot. Bij de buren aan de linkerkant – er stond geen naam bij de bel, ook niet beneden bij de brievenbussen – was niemand thuis. Aan de andere kant woonden volgens het naambordje 'Klaas & Wendy'. Aan de binnenkant van het keukenraam stonden kunststof plaquettes met spreuken over katten die geen baas, maar personeel hadden en een Franse buldog die de wacht hield. Ook hier bleef het doodstil. Verderop op de galerij had ze meer geluk.

De deur werd opengedaan door een Indonesische dame die zich voorstelde als Susi Tanardo. Ze was heel klein en tenger, met een strak op haar achterhoofd vastgezette grijze knot. Susi vertelde dat ze hier al woonde vanaf 1976, toen deze wijk nog volop in ontwikkeling was.

Ze kon zich Catharina Kramer nog herinneren.

Een paar minuten later zat Miriam in de donker ingerichte woonkamer, die uitkeek over de wijk en delen van de stad. In een hoek bij het raam stond een kamervolière met bewoners. Aan de muur hingen zwart-witportretten die in een jungleachtige omgeving waren genomen, houten maskers en wajangpoppen. Het rook sterk naar wierook. Susi Tanardo woonde hier alleen, vertelde ze. Haar man was overleden en kinderen waren er niet.

Miriam nam een slok van haar koffie. 'Had u contact met Catharina?'

De vrouw boog haar hoofd lichtjes en zei, met zachte stem: 'Weinig. Heel weinig. Ze was erg op zichzelf. Catharina heeft hier ook niet zo lang gewoond, om en nabij de twee jaar. Ze kwam net van de universiteit.'

'Weet u wat voor studie ze heeft gevolgd?'

'Dat kan ik me niet meer herinneren. Ik denk dat het iets met computers moet zijn geweest. Hoe heet dat, informatica? Ze had wel vier van die computers in haar woonkamer staan. Die waren toen nog niet zo plat als nu, hè. Dat waren van die crèmekleurige bakken met zo'n bolle beeldbuis.' Ze gaf de grootte van de monitoren aan met haar gerimpelde, slanke handen.

'U kwam bij haar over de vloer?'

'Zelden. Ik zag haar weleens aan het werk als ik op de galerij langsliep. Catharina zat altijd achter die computerschermen. Ze vertelde me eens dat ze programma's maakte voor bedrijven.'

'Weet u waar ze naartoe is verhuisd?'

'Nee. Dat heeft ze aan niemand verteld. Nog een kopje koffie?'

'Graag.'

Susi schonk koffie bij uit een ouderwetse percolator die op het dienblad op de salontafel stond. Voor Miriam kon zeggen dat ze haar koffie ongezoet dronk, had de vrouw er al rijkelijk rietsuiker in gestrooid.

'Ze was erg op zichzelf, zei u?'

'Ja. Ze maakte weinig contact met de mensen op de galerij.'

'Kreeg ze weleens visite?'

'Weinig, heel weinig. Maar ze ging er zelf wel op uit, want ze was soms hele weken of weekenden niet thuis.' De vrouw keek naar haar vogeltjes en zei: 'Ik heb de indruk dat ze misschien iets meer met ons sprak dan met de rest van de bewoners, omdat haar voogd en mijn man elkaar via het werk kenden.'

Voogd?

Miriam schoof op haar stoel naar voren.

Hennequin vulde het ondiepe teiltje met kokend water en goot er ruim een kwart van een kiloverpakking sodakristallen bij. Een veelvoud van wat nodig was om Didi's wond te behandelen, of, zoals de verloskundige het eufemistisch noemde, 'de knip'. Ze roerde alles door elkaar en bleef roeren totdat de meeste soda was opgelost, terwijl ze zacht een nummer van The Police neuriede.

Met een schuin oog keek ze naar buiten. De konijnen hadden vandaag amper bewogen. Ze waren suffer dan anders. Vanochtend had Hennequin extra druppels bij het drinkwater gedaan en er ook wat van over het voer gesprenkeld.

Terwijl ze neuriede, hoorde ze het nummer afspelen in haar hoofd. Sting klonk zo zuiver en duidelijk dat het wel leek of hij naast haar stond: *'There's a little black spot on the sun today. It's the same old thing as yesterday.'*

Uit het kruidenkastje pakte ze een bus keukenzout en strooide de inhoud in achtjes uit over het dampende wateroppervlak. Neuriënd vormde ze nog een achtje. En nog een. *'It's my destiny to be the king of pain.'*

De verloskundige had het zelf gezegd: Didi's hechtingen verdienden extra aandacht. Dat was een prima constatering geweest. Vreemd dat ze daar zelf niet opgekomen was.

Didi lag in het bed in de woonkamer. Hennequin wist niet of ze sliep of alleen maar een beetje lag te soezen. Maar wat ze wel wist, was dat Didi binnen nu en een halfuurtje klaarwakker zou zijn.

'There's a red fox torn by a huntsman's pack.'

Miriam pakte haar notitieboekje. 'Voogd, zei u? Weet u ook zijn naam?'

'Natuurlijk. Dat is Walter Engelen. Hij was ingenieur bij Stork.'

Miriam schreef de naam op. 'Kende u hem?'

'Mijn man kende hem beter dan ik. Hij werkte voor Walter. Catharina heeft destijds haar flat kunnen huren via een tip van mijn man.'

'Weet u misschien ook waar Walter Engelen woont?'

'Jazeker.' Ze stond op en schuifelde naar een donkerhouten secretaire die tegen de muur aan stond. Trok een laatje open en haalde er een beduimeld schrift uit. Daarna zette ze een leesbril aan een kettinkje op haar neus en begon door het schrift te bladeren. Ze las een adres op in Bennebroek, dat Miriam meteen noteerde.

'Ik hoop voor u dat Walter en Liesbeth nog niet op Curaçao zitten. Daar gaan ze elke winter naartoe.'

'Bent u bevriend met hen?'

'Dat niet, het contact is een beetje verwaterd na de dood van mijn man drie jaar geleden. Maar we sturen elkaar nog steeds een kaartje met kerst. Dat zijn zo van die gewoontes, hè?' Susi zette haar bril af en legde hem zorgvuldig terug in de secretaire. 'Ik heb begrepen dat men tegenwoordig via het internet kaartjes verstuurt, maar ik doe dat liever op de ouderwetse manier. Dat vind ik chiquer, vindt u ook niet?'

Miriam keek naar de kamervolière in de hoek, een hoge, vierkante kooi waarin schots en scheef grillige takken waren aangebracht. Een zestal zebravinkjes hipte er nerveus op heen en weer. Susi Tanardo had te midden van beton en staal haar eigen exotische paradijs gecreëerd.

Toen de vrouw weer had plaatsgenomen, vroeg Miriam: 'Hoe zag Catharina eruit?'

'Heel mooi. Heel Hollands, groot, met lange benen. En

goed verzorgd, beter dan veel andere meisjes van haar leeftijd. Ze was ook vrij slank, maar daar deed ze hard haar best voor. Ze sportte veel.'

'Welke sporten?'

De vrouw dacht even na en zei toen: 'Tennis en schermen. Ze liep ook regelmatig hard en ze heeft me weleens verteld dat ze dagelijks zwom. Weer of geen weer. Elke ochtend ging ze naar het zwembad.'

Miriam nam nog een slok koffie. 'Wat voor kleur haar had ze destijds?'

'Goudbruin.' Susi hield haar slanke handen ter hoogte van haar schouder. 'Tot hier. Dik en een beetje golvend.'

'Weet u misschien hoe Catharina en de familie Engelen elkaar hebben leren kennen?'

'Echtpaar,' verbeterde Susi Miriam. 'Het echtpaar Engelen. Ze hadden namelijk geen kinderen. Catharina is pas op latere leeftijd bij hen terechtgekomen. Ze moet een jaar of zestien, zeventien zijn geweest. Ze heeft nog één of twee jaar voortgezet onderwijs gevolgd en is daarna in Delft gaan studeren. Daar is ze op kamers gegaan. En Walter betaalde dat allemaal. Nadat ze was afgestudeerd is ze hier komen wonen.' Zachter vervolgde ze: 'Je zou meer dankbaarheid verwachten van zo'n meisje.'

'Wat is er gebeurd?'

'Ze was van de ene op de andere dag vertrokken. Ik heb ze wel zien lopen hoor, de verhuizers, al hebben ze niet meer dan een paar uurtjes werk gehad om haar flat leeg te halen, want zoveel spullen had ze niet. Het was er altijd wat kaal binnen. Geen schilderij aan de muur, geen planten. Hoe kun je nou zo leven? Ik stond er helemaal niet bij stil dat ze niets aan Walter en Liesbeth had laten weten. Dat hoorde ik pas later.' Haar ogen bleven rusten op haar vogeltjes, die zachte mek-mek-geluidjes maakten en onvermoeibaar door hipten, van de ene tak op de andere en weer terug. 'Catharina had hun een briefje gestuurd waarin ze liet weten dat het goed met haar ging en dat ze geen contact meer met hen wilde.' Nu keek Susi Miriam recht aan. 'Dat hoor je vaker, van aangenomen kinderen. Zo ondankbaar. Het is niet je eigen bloed, dat scheelt.'

Miriam kende talloze voorbeelden van gezinnen waarbij het tegendeel het geval was, maar ze knikte vriendelijk. Ze was hier om informatie in te winnen, niet om discussies te voeren.

Ze keek op haar mobiele telefoon. Het was halfvijf. Het liefst zou ze de vrouw bedanken voor haar tijd en meteen doorrijden naar Bennebroek. Walter en Liesbeth Engelen hadden minstens negen, misschien wel tien jaar de voogdij gehad over Hennequin. Zij zouden vast wel weten wat er was gebeurd tussen haar twaalfde en zestiende jaar, in de periode nadat ze samen met haar vader uit het Gelderse gehuchtje was vertrokken.

'Walter en Liesbeth Engelen hadden de voogdij over Catharina,' zei ze. 'Weet u ook waarom?'

'Dat is ons nooit verteld. Mijn man en ik hebben steeds het idee gehad dat er iets niet in orde was met dat meisje, dat er iets met haar was gebeurd. Maar wat precies, daar is nooit over gesproken.'

Miriam knikte en maakte een aantekening. Ze werd met de seconde opgewondener en nieuwsgieriger, maar als ze nu naar Bennebroek reed, dan zou ze haar date met Boris moeten laten schieten.

Ze woonde nu twee jaar boven hem en al die tijd had ze met een meer dan gemiddelde interesse naar hem gekeken als hij in zijn serre aan het werk was. Zelfs vorig jaar, toen ze een maandenlange relatie had onderhouden met een jonge rechercheur uit een ander korps, was Boris nooit helemaal uit haar systeem geweest. Ze wilde hem dolgraag beter leren kennen.

Maar ze wilde ook uitzoeken wie Hennequin was.

Dat was ze haar broer verplicht.

'Nog wat koffie?' vroeg Susi. Ze maakte aanstalten om op te staan, haar smalle rug gebogen.

'Dank u wel, dat is heel vriendelijk, maar ik moet er helaas vandoor.'

Hennequin schonk een glas wijn in. Het tweede alweer in een halfuur. Gedachteloos pakte ze een flinterdunne plak pata negra van een bordje en stopte hem in haar mond. Na het werk was ze meteen door naar huis gereden en daarna het gebouw niet meer uit geweest. In het weekend had het weinig zin om op jacht te gaan naar een nieuwe Mr. Money. De vier- en vijfsterrenhotels werden dan bezocht door gezinnen en stelletjes. Om eenzame, ontvankelijke zakenmannen te ontmoeten moest je er doordeweeks zijn.

Ze liet de wijn rondwalsen in haar glas. Een saint-émilion grand cru. Ze had er meer dan vijftig euro per fles voor betaald. Toch smaakte hij haar niet. Ze bleef zich onrustig voelen, gejaagd. De onrust trok niet weg. Zelfs niet nadat ze zich een uur in het zweet had gewerkt op de crosstrainer in de gezamenlijke fitnessruimte, en aansluitend een halfuur baantjes had getrokken in het zwembad in het souterrain van de woontoren. En nu deed die verdomde dure wijn ook al niets.

Geërgerd zocht ze het nummer van Mali in haar telefoon en belde het.

Ze werd meteen doorgeschakeld naar de voicemail, die Mali in gebroken Engels had ingesproken: '*Sorry I am not to reach for the weekend. From Monday you can contact me. Leave message or send e-mail malithaimassage-at-hotmail-dot-com.'*

Hennequin drukte de verbinding weg. Ze kon een andere masseuse bellen, er waren er genoeg in de stad, maar Mali wist precies wat ze wilde en hoe ze het wilde. Aan een ander zou ze zich alleen maar ergeren.

Ze ging met het glas wijn bij een van de ramen staan en keek naar de wijken en straten daar beneden, niet meer dan elkaar kruisende, donkere lijnen in een mengeling van vooroorlogse en moderne huizenblokken. Vanaf deze hoogte werd een mensenmassa vaak vergeleken met het gewriemel op een mierenhoop. Die vergelijking ging mank. Mensen leken niet op mieren. In geen enkel opzicht. Mieren waren stille, efficiënte wezens met een militaire inslag. Ze werkten perfect samen, elke groep had een eigen specialisme en hun ijver was ongeëvenaard. De groep ging boven het individu. Nee. De wereld daar beneden was eerder een groot, benauwd, overbevolkt kippenhok waarin iedereen zich wilde laten gelden. Hanen vochten onophoudelijk met elkaar, iedereen werd gepikt en beschadigd. Er werden eieren gelegd, vertrapt en bebroed, en soms groeiden er weer nieuwe kuikens op, die hun weg moesten zien te vinden in die chaos, waarin de willekeur al evenzeer van invloed was als het recht van de sterkste. Het oorverdovende gekakel hield nooit op.

Hierboven was het stil, op het zachte geruis van de wind na.

Te stil.

Veel te stil.

Ze ervoer opnieuw het vreemde, lege gevoel in haar borst dat daar al zo lang zat. Het had geen zin ertegen te vechten. Het zou nooit weggaan. Het kon alleen worden overschreeuwd.

Ze draaide zich weg van de stad en zette de geluidsinstallatie aan. Zware baslijnen en synthesizertonen vulden het appartement, beukten in op de hoge, witte muren. Killing Joke, 'Love Like blood'.

Hennequin zette haar lege glas op het kookeiland en liep naar haar slaapkamer, waar ze zich uitkleedde en haar zijden kimono aantrok. Daarna liep ze terug naar de woonkamer en draaide het volume nog hoger. Op blote voeten en met halfgesloten ogen danste ze over de witte gietvloer. Haar armen gespreid, haar hoofd rollend over haar schouders, van links naar rechts. Van rechts naar links.

As we move towards no end we learn to die
Red tears are shed on gray
Till the fearless come and the act is done
A love like blood, a love like blood

Het benedenhuis van Boris lag tussen de galerie en de serre ingeklemd. De ruimte was daardoor smal en een beetje onlogisch ingedeeld, maar vanwege de houten vloeren en kleurrijke schilderijen hing er een prettige, warme sfeer. In de woonkamer was een open keukentje en daarachter, half weggestopt in een schemerige hoek, was een ijzeren draaitrapje dat naar het souterrain leidde. Boris sliep daar beneden. Daglicht kwam er binnen via een raampje dat aan de voorzijde van het huizenblok net boven straatniveau lag.

Na de korte, en ook een beetje onwennige, rondleiding was Miriam op een rood bankje in de woonkamer gaan zitten. Boris zat op een canvas poef met één been onder zijn grote lichaam getrokken op een stuk pizza te kauwen, een beugelfles bier in zijn hand. Het bier was een beetje lauw, Miriam had het op het laatste moment in de buurtsuper gekocht toen ze thuiskwam uit Den Haag. Ze was niet meer naar Bennebroek gereden. Nu ze tegenover Boris in zijn appartementje zat, was ze daar niet rouwig om. Hij had zijn beanie afgedaan, die lag naast hem op de grond. Zijn halflange, donkere haar zat met een elastiekje vast op zijn achterhoofd.

'Dus je bent enig kind,' zei hij.

'Nu Bart er niet meer is wel, ja. En jij?'

'Ik heb drie broers.'

'Dríé?'

Hij grinnikte. 'Mijn moeder had graag nog een meisje gehad, maar na de vierde heeft ze het opgegeven.'

'Hebben jullie onderling goed contact?'

Hij knikte. 'We zijn toevalligerwijs ook allemaal in de culturele sector terechtgekomen. Mijn twee oudste broers wonen in Berlijn en mijn jongste broertje, Benjamin, werkt bij het Stedelijk in Amsterdam.'

'Dus je komt uit een cultureel nest.'

'Een beetje wel.' Boris vertelde dat zijn moeder jarenlang balletles had gegeven en dat zijn vader freelancejournalist was, die recensies en cultuurpagina's verzorgde voor een paar tijdschriften. 'Wat doen jouw ouders?' vroeg hij.

'Ze hebben tegenwoordig een bed and breakfast in Zeeland, maar vroeger werkte mijn vader op de financiële administratie van een verzekeringsmaatschappij en was mijn moeder schoonheidsspecialiste. Ik lijk meer op mijn opa. Hij was politieagent, en daar kon hij altijd zo beeldend over vertellen dat hij me ermee heeft aangestoken. Hij komt trouwens ook uit deze wijk, hier heeft hij zijn hele leven gewoond.'

'Leeft je opa nog?'

'Jammer genoeg niet. Hij heeft gelukkig nog wel meegemaakt dat ik bij de politie ging. Dat vond hij geweldig.'

Miriam reikte naar voren om een stuk pizza te pakken.

Ze aten rechtstreeks uit de dozen, die Boris op een boomstronk met een rood gevernist zaagvlak had gezet. Ze trok een punt los, ondersteunde hem met haar andere hand en nam een hap.

'Als je jou in het wild tegenkomt, zou je niet zeggen dat je bij de politie werkt. Zo zie je er helemaal niet uit.'

Ze grinnikte. 'Hoe zouden politiemensen er dan uit moeten zien volgens jou?'

'Anders. Minder...' Boris draaide verontschuldigend zijn hoofd een beetje weg en stak zijn hand op. 'Joh, laat maar. Ik heb niks gezegd.'

Ze keek hem onbeweeglijk aan. 'Niet terugkrabbelen. Vertel op.'

'Minder *petite*. Snap je? Ik dacht dat politiemensen moesten kunnen vechten en schieten.'

'Dat kan ik ook. Vergis je niet.'

'Met alle respect, Miriam – je weegt amper vijftig kilo.'

'Tweeënvijftig,' zei ze kalm. Ze nam de tijd om een hap weg te werken. Hun buurman Daoud was een Egyptenaar die zich tamelijk vruchteloos probeerde voor te doen als Italiaan, maar pizza's bakken kon hij als de beste. Toen haar mond leeg was, zei ze: 'En met die tweeënvijftig kilo vloer ik als het nodig is een volwassen kerel, puur op techniek en ervaring.'

Boris keek haar aan vanonder zijn donkere wimpers. Zijn stem klonk lager dan zojuist. 'Spannend idee.'

Ze lachte de plotseling opgekomen spanning weg en zocht houvast bij haar bier. Ze ergerde zich mateloos aan zichzelf. Ze stapte zonder aarzelen op de zwaarste criminelen af, bedacht zich geen moment om tijdens een kroeggevecht in te grijpen, maar met dit soort privésituaties had ze moeite. Dat uniform en het kogelwerende vest dat ze daaronder droeg gaven haar niet alleen autoriteit, ze dienden tevens als buffer. In burgerkleding en zonder back-up voelde ze zich kwetsbaar. Ze miste zelfs het geruststellende zachte geruis en de oproepen in haar oortje. Uiteindelijk zei ze: 'Misschien moet jij dat beeld dat je van politiemensen hebt eens bijstellen. Het klopt niet.'

'Zeg jij.'

'En ik kan het weten.'

Hij glimlachte ontwapenend. 'Da's waar.'

Ze dacht even na. 'Weet je wat? Heb je misschien zin om een keer een dienst mee te draaien? Een avonddienst bijvoorbeeld?'

'Kan dat zomaar?'

'Niet zomaar.' Ze keek hem peilend aan. 'Maar het kan geregeld worden als dat je leuk lijkt.'

'Lijkt me wel cool eigenlijk.'

'Dan ga ik iets regelen.'

Hij nam een slok van zijn bier, waarbij ze zicht kreeg op zijn brede, gespierde hals. Boris was groot, met lange benen en grote voeten en handen, maar hij was ook slank en gespierd. Een mooie combinatie. 'Zal ik je eens iets opbiechten? Ik schrik altijd als ik iemand in uniform zie.'

'Slecht geweten?'

Hij wees naar haar. 'Zie je? Zie je wat je nu doet? Ik geloof niet dat ik veel verkeerd doe in mijn leven, afgezien van zo nu en dan een blowtje, wat trouwens legaal is, maar zodra ik een agent zie, krijg ik meteen het gevoel dat ik iets verkeerd doe. Mijn ID niet bij me, te veel gedronken, het licht op mijn fiets is er spontaan mee opgehouden... Ik duik standaard weg.'

'Je bent niet de enige, hoor. Dat je het nog aandurfde om me te vragen bij je te komen eten,' plaagde ze.

'Dat heeft dan ook twee jaar geduurd, hè?' Boris grinnikte om zijn eigen grapje. Hij stond op en graaide de pizzadozen bij elkaar. Terwijl hij ze wegbracht naar de keuken kwam zijn kat de kamer in gelopen. Wit, met oranje oren en een dito pluimstaart. Het was de grootste kat die Miriam ooit had gezien.

De kat liep op haar af en wreef met zijn kin en de zijkant van zijn kop tegen haar knie. Hij was zo groot dat hij daar niet eens voor hoefde op te springen. Zijn pluimstaart krulde trillend over haar bovenbeen. Miriam had het dier wel vaker zien lopen in Boris' serre, en heel soms kuierde hij in de binnentuinen op de muurtjes rond. Ze stak haar hand uit om aan de dichte, witte vacht te voelen.

'Aai hem maar niet, hij is vals.'

Ze trok haar hand terug en keek strak naar de kat, die bij nader inzien inderdaad geen erg zachtaardige blik in zijn ogen had. 'Je hebt een valse kat als huisdier?'

'Nouc is een raskat met papieren. Dat is hem naar zijn kop gestegen. Mijn moeder heeft hem als kitten gekocht, toen was hij al amper te hanteren, maar toen hij volwassen werd kon ze hem niet meer aan. De fokster wil hem ook niet terug, dus heb ik hem maar genomen.'

'Je bent een heilige.'

'Valt wel mee. Als ik hem met rust laat, laat hij mij ook met rust. En hij pist niet in huis. Zolang hij dat volhoudt, mag hij blijven.'

Nouc wierp haar nog eens een ondoorgrondelijke blik toe voor hij zich omdraaide en in de serre verdween.

'Ik dacht dat je een vriendin had?' hoorde Miriam zichzelf quasinonchalant vragen.

'Had ik ook. Bregje en ik hebben vorige maand besloten om uit elkaar te gaan. Ze gaat een wereldreis maken. Nepal, India. Ik kan hier niet weg. Of eigenlijk wil ik niet weg. Wat ik hier heb, vind ik niet zomaar ergens anders terug. Ik begin nu net een leuke klantenkring op te bouwen.'

'Mis je haar?'

Boris plofte naast haar op de bank en legde een arm op de rugleuning.

Ze durfde amper te bewegen. In de buurt van Boris voelde ze zich een beetje onzeker. Misschien omdat ze hem écht leuk vond – en omdat ze, wanneer dit om wat voor reden dan ook misging, zou moeten leren leven met een onderbuurman die haar daar alleen al door zijn aanwezigheid dagelijks aan zou herinneren.

Hij trok zijn benen zijdelings onder zich en draaide zich naar Miriam toe. Bracht zijn gezicht dichter bij het hare.

Even dacht ze dat hij haar ging zoenen en ze hield haar adem in, maar de beweging stopte een handbreedte voor haar gezicht.

'Haar missen, nu jij hier bent?' zei hij grijnzend, een wenkbrauw opgetrokken. 'Als kiespijn.'

Muziek heelde. Hennequin was zich er een stuk beter door gaan voelen. Het kon ook dat derde glas wijn zijn geweest, dat de onrustige energie die ze al zo lang met zich meedroeg voor even tot zwijgen had gebracht. Ze was nog steeds gekleed in haar kimono en logde via een anoniem netwerk in op internet. Vroeger was dit haar leven geweest. Haar werk als programmeur en websitebouwer had haar een prima inkomen bezorgd en bovendien de privacy opgeleverd waar ze zo op gesteld was. Ze was onafhankelijk gebleven en had steeds vanuit huis gewerkt. Pas toen ze met Keanu Smith was getrouwd en in zijn prachtige villa aan het water in Fort Myers, Florida, was gaan wonen, had ze haar bedrijfje opgedoekt. In Keanu's villa hadden de dollars tegen de plinten omhoog geklotst, dus werken was niet meer nodig geweest.

Hennequin glimlachte bij de herinnering aan de manier waarop Keanu haar had aangekeken, enkele minuten voordat zijn hart het definitief begaf. Hij had het toen pas doorgehad, op het allerlaatst. Mooi en triest tegelijkertijd. Mooi, omdat ze zich op dat ene moment voor het eerst echt verbonden had gevoeld met haar echtgenoot, triest omdat het maar zo kort had geduurd. De officiële doodsoorzaak was alcoholvergiftiging. Keanu was een stevige drinker. Dat wist iedereen. Hij was dat al geweest toen Hennequin hem had leren kennen in een groot hotel in Las Vegas. Hij was haar meteen opgevallen. Een man alleen. Sociaal onhandig met vrouwen. Wilde imponeren door met geld te smijten. Hij had dure pakken gedragen, maar die hadden zijn stevige postuur niet bepaald geflatteerd. Een echte Amerikaan. En zij, Hennequin Wilson, zou hem op het rechte pad brengen. Zelfs Keanu's moeder had dat verwacht. Alle hoop was op haar gevestigd.

Sinds haar huwelijk met Keanu was Hennequin alleen nog maar recreatief op het net te vinden. Ze maakte deel uit van verschillende chatgroepen, waarvan de leden elkaar uitsluitend virtueel kenden en dat meestal zo wilden houden. Hoe oud ze in werkelijkheid waren, waar ze woonden en wat ze voor de kost deden wist ze niet. Ze konden man of vrouw zijn, getrouwd zijn en vier kinderen hebben of als eeuwige vrijgezel bij hun moeder op zolder wonen. Het maakte niet uit. Wat hen bond op die plek in cyberspace waren hun ervaringen en fantasieën, die zonder terughoudendheid werden gedeeld. Binnen de afgeschermde community's leek de een nog gekker dan de ander. Toch voelde Hennequin een diepere connectie met hen dan met diegenen die ze in het dagelijks leven tegenkwam.

Haar vingertoppen roffelden over haar toetsenbord. Ze

was in gesprek met Delicieux, iemand met een mannelijke avatar en vreemde, verontrustende fantasieën – zelfs voor haar gingen die wat ver, maar ze genoot van de dialogen op zich. Hij was al even intelligent als gestoord.

De bel ging. Hennequins vingers bleven als bevroren boven het toetsenbord hangen. Dit was niet de zoemtoon van de bel uit de centrale hal beneden – een geluid dat ze steevast negeerde. Dit was de snerpende bel van haar eigen penthouse: er stond iemand voor haar deur.

Ze zette het scherm uit en liep op blote voeten naar het videopaneel in de hal. Schakelde de camera in.

Hij stond vlak bij de deur, met zijn lippen op elkaar geperst om zich heen te kijken. Door de fisheye-lens werd zijn gezicht lichtelijk vervormd.

Oscar.

Didi probeerde te gaan verliggen. Ze siste zachtjes van de pijn. Het deed zeer als ze bewoog en het deed zeer als ze stillag. Alles deed zeer. Omdat ze door de bekkenpijn gedwongen werd om steeds in dezelfde houding te liggen, was er in de afgelopen weken een doorligplek op haar onderrug ontstaan. Haar schoonmoeder had Oscar vorige week al calendulazalf meegegeven, die hij erop smeerde als ze erom vroeg. De zalf gaf steeds maar even verlichting. Ze zou zo graag eens op haar zij willen slapen. Of op haar buik. Dat leek wel eeuwen geleden. Weer normaal kunnen lópen, dat zou helemaal fantastisch zijn.

Voordat ze zwanger raakte, had ze een paar keer in de week getennist. Ze was bang dat ze dat nooit meer zou kunnen. Had Hennequin daar al niet op gezinspeeld? Toen ze de kraamverzorgster had verteld dat de arts haar had verzekerd dat de bekkeninstabiliteit hormonaal bepaald was en dus vanzelf over zou gaan, had Hennequin dat niet beaamd. Integendeel. Ze was even stil geweest en had daarna iets gezegd als: 'Het is maar goed dat ze dat op zo'n manier aan patiënten brengen. Als je als kraamvrouw over dit soort dingen gaat stressen, heeft dat zijn weerslag op de melkproductie.'

Hennequin zou zoiets echt niet zomaar zeggen. Zij zag in haar werk heel wat vrouwen voorbijkomen en maakte echt wel wat mee op dit gebied.

Wat als ze nooit meer zou kunnen lopen?

Didi probeerde opnieuw te gaan verliggen. Een pijnscheut trok door haar hele lijf en deed haar verstarren. De pijn was erger dan gisteren. Tijdens de zwangerschap was die ook niet elke dag hetzelfde geweest, maar ze had gehoopt dat het na de bevalling steeds een beetje beter zou gaan. Zo had het ook aangevoeld. Tot vanmiddag. Sinds ze zich in dat sodabadje had laten zakken en van pijn en schrik bijna meteen weer was opgeveerd, leek het wel of er een zenuw knel was komen te zitten waardoor het allemaal nog veel erger was geworden. Hennequin had haar ervan overtuigd dat ze dat badje echt nodig had, dat de wond daar beneden moest worden gedesinfecteerd en dat dat nu eenmaal prikte. Ze had haar geholpen en ondersteund toen ze zich nogmaals had laten zakken in het gehate, gemeen in haar wond prikkende vocht. Het brandende gevoel zou wegtrekken, had Hennequin haar verzekerd.

Maar Didi voelde de wond nog steeds.

Ze had het tegen Oscar gezegd, maar hij had nauwelijks geluisterd. Direct nadat hij Indy in bed had gelegd was hij naar de tennisclub gegaan. 'Ik ben over een paar uurtjes terug,' had hij gezegd. 'Als er iets aan de hand is moet je me bellen, dan kom ik meteen naar huis.'

'Je hebt je telefoon steeds uit staan.'

Hij had zijn toestel laten zien. 'Kijk. Het geluid staat aan. Zie je? Ik leg mijn tas langs de lijn, dus ik hoor je echt wel. Maar je kunt beter gaan slapen.' Bij de deur had hij zich naar haar omgedraaid. 'Didi, we moeten hier wel iets op verzinnen. Ik ga maandag weer werken. En Hennequin blijft hier ook niet eeuwig. Misschien moet je eens informeren of je thuishulp kunt krijgen?'

Je.

Hij zei: je.

Niet: wij.

Wat Oscar betrof, was het allemaal háár probleem. De verzorging van Indy. De bekkeninstabiliteit.

Indy lag boven in haar wiegje. Heel af en toe hoorde Didi het zachte stemmetje van haar dochter, alsof ze wakker schrok uit een hazenslaapje en protesteerde, omdat ze merkte dat ze alleen was.

Daarna was ze weer stil.

Oscar. Hennequin voelde een diepe haat in haar binnenste opkruipen. Ze werd er bijna misselijk van.

Wat dacht hij wel niet? Waar haalde hij de arrogantie vandaan om haar thuis op te zoeken? Mannen. Ze waren altijd zo vol van zichzelf, ervan overtuigd dat de hele wereld om hen draaide. Iets meer nederigheid zou hem sieren. *Zou hen allemaal sieren.*

Ze haastte zich naar haar slaapkamer, werkte haar haren weg onder een netje en trok de peperdure, met de hand gemaakte blonde pruik over haar hoofd. Ze controleerde het eindresultaat in de spiegel. Prima. De bel ging nog eens. Langer nu.

Vloekend bracht ze haar smaragdgroene lenzen in. Keek om zich heen. Geen slordigheden? Niets laten liggen? Ze sloot de deur naar de computerkamer en deed ook haar slaapkamerdeur dicht. Wat er ook gebeurde, hier mocht hij niet komen.

Ze haastte zich naar voren en trok de deur open.

Oscar keek verrast en opgelucht tegelijk. 'O, wauw.' Zijn ogen gleden over haar heen.

'Hoe weet jij waar ik woon?' vroeg ze ijzig. Ze trok de panden van haar glanzende kimono verder over elkaar en knoopte de ceintuur vast.

Oscar had moeite om zijn blik van haar bovenlichaam los te rukken. 'Ik ben je gevolgd. Gisteren al.'

'Gevolgd? Da's best raar, Oscar. Je kunt voor minder worden opgepakt.'

Hij reageerde beteuterd. 'Sorry.'

'Grapje, Oscar. Kom binnen.'

Hij drentelde achter haar aan de witte gang door. 'Ik voel me een beetje lullig... Ik realiseer me ineens dat je het als werk ziet. En dit is natuurlijk je privésituatie.'

Ze reageerde niet, liep naar de woonkamer en dimde het licht met de afstandsbediening.

Oscar keek goedkeurend om zich heen. Hij merkte het vier meter hoge plafond op, bekeek de spiegelende gietvloer en uiteindelijk trof hem het adembenemende uitzicht over de stad. 'Jezus. Wat mooi.'

Er speelde een glimlachje rond haar lippen. 'Niet verwacht?'

'Nee.' Hij sloeg zijn armen over elkaar en keek nieuwsgierig door de immense ramen over de stad uit. Een kind op schoolreisje. De ondergaande zon kleurde zijn gezicht en overhemd oranje. Hij draaide zijn hoofd naar haar toe. 'Woon je hier alleen?'

Ze knikte.

'Hoe–'

'Hoe ik dit betaal, wil je weten?'

'Eh, ja. Ik wil je niet beledigen, maar het is wel erg chic voor een kraamhulp.'

'Kraamverzorgster,' verbeterde ze hem. 'Ik bén geen hulp, ik bied hulp aan.'

Oscar stond nog steeds om zich heen te kijken. Bestudeerde de designkeuken, de Loewe-tv. Hennequin dacht een lichte afgunst in zijn blik te bespeuren. Hij draaide zich naar haar toe. 'Niet dat het me aangaat, maar... Waar doe je dit allemaal van?'

'Van een erfenis die ik liever niet had gehad.'

'O. Sorry. Ik had het niet moeten vragen. Maar je verwacht gewoon niet zo'n penthouse bij iemand die, zoals jij, bij mensen thuis–'

'Luiers verschoont en beschuitjes smeert?'

'Nee, nee, dat bedoel ik niet.'

'Je jokt, Oscar. Dat bedoel je wel, maar dat maakt niet uit. Zoals ik al eerder heb gezegd: ik help graag mensen. Dit is mijn roeping.'

Hij kauwde op de binnenkant van zijn wang. Toen hij uiteindelijk sprak, klonk zijn stem lager en zachter dan anders. 'En dat wat je gisteren deed? Doe je dat vaker?'

Er speelde een glimlachje rond haar lippen. Met een twinkeling in haar ogen keek ze naar hem op. 'Alleen als de vader in kwestie me bevalt.'

Zijn ogen werden donkerder. 'Dus ik beval je?'

'Blijkbaar.' Goh. Wat was hij ineens onzeker. Het had echt indruk gemaakt.

Hij zette een stap dichterbij. 'Ik zag jou meteen al zitten, vanaf het eerste moment. Ik weet dat het niet gepast is, maar... het klopte precies wat je zei. Didi is zichzelf niet. Al heel lang niet meer. Voor ze zwanger raakte gingen we samen stappen met vrienden, de kroeg in, naar feesten, alles. We waren gek op elkaar. En nu vlieg ik thuis tegen de muren omhoog. Het is allemaal zo...' Hij fronste en zette zijn duim en vingers tussen zijn wenkbrauwen. 'Zo verwarrend. Ik weet niet of ik eraan toe ben om iemands vader te zijn. Ik denk het niet. Het voelt alsof ik stik.'

'Ssh... rustig maar.' Hennequin legde haar vlakke hand op zijn borst. 'Ik weet wat je doormaakt. Het is heel normaal, echt. Maar dat gevoel gaat over. Het leven is veranderlijk, niets blijft hetzelfde, nooit. Wat je vandaag als vanzelfsprekend ziet of waar je je druk over maakt...' Haar hand gleed naar beneden, haar vingers speelden achter de elastische band van zijn trainingsbroek, en ze merkte dat hij zijn adem inhield. '... kan er morgen weleens niet meer zijn.'

'Nou. Dan zie ik je nog wel.'

Boris stond dicht bij Miriam. Zijn vingers raakten haar bovenarm aan. Ze voelde zijn adem langs haar gezicht strijken.

Een prettig gevoel.

Meer dan prettig.

'Dank je voor de gezellige avond,' wist ze uit te brengen. 'Nooit geweten dat ik zo'n leuke buurman had.'

'Nee, jij bedankt.' Hij bleef haar aankijken. Verroerde zich nauwelijks.

Miriam verplaatste haar gewicht naar haar tenen en wilde hem lichtjes op de wang kussen, maar hij draaide zijn gezicht naar haar toe en pakte haar achterhoofd vast. Drukte zijn lippen op de hare. Even maar, heel kort, waarna hij haar weer losliet.

'Ik hoop dat ik je snel weer zie.'

'Ja,' zei ze, zo zacht dat het een zucht leek. 'Dat hoop ik ook.'

Dorre bladeren ritselden aan hun takken, die zachtjes heen en weer bewogen in de herfstwind. Het maanlicht veroorzaakte een blauwig schijnsel tussen de bomen. Het viel gefilterd tussen de takken en stammen door, net genoeg voor Hennequin om te kunnen zien waar ze mee bezig was. Een zaklamp gebruikte ze niet. Het zou iemand kunnen opvallen.

Hennequin haalde schokkerig adem en haar longen brandden, net als de spieren in haar armen, rug en schouders. Er kwamen wolkjes condens uit haar mond. Ze had het vanmiddag op het nieuws gehoord: vandaag was de koudste oktoberdag sinds mensenheugenis. Nu de zon al even geleden was ondergegaan, was het kwik verder gedaald. Hennequin had het niet koud. Integendeel. Ze zweette in haar dikke jack.

Haar voeten zakten weg in de rulle aarde. Ze had er zojuist in de auto zakken omheen gebonden, zodat ze geen zoolprofiel zou achterlaten. Een extra dwaalspoor voor de politie. Voor de zekerheid. De kans was klein dat iemand hier ooit zou komen zoeken. Laat staan graven. Maar toch.

Hennequin voelde zich bij elke steek in de grond rustiger worden, kalm, alsof de monotone bewegingen haar hielpen om in een ander, dieper bewustzijn te komen. Het was lang geleden dat ze zich zo lekker had gevoeld. Zo in balans. Ze neuriede zachtjes een nummer van Thomas Dolby en hoorde zijn plagerige stem in haar hoofd galmen en de pianoaanslagen, de saxofoon.

I scare myself to think what I could do
I scare myself it's some kind of voodoo
And with that voodoo, I keep thinking of you

Ze had vanavond bijna een fout gemaakt door overhaast te willen handelen, uit pure scoringsdrift. Op het laatste moment had ze zich weten in te houden. Dit soort acties moest je niet overhaasten. Je moest ze plannen. Slordigheden in de voorbereiding of uitvoering keerden zich tegen je, altijd.

Toch had ze niet zoveel tijd nodig gehad om dit plan uit te denken. Nog geen halfuur nadat Oscar was vertrokken, had ze geweten wat ze ging doen en hoe ze het ging doen. Het was al even simpel als geniaal. Er kon niets misgaan.

Want alles klopte, alles viel perfect in elkaar. Alsof het was voorbestemd.

I scare myself when I let my thoughts run
And when they're running, I keep thinking of you

De zesde dag

ZONDAG

Miriam had vanochtend een andere blik in haar ogen. Zachter, minder fanatiek. In de badkamerspiegel keek een kalmere versie van haarzelf terug.

Boris had haar gekust. Heel kort en nog onwennig, maar het had goed gevoeld. Opwindend en vertrouwd tegelijkertijd. Toch was ze blij dat ze niet verder waren gegaan en het bij die ene kus was gebleven. Ze had de indruk dat ook Boris wat voorzichtig was. Ze moesten het rustig aan doen. Ze waren nu eenmaal buren en zouden elkaar dus niet kunnen ontlopen als dit op de een of andere manier niet goed uitpakte.

Hoe ze erbij was gekomen hem te vragen om een avonddienst met haar mee te draaien, wist ze niet. Nu moest ze nog kijken hoe ze dat voor elkaar kon krijgen op het bureau, en vervolgens zou ze de dienst moeten zien door te komen zonder dat het al te gezellig werd in de auto en het tot geroddel zou leiden. Zij en haar collega's hadden altijd alles door. Ze kenden elkaar gewoon te goed en ze maakten samen te veel mee om elkaar om de tuin te kunnen leiden. Wat dat betreft was het een wonder dat nog niemand doorhad waar ze mee bezig was.

Miriam zette haar tandenborstel terug in de beker, haalde een borstel door haar haar en bond het met een elastiekje vast op haar achterhoofd. Het was pas tien uur. Ze had een vrije dag voor zich, waarin ze hoopte kennis te maken met Walter Engelen, de voogd van Hennequin.

Het ging niet goed met Jip en Janneke.

Ze lagen een eindje van elkaar af, plat in het stro. Hennequin vermoedde dat ze gisteravond al dood waren geweest. Niemand had het opgemerkt. Didi niet, Oscar niet. De kraamvisite die nu boven in de logeerkamer bij Didi zat niet.

Ze zou Didi er straks wel op wijzen, tegen het einde van haar werkdag, als Didi in het bed in de woonkamer lag en Oscar ook thuis was.

Dosering was belangrijk.

Timing net zo goed.

Neuriënd smeerde Hennequin vier beschuitjes en strooide er roze muisjes op. Het ging iets minder gecoördineerd dan anders. Ze voelde de spieren in haar armen en rug goed, en er zaten blaren op de zachte huid tussen duim en wijsvinger van allebei haar handen. Haar handschoenen had ze vanochtend in de vuilnisbak gegooid. Het dunne, zachte lamsleer was niet opgewassen geweest tegen het zware werk.

Hennequin legde de beschuiten op een groot bord en zette dat, samen met een glas thee, op een dienblad. Pakte het op en liep de keuken uit. Toen ze bij de schuifpui kwam, bleef ze even staan en keek naar het konijnenhok.

Als jong kind had Hennequin ook een konijn gehad. Een schonkig zwart dier met een wit neusje en één wit achterpootje. Haar vader had het meegenomen van een of andere kinderboerderij. Hij had tijdens de zeldzame momenten dat hij thuis was een hok in de schuur gebouwd en een gazen rennetje gemaakt, zodat het beest bij mooi weer buiten gras kon eten. Polly was bedoeld als gezelschap, maar veel steun had Hennequin er niet van gehad. Het beest was alleen maar bang geweest. Steeds als ze het uit het hok had willen pakken, had het zich plat in het stro gedrukt, de oren in de nek, met uitpuilende ogen. Hennequin had er een boekje bij gekregen en veel gelezen over konijnen: over hun voeding, verzorging en hun gedrag. Van alle populaire huisdieren waren zij misschien nog het meest te betreuren, omdat ze in tegenstelling tot bijvoorbeeld honden en katten geen roofdieren, maar prooidieren waren. Konijnen hadden alle reden om met ware doodsangst de wereld in te kijken. Roofvogels, honden, vossen, wolven, tijgers, katten en slangen: ze hadden het allemaal op ze voorzien. Zelfs in hun eigen hol waren ze nooit veilig.

Op een mooie zomerdag was Polly uit haar ren geplukt door een enorme buizerd. Het ene moment had Hennequin haar konijn nog gras zien eten, het andere moment was de ren leeg geweest.

Pas tijdens haar puberteit was Hennequin gaan inzien dat mensen niet veel anders in elkaar zaten dan gekooide dieren. Ze gedroegen zich precies hetzelfde. Ook al liepen sommigen weg van hun problematische situatie, ze bleven uiteindelijk steeds weer teruggaan naar hun nest, hun hol onder de grond. De kooi in, die ze zelf om zich heen hadden gebouwd. Mensen waren nu eenmaal graag op plaatsen waar ze zich veilig en gekoesterd waanden. Thuis. Bij hun familie, bij mensen van wie ze hielden.

En daar zocht Hennequin ze op.

Ze liep de trap op, het dienblad met de beschuitjes in haar handen. Breed glimlachend stapte ze de logeerkamer in. 'Hier hebben jullie vast wel zin in!'

Walter en Liesbeth Engelen woonden in een bungalow die in de jaren zeventig vast heel hip en modern moest zijn geweest, maar vooral peperduur. In de L-vormige woonkamer stonden Scandinavische designmeubels van chroom en cognackleurig leer die ook uit die tijd stamden.

Liesbeth Engelen had Miriam een kop koffie gegeven en zat nu schuin tegenover haar in een S-vormige fauteuil. 'U hebt geluk dat u ons nog treft,' zei ze. 'Normaal gesproken zijn we rond deze tijd van het jaar op Curaçao.'

'Dat vertelde mevrouw Tanardo al. Lijkt me heerlijk om de Hollandse winter te kunnen ontvluchten.' Miriam wierp een blik naar buiten. De grote ramen boden zicht op een strak gazon en de borders eromheen, met een vijver, berkenbomen en siergrassen. De lucht was betrokken.

Liesbeth Engelen zag er niet uit alsof ze überhaupt veel in Nederland verbleef. Haar korte, bijna witte haar contrasteerde sterk met haar gebruinde huid. Er zat een glinsterend lijntje boven haar wimpers. 'Het klinkt duurder dan het is, hoor. Mijn man en ik betalen alleen de reis.'

Miriam keek haar niet-begrijpend aan.

'We hebben veel familie wonen op Curaçao,' verduidelijkte ze. 'Ik heb het tientallen jaren zeer betreurd dat we elkaar zo weinig konden zien, nu hebben we er eindelijk eens voordeel van.' Ze zocht steun bij haar man, die nog niet veel had gezegd. 'Toch?'

Ondanks zijn gladde, glimmende schedel zag Walter Engelen er jonger uit dan zijn vrouw. 'Ik denk niet dat de politie geïnteresseerd is in onze wintervakanties en hoe wij die bekostigen. U vroeg naar Catharina. Wat wilt u weten?'

Miriam zette haar koffie terug op de rookglazen salontafel. 'Wanneer hebt u haar leren kennen?'

'In 1994. Ze zat toen nog in Oosterhoek, in Grave.'

Miriam schoof naar voren op haar stoel.

Oosterhoek.

Dat was een grote penitentiaire inrichting – een jeugdgevangenis maakte deel uit van het complex. En een tbs-kliniek.

Je kwam daar niet zomaar terecht.

Wat had ze gedaan?

Walter zweeg even en wreef over zijn smalle neus. 'U moet weten dat wij Catharina al lang niet meer hebben gezien. Haar vertrek heeft ons veel pijn gedaan. Dat de politie haar nu zoekt en informatie over haar inwint, haalt oude wonden open.'

'Waar wordt ze van verdacht?' vroeg Liesbeth.

'Ik kan daar helaas nog weinig over kwijt. Het is een algemeen onderzoek, we zijn momenteel achtergronden aan het natrekken van verschillende mensen.' Ze keek Walter aan. 'Wanneer hebt u haar voor het laatst gezien?'

'Dat moet negen jaar geleden zijn geweest. Ze was zesentwintig. Ik geloof dat ze voor een computerbedrijf werkte.'

'U weet dat niet zeker?'

'We hadden toen al weinig contact.' De man schudde zijn hoofd. Het speet hem zichtbaar. 'Toen ze naar de universiteit ging is het contact minder geworden. Ze kwam alleen nog thuis als ze geld nodig had, of bij speciale gelegenheden. In latere jaren kwam ze hier helemaal niet meer.'

'Hebt u enig idee waarom ze u niet meer wilde zien? Is er iets voorgevallen tussen jullie?'

'Nee,' zei Walter. 'Niets. We hebben het nooit begrepen.'

Liesbeth keek langs Miriam heen de tuin in. Grauw herfstlicht veroorzaakte donkere schaduwen in haar gezicht. 'Ze is niet iemand die mensen vertrouwen geeft,' zei ze zacht. 'Catharina is uiterst intelligent, maar ook uiterst complex. Je leert haar nooit echt kennen.'

'Hoe kwam ze eigenlijk bij u terecht?'

'Toen ze vrijkwam had ze een nieuwe start nodig, ver weg van waar ze had gewoond. Ze was pas zestien. Een kind nog,' zei Walter.

Liesbeth vulde haar man aan: 'Walter en ik hebben altijd gevonden dat jonge mensen een tweede kans verdienen. Ook als ze erge dingen hebben gedaan. Wij konden zelf geen kinderen krijgen en hebben vaker moeilijk opvoedbare pleegkinderen in huis gehad. Soms twee tegelijk, soms maar eentje, zoals bij Catharina. We wilden graag ons steentje bijdragen. We hadden de ruimte, het geld en de tijd, dus waarom niet?'

Walter ging verzitten. 'Ik hoorde over de situatie van Catharina via mijn zwager. Hij werkt bij justitie. Dat meisje had niemand. Kreeg nooit bezoek. Ze had geen broertjes of zusjes en haar moeder was uit het leven gestapt toen Catharina elf was. Toch kwam ze blijkbaar uit een goed nest en had ze een uitstekende basis gehad. Pianolessen, tennis, museumbezoek. We waren ervan overtuigd dat we haar hier, in deze omgeving en met een stabiele begeleiding, weer op de rails zouden krijgen.'

'En haar vader dan?' vroeg Miriam.

'Bij hem was ze niet meer welkom.'

Didi zat half rechtop in het bed in de woonkamer. De visite was weg – Oscars zus was eindelijk naar Indy komen kijken, en er waren twee vriendinnen langs geweest die ze nog kende van de havo, maar die ze minder was gaan zien sinds ze met Oscar was getrouwd. Het was nu rustig; ze verwachtte de rest van de dag niemand meer. Buiten joeg de wind de herfstbladeren door de straten. Aan de overkant kwam een gezin hun huis uit. Ze waren opgetogen, lachten en praatten. Om hen heen huppelde een bruin hondje. De vader klapte een wandelwagen in en legde die in de kofferbak, zijn vrouw snoerde hun kind in een autostoeltje vast. Didi voelde een lichte jaloezie opkomen. Zouden Oscar, Indy en zij op een dag ook zo'n gelukkig gezin vormen en op zondag in het bos gaan wandelen? Later, als Indy wat groter was en zij weer normaal kon lopen – *en Oscar weer normaal zou doen?*

Hij gedroeg zich nog steeds afstandelijk en een beetje vreemd. Gisteravond na thuiskomst van de tennisclub was hij gaan douchen en had hij zich afzijdig gehouden. Gepraat had hij nauwelijks. Hij had Indy verschoond en haar een flesje gegeven, maar het was allemaal mechanisch op Didi overgekomen. Alsof hij was geprogrammeerd. En nu zat hij een krant te lezen terwijl de kraamverzorgster neuriënd zijn overhemden streek. Hij zei niets. Hij deed niets. Hij was alleen maar fysiek aanwezig, en dat zelfs nog veel te weinig.

Het begon haar te irriteren.

De hele situatie begon haar steeds meer op de zenuwen te werken.

'Thee?' vroeg Hennequin.

Didi keek op. 'Nee, dank je. Ik kan geen thee meer zien.' Ze snakte naar een wijntje. Of liever nog iets sterkers, en in grote hoeveelheden. Shotjes Strohrum. Hup, hup, achter elkaar. Ze zou niets liever willen dan zich bezatten. Misschien zou ze zich er beter door gaan voelen, lichter en minder somber, en zou ze voor even kunnen vergeten dat lopen sinds vanochtend weliswaar een beetje beter ging, maar nog steeds gemeen pijn deed en het nog maar de vraag was of het ooit goed zou komen.

Ze deed het niet. Ze vroeg niet om een wijntje.

De alcohol zou in de melk terechtkomen en dat was niet goed voor Indy.

Ze staarde naar buiten. Misschien was moedermelk-uit-een-fles bij nader inzien toch niet zo'n goed idee. Zij was degene die negen maanden lang een kindje had gedragen en allerlei lekkers had moeten laten staan – carpaccio, Franse rauwmelkse kazen waar ze zo van hield, alcohol – en nu was zij opnieuw degene die zich van alles moest ontzeggen. Terwijl Oscar ging en stond waar hij maar wilde.

Morgen zou hij weer gaan werken, elke dag tot drie uur, zodat hij in de namiddag de zorg van Hennequin kon overnemen. Didi had liever thuiszorg aangevraagd, maar volgens Hennequin kon dat altijd nog. Ze vond het voorbarig om de aanvraag nu al in te dienen, omdat ze zeker wist dat Didi binnenkort geen hulp meer nodig zou hebben. Hennequin had heel overtuigend geklonken.

Misschien had ze wel gelijk, en maakte Didi zich druk om niets. Die bekkenpijn was immers van de ene op de andere dag gekomen. Wie weet trok hij morgen of overmorgen ook ineens weer weg.

Didi keek naar Oscar, die nog steeds in alle rust zijn krant doornam en een cappuccino dronk die door Hennequin was gemaakt en voor zijn neus was gezet.

'Heb jij Jip en Janneke nog verzorgd, Os?'

'Ik ga zo wel even kijken,' mompelde hij.

'Wanneer heb je dat voor het laatst gedaan?'

'Gisteren nog.' Er zat een hapering in zijn stem.

Didi voelde zich met de seconde onrustiger worden. Had hij überhaupt naar haar dieren omgekeken?

Hennequin kwam op haar af gelopen. Ze boog zich over haar heen en schudde haar kussen op. 'Zal ik even gaan kijken?' vroeg ze zacht.

'Het is jouw werk niet, en het is voor hem een kleine moeite,' reageerde Didi, zo hard dat Oscar het moest horen.

Hij reageerde niet.

'Sst. Rustig maar. Ik ga wel even bij ze kijken.'

Hennequin negeerde Didi's protesten, liep naar de keuken en schoof neuriënd de schuifpui open.

Walter Engelen keek Miriam aan met een blik alsof hij het nu, al die jaren later, nog steeds niet kon begrijpen. 'Catharina's vader wilde haar niet meer zien. Nog voor ze werd veroordeeld, heeft hij het contact met zijn dochter verbroken.'

'Wat heeft ze precies gedaan?'

'Weet u dat niet?'

Liesbeth ging verzitten. Het chromen onderstel van de designfauteuil kraakte. 'Zulke dingen weten jullie toch?'

Miriam dacht na. Net als elke politiefunctionaris kon ze via haar dienst-BlackBerry tot vijf jaar terug zoeken in het landelijke systeem. Ze moest haar nummer invoeren om toegang tot het systeem te krijgen en de opvragingen werden geregistreerd, maar in de praktijk was er nauwelijks controle op. Daarentegen had ze voor informatie over delicten die langer dan vijf jaar geleden waren gepleegd autorisatie nodig. En die kreeg ze niet zomaar. Kinderen werden bovendien beschermd; rechtszaken vonden plaats achter gesloten deuren en vonnissen werden niet openbaar gemaakt.

'Met dat onderzoek zijn mijn collega's bezig,' zei ze, zo kalm en vertrouwenwekkend mogelijk. 'De resultaten daarvan verwacht ik over een paar dagen. Maar misschien kunt u me in uw eigen woorden vertellen wat u denkt dat er is gebeurd?'

Walter keek zijn vrouw aan. Ze leken een complete conversatie met elkaar te voeren zonder een woord te wisselen.

Uiteindelijk, na een stilte die in Miriams beleving minutenlang duurde, zei Walter: 'Ik denk dat u beter naar het internaat kunt gaan waar Catharina vóór haar detentie woonde. Ik heb liever dat zij u dat vertellen.'

Internaat?

Miriam trok haar opschrijfboekje naar zich toe. 'Hebt u de adresgegevens van deze instelling voor me?'

'De Horizon, ze zitten in Boxmeer.' Liesbeth gaf een adres op, dat Miriam in haar notitieboekje schreef.

'In welke periode heeft zij in dat internaat gezeten?'

'Van haar twaalfde tot haar vijftiende.'

Twaalf – meteen al na de lagere school. 'Wat is daar gebeurd?'

Weer wisselden Liesbeth en Walter een blik van verstandhouding. Liesbeth schudde bijna onzichtbaar haar hoofd. 'We hebben haar heel lang niet gezien, maar we geven nog steeds om haar. Zoals we begaan zijn met alle kinderen die we hier hebben opgevangen en begeleid.'

Walter keek Miriam aan. 'Gaat u gerust naar Boxmeer. Zij kunnen u daar meer vertellen.'

'Hoe lang heeft Catharina eigenlijk in de gevangenis gezeten?'

Na een korte stilte zei hij: 'Een jaar.'

Miriam kon haar opwinding nauwelijks verbergen.

Een jaar.

Dat kon maar één ding betekenen.

Een naar gevoel bekroop Didi toen ze Hennequin naar binnen zag lopen. De kraamverzorgster keek niet blij. Ze keek eerder verontrust.

Hennequin bleef staan, vlak bij de tafel waar Oscar nog steeds onverstoorbaar zat te lezen.

Toen pas zag Didi het drinkflesje dat ze in haar hand hield. Het was leeg.

'Sorry,' zei Hennequin. 'Ik had zelf ook beter moeten opletten. Ik vind het zo erg voor je.'

'Wat? Wat is er?' Didi hapte naar adem.

Hennequin hield het flesje omhoog. 'Dit lag in het gras voor het hok.' Ze perste haar lippen op elkaar, schudde haar hoofd. 'Ik had het zelf ook kunnen zien. O, verdomme, waarom heb ik er niet beter op gelet?'

Oscar keek op van zijn krant.

'Wat is er gebeurd?' vroeg Didi. 'Hoe gaat het met Jip en Janneke?'

Hennequin schudde haar hoofd. 'Ik vind eigenlijk niet dat ik je dit moet vertellen, maar je konijnen...' Ze keek naar Oscar en daarna weer naar Didi, haar ogen hadden een vreemde uitdrukking. 'Ze zijn dood. Ik vind het zo erg. Ze leven niet meer.'

De woonkamer van de familie Engelen vervaagde om Miriam heen.

Een jaar leek kort, maar was in het jeugdrecht extreem lang. Het was de maximale gevangenisstraf die kon worden opgelegd aan kinderen onder de zestien.

Het duizelde Miriam. Als deze informatie klopte – en ze had geen enkele reden om aan te nemen dat dat niet zo was – dan had Hennequin op haar vijftiende iemand vermoord. En die moord moest ze hebben gepleegd toen ze in dat internaat zat.

Didi's reactie was heftiger dan Hennequin had verwacht. Het mens trok lijkbleek weg bij het zien van het lege waterflesje. Even had Hennequin gespeeld met het idee om de konijnen zélf mee naar binnen te nemen. Dat zou een klapper hebben gegeven, maar dan zou haar smoes over de allergie niet meer heel geloofwaardig zijn. Het effect was zeker interessant geweest, als ze zag hoezeer Didi nu al van haar stuk was.

Ze keek Didi aan met haar meest meelevende gezichtsuitdrukking. 'Het spijt me zo vreselijk voor je.'

Didi sloeg de deken van zich af. Haar bleke gezicht was vertrokken van pijn, wanhoop en verdriet – een klassieke drieeenheid. Langzaam, maar sneller en veel ruwer dan verantwoord was, worstelde ze zich naar de rand van het bed en liet zich ervan af glijden. Landde op haar voeten. Ze nam niet eens de moeite om haar sloffen aan te trekken en liep houterig in de richting van de keuken.

'Wat ga je doen?' vroeg Oscar. Hij was opgestaan en liep naar haar toe. 'Ga nou liggen, je forceert alles.'

Didi zei niets. Ze reageerde niet eens. Haar gezichtshuid was vlekkerig, haar ogen stonden hol. Ze zag eruit als een zombie en zo bewoog ze zich ook. Haar oversized slaapshirt hing als een vormeloos vod om haar lijf heen. Ze greep naar de hendel van de schuifpui.

Hennequin was snel bij haar. 'Je wilt het niet zien, Didi, echt niet. Het verandert ook niets. Laat mij dit maar doen.'

Didi schudde haar hoofd. 'Het zijn *mijn* dieren. Ik hou van ze. Ik heb ze al zes jaar!' Ze draaide haar hoofd met een ruk om naar Oscar en schreeuwde: 'Ik ken ze verdomme al langer dan hém!'

Oscar zweeg. Hij wist niet wat hij met de situatie aan moest en keek Hennequin paniekerig aan.

'Oscar heeft gelijk, Didi,' zei Hennequin, terwijl Didi ongeduldig aan de schuifpui begon te trekken. Door alle emotie vergat ze de knop op de hendel in te drukken, zodat de deur in zijn profiel rammelde, maar niet openschoof.

'Maak open!' schreeuwde Didi. 'Maak verdomme die deur open, Oscar! Hij blijft weer hangen, je zou dat allang gemaakt hebben, weet je nog? Weer iets wat je hebt beloofd en gewoon niet doet!' Ze schreeuwde het recht in zijn gezicht.

Hij deed een pas achteruit en draaide zijn hoofd weg, alsof Didi's woorden stenen waren die ze naar hem toe gooide.

'Ssh...' Hennequin legde een hand op Didi's bovenarm. 'Doe alsjeblieft rustig aan, voor je straks in het ziekenhuis belandt.'

Didi trok zich los. Ze had eindelijk door dat ze de knop op de hendel vergat in te drukken en schoof de pui open. Dat deed ze met zoveel kracht dat de zware glazen deur aan het einde terugveerde en tegen haar schouder aan beukte. Ze verbeet de pijn. Duwde haar schouder naar voren, onverzettelijk, en beende de tuin in.

Hennequin bleef op de drempel staan.

Oscar ook.

Didi kwam bij het hok tot stilstand. Bleef roerloos staan op haar blote voeten. De wind trok aan haar oranje lokken en aan het verwassen slaapshirt.

Het was een prachtig gezicht, vond Hennequin. Die vrouw die daar met neerhangende schouders naar haar geliefde, dode dieren stond te kijken. Veel liever had ze Didi's gezichtsuitdrukking gezien. Maar dit was ook mooi.

Didi's schouders begonnen te schokken. 'Het etensbakje is ook leeg, Oscar,' zei ze huilend.

Oscar liep op haar af. Het dure leer van zijn Van Bommels werd nat in het gras. 'Dat kan niet! Ik heb dat bakje woensdag nog volgegooid.'

'O, ja?' Didi draaide zich om. De tranen stroomden over haar gezicht. 'En water ook, zeker? Nou? Je zíét het toch?' Ze wees naar het lege flesje in Hennequins hand. 'Je zíét toch dat ze geen drinken hadden? Leeg, helemaal. Dat kán niet in vier dagen, Oscar.'

'Rustig even. Ik ben niet achterlijk. Ik weet zeker dat ik–'

'Vuile klootzak, je hebt ze vermóórd! Je hebt mijn dieren vermoord! Gewoon omdat ze jou totaal niet interesseren. Maar míj wel!' Ze wees met allebei haar handen naar haar borst. 'Míj wel, Oscar, arrogante lul, ik haat je! Ik haat je, ik haat je!'

Oscar keek haar zwijgend aan, zijn gezicht een masker van kwaadheid en ongeloof. 'Goed. Bekijk het maar,' beet hij haar toe. 'Je luistert toch niet naar me.'

Hennequin voelde de warme gloed van triomf in haar borst terwijl ze Oscar zag doen waar hij in moeilijke situaties in uitblonk: hij liep weg.

Miriam bedankte Walter en Liesbeth voor de informatie en hun gastvrijheid en en stapte in haar auto. Zonder aarzelen voerde ze het adres dat Liesbeth had gegeven in op haar navigatiesysteem en zette koers naar Boxmeer. Een rit van bijna twee uur.

Ze had met het echtpaar Engelen te doen. Die twee waren vertwijfeld achtergebleven in hun met bedaagd design gevulde bungalow. Tegelijkertijd voelde ze zich opgetogen.

Bij elke kilometer die haar verder wegvoerde van Bennebroek en dichter bij het internaat bracht, namen haar nieuwsgierigheid en opwinding toe.

'Ik zit je op de hielen, Catharina Kramer,' fluisterde ze voor zich uit.

Hennequin haastte zich achter Oscar aan het huis in. Op de drempel tussen de woonkamer en de hal haalde ze hem in. 'Je kunt niet zomaar weggaan. Je vrouw is zichzelf niet. Ze is hartstikke labiel, zo net na haar zwangerschap en de bevalling.'

'Kan goed zijn, maar ik kan hier niet langer tegen.' Met een sombere blik keek hij langs haar heen naar zijn vrouw, die daarbuiten in de achtertuin met beide handen op het hok leunde, naar voren gebogen, alsof ze buiten adem was. Daarna keek hij weer naar Hennequin.

Zijn blik veranderde en zijn pupillen werden groter. 'Als ik jou niet had gehad, was het al veel eerder misgegaan.' Zijn ogen gleden taxerend over haar gezicht. 'Kan ik straks naar jou toe komen, als je klaar bent met werken?'

Ze schudde lichtjes haar hoofd.

'Ik heb het nodig,' drong hij aan.

'Sorry, Oscar. Vandaag gaat niet. Ik heb afspraken.'

Zijn gezicht betrok.

'Morgen kan het wel,' zei ze, terwijl ze naar Didi keek, die bij het konijnenhok over haar hele lijf stond te trillen. Didi had te veel van haar lichaam verlangd. 'Om halfzeven. Maar je kunt niet naar mijn huis komen. Ik heb een vriend te logeren.'

'Waar zien we elkaar dan?'

Ze gaf hem de naam van een bekend, groot hotel-restaurant in Ridderkerk dat pal langs de snelweg lag. 'Kom niet naar de grote parkeerplaats die ervoor ligt, maar rijd achterom,' zei ze zacht. 'Daar is een kleinere voor personeel. Het valt daar minder op.'

'Ik ben op een punt gekomen dat het me niet meer uitmaakt of iemand me met een andere–'

'Mij wel,' onderbrak ze hem. Ze keek hem indringend aan.

'Oké. Goed.'

Hennequin legde een hand op zijn onderarm en streek over de naakte, dunne huid van de binnenkant van zijn pols. Oscars spieren waren gespannen. De adrenaline gierde door hem heen. Hij voelde zich opgejaagd en was razend. En toch reageerde hij op haar aanraking. Een lichte huivering trok door hem heen. Dat deed haar goed.

Hij zou er zijn, morgen.

Het internaat lag midden in een woonwijk. Het bleek een oud gebouw te zijn met grote ramen, dat de helft van de smalle, schaduwrijke straat besloeg. Vanaf de straatkant kon je bij sommige ramen naar binnen kijken. Tafeltjes en projectstoelen, witte muren, landkaarten. Een strook gemeentestruikjes en een laag muurtje scheidden het gebouw van de straat.

Miriam liep naar de hoofdingang: een dubbele deur met veiligheidsglas en een laag, breed bordes ervoor. Op de muur zat een wit bord geschroefd waarop met strakke, blauwe letters INTERNAAT DE HORIZON stond.

Het zag er rustig uit. Het was zondag, dus de meeste kinderen zouden nu thuis zijn, bij familie of vrienden. Maar geen enkel internaat was in het weekend helemaal verlaten, wist Miriam uit ervaring. Er verbleven altijd wel een paar kinderen die, al dan niet tijdelijk, nergens anders terecht-konden. En er zou al zeker personeel aanwezig zijn.

De deur werd verrassend snel opengedaan door een pezige vijftiger in spijkerbroek met een gestreept overhemd. Brilletje, blond en kalend, littekens van zware acne. Hij zag eruit alsof hij in zijn jonge jaren punker was geweest.

'Miriam de Moor, politie Rotterdam,' zei ze, en ze drukte

hem de hand. Ze beeldde zich in dat ze niets verkeerd deed door dat erbij te vermelden. Ze zat immers bij de politie. Alleen niet op deze zaak.

Het is niet eens een zaak.

'Ik ben op zoek naar iemand die me meer kan vertellen over een oud-leerling van jullie.'

'Lang geleden?'

'Vermoedelijk de periode 1990-1993.'

'Toen werkte ik hier nog niet. Over wie gaat het?'

'Catharina Kramer. Zij heeft van haar twaalfde tot en met haar vijftiende op dit internaat gezeten.'

De gezichtsuitdrukking van de man – hij had zich voorgesteld als Berend Luijten – veranderde meteen. Zijn mondhoeken krulden een beetje omhoog. 'Kramer, zegt u?'

'Ja.'

'Dat verhaal ken ik wel, maar van horen zeggen. Ik was er zelf niet bij.'

'Mag ik even binnenkomen?'

De man draaide zijn hoofd naar de gang achter zich. 'Ik weet niet of...'

'Vijf minuutjes,' zei Miriam.

'Poeh...' Hij glimlachte, schudde zijn hoofd. 'Ik denk niet dat de directie er blij mee zal zijn als ik hier uitgebreid met u over ga praten.'

'Ik ben van de politie, geen advocaat,' zei Miriam kalm.

Luijten hield zijn hoofd schuin. Zei niets.

Even was Miriam bang dat hij haar niet geloofde en zou vragen om haar politielegitimatie. Die had ze bij zich, maar stel dat hij het ging verifiëren bij het bureau? 'De stukken van de rechtbank zijn al onderweg naar het team,' zei ze zo rustig mogelijk. 'Maar de ambtelijke molens draaien traag en ik ben niet zo geduldig.'

Hij knikte alsof hij het begreep. 'Met dat verhaal zit de

directie volgens mij nog steeds in haar maag. Dat incident – laten we het zo maar noemen – heeft een behoorlijk zware stempel gedrukt op het imago van de school. Ze hebben er hier destijds alles aan gedaan om het uit de pers te houden. Dat is grotendeels gelukt, maar de mensen praten toch.'

'Kunt u me vertellen wat er is gebeurd?'

Zijn stem kreeg een vertrouwelijke toon en hij boog zich een beetje naar haar toe. 'Catharina Kramer heeft haar kamergenote vermoord. Hilde Vandenbroecke heette ze, een Vlaams meisje.'

'Waarom?'

'Waarom ze het heeft gedaan?' Luijten stak zijn handen omhoog alsof Miriam hem onder schot nam. 'Geen idee. Zomaar, wordt er gezegd.'

'Zomaar,' herhaalde Miriam.

Nu haalde hij zijn schouders op.

'Hoe?'

'Ze heeft haar van de trap geduwd, hier in het gebouw.'

Miriam trok wit weg. De woorden troffen haar als een stomp in haar maag.

'Zou ik die plek mogen zien?'

De man krabde op zijn achterhoofd. Keek even van haar weg. Net toen Miriam dacht dat hij haar weg zou sturen, zei hij ineens: 'Oké, goed. Kom maar even.'

Ze liep achter hem aan het gebouw in. Het was een stuk lichter en ruimer dan je vanbuiten zou verwachten. De plafonds waren hoog en crèmekleurig. Aan het einde van de gang was een stel klapdeuren. Luijten hield een ervan voor haar open. 'Hier rechts is het.' Hij maakte een weids gebaar, maar keek er bedrukt bij, alsof hij een discutabel kunstwerk onthulde.

Miriam bleef staan bij een stenen trap met brede treden, die bovenaan een draai maakte en overging in een trap naar de tweede etage. Ze legde haar hoofd in haar nek. Het was erg hoog. 'Van welke verdieping?' vroeg ze.

Luijten hoestte een keer in zijn vuist. 'Bovenaan. Over de reling.'

Miriam begon naar boven te lopen. Luijten volgde haar op de voet.

'Was het uit kwaadheid, of kan het een ongeluk zijn geweest?' vroeg ze.

'Ik was er zelf niet bij.' Luijtens stem weerkaatste tegen de hoge muren. 'Maar naar wat ik heb begrepen, was het absoluut geen ongeluk. Hoewel Catharina tot in de rechtbank toe zou hebben volgehouden dat ze haar kamergenote alleen maar bang had willen maken.'

'Hoe kan ze dan toch zijn veroordeeld voor moord?'

'Twee getuigen hebben het haar zien doen.'

Miriam hield haar pas in. Ze legde haar hand op de leuning en keek naar beneden. Het was echt hoog. En hard. De trap, de verdiepingen, alles was van beton en steen. 'Wie waren dat?'

'Een leraar Engels, De Vries,' zei Luijten. Hij klonk een beetje buiten adem. 'En een leerlinge uit de onderbouw.'

'Geeft De Vries hier nog les?'

Luijten schudde zijn hoofd. 'Hij is jaren geleden gepensioneerd.'

'Ik zou graag hun adressen hebben.'

Luijten keek haar een beetje moeilijk aan. 'Dan moet ik de administratie in. Maar dat moet ik toch echt voorleggen aan onze directrice, mevrouw Scheltema. Ze is er nu niet.'

'Morgen misschien?' probeerde ze.

'Nee, sorry. Ze is nog de hele komende week op vakantie.'

Miriam begreep dat het weinig zin had om aan te dringen. Ze zou hier na volgende week nog eens terug moeten komen om te vragen naar de namen en adressen van de twee getuigen en die van de familie van het slachtoffer. Natuurlijk, ze zou op haar strepen kunnen gaan staan en van Luijten eisen dat hij de gegevens nu voor haar opzocht, maar als niet-rechercheur die onderzoek deed naar een niet-bestaande zaak zou dat onverstandig zijn.

Ze liep verder naar de bovenste verdieping. Daar omklemde ze de reling en keek nog eens de diepte in. Als je vanaf hier iemand naar beneden gooide, was de kans dat die persoon het overleefde minimaal. Wat moest dat meisje bang zijn geweest in de laatste seconden van haar leven. Ze draaide haar gezicht naar Luijten. 'Waren Hilde en Catharina vriendinnen?'

'Het enige wat ik weet is dat ze enkele maanden kamergenoten zijn geweest en dat Hilde Belgische was.'

Miriam keek nog eens naar beneden. Naar de zwart met wit betegelde vloer, die vele meters lager lag.

Naast haar kuchte Luijten nog een keer in zijn vuist. 'Voor meer informatie kunt u denk ik beter een keer een gesprek hebben met mevrouw Scheltema. Ook voor de adressen.'

'Prima,' zei ze zacht, terwijl ze haar handen over de balustrade liet glijden.

❧

Er was een kleine rechthoek uit het gras gestoken. Op de rulle, donkere aarde lag een stoeptegel waarin met een spijker RIP JIP & JANNEKE was gekerfd.

Didi stond te trillen op haar benen. Ze voelde zich leeg en verscheurd. Ze keek naar opzij, naar het serene gezicht van Hennequin, die een beetje in zichzelf gekeerd naar het grafje stond te kijken, en ze schaamde zich diep. Hennequin zou als kraamverzorgster echt wel wat gewend zijn; zij waren vast niet het enige gezin waarvan de ouders in de kraamtijd knallende ruzie kregen. Maar dit was wel heel extreem.

Toch had Hennequin gedaan alsof het de normaalste zaak van de wereld was. Ze had haar zojuist mee naar binnen genomen, haar een half glas wijn toegestopt – 'Dat beetje alcohol, daar merkt je baby echt niks van hoor, ben je mal' – en was daarna in de garage een spade gaan zoeken. Hier, in een hoek van de tuin, had ze een grafje gegraven en daarna had ze – met huishoudhandschoenen aan – Jip en Janneke in een supermarktdoos gelegd en ze begraven. Nu stond ze naast haar, en streelde haar arm.

Didi keek naar het lege hok. Er lagen nog keuteltjes in het stro. Ze rook nog de geur van haar konijnen, de geur van hooi en hun zachte vachten. Maar ze zou ze nooit meer kunnen aaien. Dat had ze altijd zo graag gedaan. Heel zachtjes, met haar wijsvinger tussen de oortjes, waarop de dieren steeds hun ogen sloten, vol vertrouwen dat ze in goede handen waren. Dat waren ze ook geweest. Jarenlang. Tot nu. Ze had ze verraden. Eerlijk gezegd had ze de afgelopen periode amper aan haar konijnen gedacht.

En Oscar nog minder.

'Ik voel me schuldig.'

Hennequin streelde haar arm en drukte haar dichter tegen zich aan. Het voelde goed.

'Ik had het misschien kunnen voorkomen,' hoorde ze Hennequin ineens naast zich zeggen. 'Ik had eerder bij die twee moeten gaan kijken. Het is ook een beetje mijn schuld.'

'Nee, het is niet jouw schuld,' reageerde Didi. Haar stem klonk krakerig van emotie. 'Het is mijn eigen schuld. Het is allemaal mijn schuld.'

Als een moordenaar eenmaal een manier had gevonden die goed werkte, dan hield hij daar doorgaans aan vast. Bij huur- en seriemoordenaars werd de handtekening na verloop van tijd steeds duidelijker.

Hennequin had haar kamergenote van de trap geduwd. Miriams broer Bart was in zijn eigen huis van de trap gevallen. Misschien was de alcoholvergiftiging waaraan Keanu Smith was gestorven wel echt, en was zijn dood een ongeluk geweest. Maar het kon net zo goed zijn dat er in Hennequins verleden meer mensen gestorven waren aan een alcoholvergiftiging.

Het zou Miriam niets verbazen.

Hennequin had in verschillende provincies in Nederland gewoond, in België en in een aantal Amerikaanse staten. Politiekorpsen werkten niet naadloos samen, wist Miriam en ze deelden ook niet zomaar allerlei informatie met elkaar. Verschillende computersystemen en dito wetten, culturen en regels. Sommige verbanden tussen moorden in andere landen, staten of zelfs provincies bleven dan ook onopgemerkt, of werden per toeval ontdekt. Voor types die verkeerd wilden, was vaak verhuizen een manier om ongestraft te kunnen blijven doen wat ze graag deden.

Na vandaag zei alles in Miriam haar dat de drie doden in het leven van Hennequin maar het topje van de ijsberg waren. Er was veel meer aan de hand. Die vrouw wierp lange, inktzwarte schaduwen achter zich.

Miriam schakelde door naar de vierde versnelling en haalde een vrachtwagen in. Het was zondag en er was nauwelijks verkeer op de A73, een snelweg die parallel liep aan de Duitse grens.

Ze was diep in gedachten verzonken. Aan de hand van alle informatie die ze vandaag had gekregen, probeerde ze de jeugd van Catharina Kramer te reconstrueren.

Nadat Catharina's moeder zelfmoord had gepleegd, waren vader en dochter nog een jaar in de villa in het dorpje blijven wonen. Het jaar erop had Catharina naar het voortgezet onderwijs gemoeten en had haar vader haar in een internaat geplaatst. Dat laatste verbaasde Miriam. Natuurlijk, als Arnold Kramer inderdaad op een booreiland had gewerkt, dan moest hij soms maanden achtereen van huis zijn geweest. Maanden waarin hij niet voor zijn dochter kon zorgen. Maar waarom had hij dat het eerste jaar dan wel gedaan? Had hij dat jaar vrijaf genomen? En waarom had hij daarna niet gekozen voor een minder drastische oplossing – bijvoorbeeld een inwonende oppas? Miriam vermoedde dat de kosten van een internaat en een oppas elkaar niet zoveel ontliepen. In het laatste geval zou Catharina nog een vaste basis hebben gehad, een thuis.

Miriam probeerde zich te verplaatsen in de belevingswereld van de jonge Catharina. Eerst werd ze op de meest gruwelijke manier door haar moeder verlaten, en daarna min of meer verstoten door haar vader. Weggestopt. Ze moest zich afschuwelijk hebben gevoeld. In de steek gelaten. Opgeteld bij haar lage populariteit op school en in het dorp, moest het een behoorlijke impact op haar sociale en emotionele ontwikkeling hebben gehad. Je hoefde geen psycholoog te zijn om te begrijpen dat Catharina getraumatiseerd was geraakt op een heel gevoelige leeftijd, en daardoor misschien wel nooit meer in staat zou zijn om met iemand een hechte band aan te gaan en liefde en vertrouwen te geven.

Maar dat was geen reden, en al helemaal geen vrijbrief, om dan zélf maar nare dingen te gaan doen.

En dat had Catharina wel gedaan.

Miriam kwam aan bij een knooppunt van snelwegen. Ze voegde in op de A15, in de richting van Arnhem. Tot nu toe had ze geen contact durven opnemen met Arnold Kramer, omdat ze niet wist hoe de verhoudingen tussen vader en dochter lagen. Nu ze wist dat die twee gebrouilleerd waren, zag ze de kans op een gesprek minder somber in.

Hopelijk was hij thuis.

Didi lag in het bed voor het raam. Het begon al schemerig te worden. Hennequin was zo lief geweest om een uur langer te blijven en ze had haar telefoonnummer achtergelaten, zodat Didi haar kon bellen als dat nodig was. Maar het was niet nodig. Kort erna was Oscar thuisgekomen. Hij had niet willen praten. Zwijgend had hij de spaghetti opgewarmd die Hennequin eerder die middag had gekookt. Hij had Didi een bord gegeven en was zelf aan de eettafel gaan zitten. Toen Indy begon te huilen, was hij zonder een woord te zeggen naar boven gelopen om haar uit bed te halen en te verschonen en had hij Didi de baby en een opgewarmd flesje gegeven. Na de voeding had hij Indy weer op bed gelegd en het kolfapparaat op het tafeltje bij Didi neergezet. Alles in stilte.

Vervolgens was hij vertrokken.

Hij had niet gezegd waarheen, maar op de drempel nog gemompeld dat hij op tijd thuis zou zijn voor de volgende voeding. Hij had somber geklonken. Een beetje bozig zelfs. Hij vond blijkbaar echt dat hij geen schuld had, en dat trof Didi nog het meest.

Toen hij de deur achter zich had dichtgetrokken, bekroop Didi de gedachte dat ze het misschien niet zo heel erg zou vinden als hij nooit meer zou terugkomen. De oude Oscar miste ze elke seconde van de dag, maar de man in wie hij was veranderd sinds de geboorte van Indy was een afschuwelijke kerel.

❧

Miriam stapte uit haar auto. Ze keek naar de Arnhemse jarentwintigvilla, een voornaam ogende twee-onder-een-kap met witte daklijsten, een erker met glas in lood en langs de oprit een rij donkere coniferen die onderin bruin en kalig begonnen te worden. Hier woonde Arnold Kramer.

Op de oprit stond geen auto. Dat hoefde niet te betekenen dat er niemand thuis was. Ze liep de oprit op. Aan weerszijden van de voordeur groeide een vuurdoorn tegen de gevel die vol zat met feloranje besjes. Op de deurlijst was een naamplaatje geschroefd in hetzelfde koper als de deurbel. In een dun, cursief lettertype stond er ARNOLD & ANNEMARIE KRAMER gegraveerd.

Catharina's vader was hertrouwd.

Miriam drukte op de bel, die klonk alsof er daarbinnen ergens een beiaardier een hele reeks zware klokken luidde. Ze wachtte even, keek ongeduldig om zich heen en belde nog eens aan. Keek op haar horloge. Zondagavond halfzeven. Ze liep om het huis heen naar de voorkant, stapte op het gazon in de voortuin en keek door het raam naar binnen. Een chesterfield bankstel van donkergroen leer. Meubels van wortelhout. Er brandde geen licht, de oppervlakken waren schoon en leeg. Er was niemand thuis.

❧

Hennequin ging rechtop staan en strekte haar rug. Ze voelde de vochtige kilte optrekken uit de zachte bosaarde onder haar voeten. Afgebroken boomwortels schaafden langs haar benen en haakten aan de stof van haar overall. Ze was er twee nachten mee bezig geweest, maar nu was het klaar. Het was lang en diep genoeg.

Ze gebruikte haar spade om zich omhoog te werken. Klopte de aarde van zich af. Snoof diep de boslucht in en haalde met de rug van haar hand vocht weg van haar neus. Haar handen deden zeer. De blaren waren opengescheurd toen ze vanmiddag het konijnengrafje had gegraven. Dit was veel groter. En vooral veel dieper. Dat moest ook wel. Er mochten zo min mogelijk geuren door de aarde naar boven komen.

Eenmaal afgedekt moest dit graf voor altijd gesloten blijven.

De zevende dag

MAANDAG

Didi had vanochtend een paar passen kunnen zetten zonder dat de pijn als een zweepslag door haar ruggengraat en bovenbenen schoot. Voor het eerst in maanden durfde ze erin te geloven dat het met haar lijf weer goed zou komen. De blijdschap daarover werd algauw verdrongen door de gedachte aan Jip en Janneke. Ze werd nog somberder toen ze nadacht over haar huwelijk, of wat daar nog van over was. Juist nu ze elkaar het hardst nodig hadden, leek het allemaal mis te gaan.

Oscar had besloten dat Indy háár zorg was, niet de zijne. Maar als ze eerlijk tegen zichzelf was, dan kwam zijn afwijzende houding niet uit de lucht vallen. Didi was per ongeluk zwanger geraakt, omdat ze allebei wat slordig waren omgegaan met voorbehoedmiddelen. Toen haar zwangerschap werd bevestigd door de huisarts, had Oscar gewild dat ze die zou laten afbreken. Dat had ze niet gekund. Ze was zich er maar al te goed van bewust geweest dat dat vruchtje in haar binnenste een levend wezentje was met een kloppend hartje. Een mensje-in-wording dat volledig van haar afhankelijk was. *Haar kindje.*

Heel geleidelijk was Oscar gaan wennen aan het idee dat hij vader zou worden. Op een gegeven moment had hij zelfs gezegd dat hij zich *verheugde* op de geboorte. Maar toen kon ze van de ene op de andere dag niet meer lopen en veranderde alles.

Voordat ze in die rolstoel terechtkwam, hadden ze het samen goed gehad. Doordeweeks waren ze allebei in beslag genomen door hun werk en net als Oscar dook ze op donderdag- of vrijdagmiddag met collega's de kroeg in. Op zaterdag deden ze samen boodschappen en klusjes in en rond het huis, waarna ze 's avonds de stad in gingen, of naar een dancefestival. 's Zondags sliepen ze uit, om daarna te gaan tennissen of hardlopen. Het weekend werd steevast afgesloten met een hamburger of kipsaté in De Zaak, het eetcafé waar ze elkaar vijf jaar geleden hadden leren kennen.

Maar dat leek nu allemaal heel lang geleden. Scènes uit een ander leven, met heel andere mensen dan die ze waren geworden. Want niet alleen Oscar was veranderd, besefte ze. Ook zij.

Dat wezentje dat in haar was gegroeid, had negen maanden geleden nog niet bestaan. Nu was Indy het allerbelangrijkste in haar leven. Belangrijker dan haar huwelijk met Oscar. Zelfs belangrijker dan zijzelf.

Hennequin boog zich over een formulier dat op de commode lag. Naast haar stond de verloskundige. Het was niet dezelfde vrouw als die ze eerder deze week had ontmoet. Deze was jonger. Ze had een flinke bos krullen en keek stukken vriendelijker uit haar ogen. Bovendien bleek ze Didi niet te kennen.

'Ik heb de kraamvrouw beloofd dat ik tien dagen blijf,' zei Hennequin. 'Daar rekent ze op. Maar nu blijkt dat ik daarvoor jouw handtekening nodig heb.'

'Heb je dit niet eerder aan de hand gehad?' vroeg de verloskundige verbaasd.

'Nog nooit. Sorry. Ik doe dit werk nog niet zo lang.'

'Wat heb je hiervoor gedaan dan?'

'Ik ben pas weer begonnen na een lange onderbreking,' zei ze snel. 'Er is best veel veranderd.'

'En het wordt er helaas niet beter op, met de bezuinigingen.' De verloskundige boog zich nu ook over het formulier. Ze controleerde de vakjes die Hennequin had aangevinkt.

Hennequin keek gespannen toe. Zeven dagen kraamzorg was de standaard – te kort voor wat ze allemaal van plan was. Hennequin had die regel graag als bureaucratisch geneuzel afgedaan en haar hulp aan het gezin stilzwijgend verlengd, maar dat ging niet. Dat zou argwaan wekken.

'Die hulp heeft ze echt nodig, Karin,' drong ze aan. 'Didi kan amper lopen. Ze kan Indy niet eens zelf in bad doen.'

'Dat heb ik gezien. En hoe zit het met de vader?'

'Die is vandaag weer gaan werken.'

'Hij kan vaderschapsverlof opnemen.'

'Nou... onder ons gezegd en gezwegen...' Hennequin keek in de richting van de trap, daarna naar Indy, die in haar wiegje lag te slapen, en toen recht in de blauwe ogen van de verloskundige. 'Ik denk niet dat we al te veel moeten verwachten van de echtgenoot.'

'Heeft ze geen familie of vrienden die kunnen bijspringen?'

Hennequin schudde haar hoofd.

'Jee. Wat triest.' Karin richtte zich op het formulier en pakte een pen. 'Dit heb je verkeerd ingevuld,' zei ze, en ze veranderde een paar gegevens.

'Dank je.' Hennequin wierp de vrouw haar allerliefste glimlach toe. 'Ik ben geloof ik een beetje suf vandaag.'

De verloskundige zette een handtekening onder het formulier en legde de pen neer. 'Zo is het in orde. Tien dagen. Tot en met aanstaande donderdag. Mocht dat nog steeds niet voldoende zijn, dan hoop ik dat de familie nog wat reserves heeft, want dan zijn ze toch echt aangewezen op particuliere gezinszorg.'

'Ik weet het,' zei Hennequin.

'Wij komen in elk geval niet meer langs.'

'O, nee?'

'Na een week neemt het consultatiebureau het van ons over.' De verloskundige liet haar blik even op Hennequin rusten en trok een wenkbrauw op. 'Dat wist je ook niet?'

'Ja, natuurlijk wel. Sorry. Ik ben gewoon niet helemaal wakker.'

'Pas maar op dat je geen griep krijgt. Het heerst.'

'Ik kruip vanavond extra vroeg onder de wol,' grapte Hennequin.

De verloskundige lachte terug. Ze leek geen argwaan te koesteren. Waarom zou ze ook? Hoogstens vond ze haar een beetje slordig.

'Ik ga de moeder even gedag zeggen. Ik zie je binnenkort vast wel ergens anders in de regio.'

'Ja, zeker wel,' zei Hennequin, en ze drukte de verloskundige de hand. Keek haar na, terwijl ze de trap af liep.

Bekeek daarna neuriënd het formulier. De speeltijd was met drie dagen verlengd. Die dagen ging ze tot het uiterste benutten.

Uit Miriams oortje kabbelde de geruststellende, constante woordenstroom van haar collega's. Oproepen, codes, maar ook minder belangrijke berichten gingen over en weer. Vanochtend was het erg rustig, zoals wel vaker op maandagmorgen. Dan bleef de commotie doorgaans beperkt tot een laat opgemerkte inbraak die al in het weekend had plaatsgevonden, en een enkel verkeersongeluk. Ook op de briefing die ze vanochtend had bijgewoond was niets opzienbarends voorbijgekomen, op een foto van een kalende, psychotische veertiger na die blijkbaar een hekel had aan geüniformeerde agenten en vorig jaar op straat twee collega's met een hamer te lijf was gegaan. De man was onlangs uit een inrichting ontslagen, daarom werd haar en haar collega's verzocht om extra op te letten. Dan was er nog een foto voorbijgekomen van een meisje van zestien dat zeer waarschijnlijk was weggelopen van huis, en een aanhoudingsbevel voor een kerel die voor duizenden euro's aan boetes had openstaan. *The usual suspects.*

Miriam at een broodje terwijl ze haar dienstauto behendig door het verkeer stuurde. Ze had nog geen meisje van zestien gezien dat op de getoonde foto leek, en ook geen kalende, psychotische veertiger. Wel veel andere weggebruikers die zachter gingen rijden of in een reflex op de rem trapten zodra ze de politieauto in het vizier kregen.

Miriam kon er vandaag minder om lachen dan anders. Ze voelde zich onrustig en gefrustreerd. Na haar dienst zou ze het liefst meteen doorrijden naar Hennequins vader in Arnhem, ook al had ze geen enkele zekerheid dat Kramer vandaag wel thuis zou zijn. Misschien was hij op vakantie. Of overwinterde hij in een of ander zonnig oord, net als de familie Engelen.

Als ze hem vanmiddag of vanavond niet te spreken kreeg, had ze de rest van de week helemaal niets meer om mee te werken. Dan moest ze wachten op informatie van de directrice van het internaat voor de adressen van de Belgische familie van Hilde Vandenbroecke en de twee getuigen die hadden gezien dat Catharina Kramer het arme meisje over de reling had geduwd.

Miriam schrok op uit haar gedachten toen ze haar roepnummer hoorde. Ze meldde zich meteen. Een collega vertelde dat er een blote man op straat met een mes stond te zwaaien, vlak bij de wijk waarin ze nu reed. Er speelde een glimlach om haar mond. Dit was een van de redenen waarom ze zo hield van haar werk. Ze voelde een vertrouwde stoot adrenaline door haar lijf gaan toen ze haar auto keerde op de weg en de meldkamer liet weten dat ze eropaf ging.

Hennequin goot neuriënd moedermelk door de gootsteen en vulde de flesjes aan met water. Ze draaide er de doppen op met de speentjes naar binnen gekeerd en zette ze in de koelkast.

Het zou een rustige dag worden – Oscar was op zijn werk, er kwam geen verloskundige meer langs en er stond ook geen visite gepland. Vandaag zouden ze gezellig met zijn drietjes zijn. Didi, Indy en zijzelf. Heel intiem. Knus.

Ze hing een theezakje in een glazen mok en hield hem onder de Quooker. Nam toen het kleine flesje uit haar zak en druppelde de blauwe vloeistof in de thee. Niet te veel. Net genoeg om Didi een beetje te plagen, om ervoor te zorgen dat ze zich ziek zou gaan voelen. Ze draaide het dopje weer vast en stopte het flesje terug in haar zak. Het was heel verleidelijk om meer ineens te gebruiken. Het effect was dan navenant groter – dodelijk doorgaans, al binnen een dag, maar daar schoot je zo weinig mee op. Ze mocht zich niet laten meeslepen. Ze deed er twee klontjes suiker bij en roerde de thee goed door.

Didi voelde zich vandaag beter dan gisteren, had ze gezegd. Ze schuifelde vanochtend zelfs al wat rond. De 'knip' daar beneden was al redelijk goed geheeld en de hechtingen waren eruit. Eigenlijk was het een wonder, als je zag hoe goed het ondanks alles ging met Didi.

Hennequin schrok van het plotselinge gegil uit de woonkamer. 'Hennequin, Hennequin! Kom gauw!'

Didi zag een taxi voor de deur stoppen. Er stapte een chauffeur uit de witte Mercedes, die een koffer en een weekendtas uit de kofferbak haalde. Daarna opende hij het achterportier en hielp zijn passagier uit de auto. Een vrouw van een jaar of vijftig. Niet zo groot van stuk, met ronde vormen en roodharig, net als zijzelf, al was het korte, mooi gekapte haar van de vrouw een stuk donkerder van tint.

De vrouw nam haar spullen van de chauffeur over en draaide zich om. Keek naar het huis.

Het duurde even voor het tot Didi doordrong wie de vrouw was. Misschien omdat ze haar helemaal niet meer had verwacht.

'Hennequin, Hennequin!' riep ze. 'Kom gauw, ze is er!'

Ze sloeg het dekbed opzij, pakte haar knieën vast en zwaaide haar benen over de rand van het bed. Liet zich van het matras glijden en schoot in haar sloffen. Trok snel een ochtendjas aan en haastte zich waggelend naar de hal.

Hennequin was er al. Ze maakte de voordeur voor Didi open en deed een stap opzij om haar de ruimte te geven.

De tranen stroomden over Didi's gezicht. Schokkerig omklemde ze de kleine, struise vrouw die voor de deur stond. 'Mama!'

Miriam dronk een kop koffie in de meldkamer en at een eierkoek. Ze had haar collega's bijgepraat over het incident van vanochtend: een echtelijke ruzie was uit de hand gelopen en de man was uiteindelijk naakt, zwaaiend met een keukenmes, op straat terechtgekomen. Het stel was niet onbekend binnen het korps; zowel de man als de vrouw had een psychiatrisch verleden, verzorgde zichzelf slecht en gebruikte drugs. Er ging veel tijd zitten in mensen zoals zij, verslaafden die regelmatig de buurt op stelten zetten. Het waren nogal eens dezelfden die moesten worden gearresteerd wegens diefstal, geweldpleging of vernieling. Soms verdwenen ze een poosje van de radar. Dan zaten ze een gevangenisstraf uit of deden mee aan een project om van hun verslaving af te komen. En dan ineens kwam er weer een melding binnen en begon de overlast van voren af aan.

Miriams iPhone begon te zoemen. Ze haalde hem uit haar zak en stond op. Buiten het zicht van haar collega's opende ze haar mailbox. Drie berichten, afkomstig van Corné Dillen, de oud-onderwijzer van Hennequins lagere school. Aan elke mail zaten twee foto's van Catharina Kramer gehecht. De eerste was een portret van een piepjong meisje met donkerbruin haar, een rechte pony en ontbrekende voortanden. Miriam schatte in dat ze hier zes was. Ze zag er heel gewoon uit, een doorsnee meisje dat met een open blik in de lens keek. Op de foto's erna zag Miriam dat gezichtje veranderen. Elk jaar leken de ogen minder te spreken, werden de wangen voller. Ze duwden op een gegeven moment zelfs haar ogen een beetje dicht, zodat die kleiner leken. Van een open blik was op de laatste foto's geen sprake meer – ze keek eerder wantrouwig, zelfs een beetje verwijtend de wereld in. Nee, een blij kind was Catharina Kramer niet geweest. Miriam dacht terug aan de grote, verpauperde villa met de vergeelde posters van bands uit de jaren tachtig, en de verhalen die ze over Catharina en haar ouders had gehoord. Ze keek nog eens naar de foto van de ongeveer zesjarige Catharina. Het gezicht van een onschuldig kind. Maar onschuldig was ze al lang niet meer.

*

'Ze lijkt op jou, Didi.' Nelly Vos zat op een van de rolfauteuils bij het bed in de woonkamer. Ze keek vol adoratie naar het kleine mensje dat ze in haar linkerarm tegen zich aan had gedrukt. Met haar rechterhand hield ze een flesje vast, waar Indy met gulzige teugjes uit dronk. 'Hetzelfde neusje, dezelfde wangetjes... Wat is ze prachtig.' Ze keek op, blosjes op haar wangen. 'Jee, ik besef het nog amper eigenlijk. Ik ben oma geworden. Wat is dit bijzonder.'

Didi glimlachte. Haar moeder had gelijk, het wás heel bijzonder. Alleen zou ze willen dat ze zich een beetje beter voelde. Sinds Oscar vanochtend naar zijn werk was gegaan, had ze een knoop in haar maag. En nu voelde ze zich ook nog eens ziek worden. Misselijk, draaierig, alsof ze te veel had gedronken.

'Ik had veel eerder willen komen, lieverd,' zei Nelly. 'Maar Everts auto had kuren en we moesten wachten op een onderdeel. Elke dag zeiden die jongens dat het er elk moment kon zijn.' Nelly Vos bevoelde met platte hand haar donkerrode, mooi gestylede haar. De kleur kwam uit een flesje, wist Didi. Haar moeder was op veertigjarige leeftijd al behoorlijk grijs geweest. Nu was ze elf jaar ouder en zag ze er misschien nog wel beter uit dan destijds. De Noorse natuur en het leven op de boerderij van Evert deden haar goed.

Nelly vervolgde: 'Dat heb ik wel een beetje onderschat, hoor, die afstanden daar in Noorwegen. Alles is ver weg, je rijdt je de blubber. En geloof me als ik zeg dat niemand er haast heeft. Ze zeggen het van mensen uit het zuiden, *mañana*, maar die Noren kunnen er ook wat van. Op een gegeven moment dacht ik: barst maar, en toen heb ik een auto gehuurd om naar het vliegveld te rijden.'

Het flesje was leeg. Indy probeerde er nog meer uit te halen; Didi hoorde hoe ze de speen vacuüm zoog. Ze zwaaide protesterend met haar armpjes, maar Nelly zette het flesje weg en hield Indy daarna rechtop tegen zich aan om haar een boertje te laten doen – dit alles met een vanzelfsprekendheid alsof ze dat dagelijks deed.

Didi bedacht dat haar moeder altijd al praktischer was geweest dan zijzelf. Ze kwam uit een boerenfamilie en had al jong geleerd om mee te helpen in het gezin en op de boerderij. Het enige waar haar moeder niet zo goed in was, was een geschikte man voor zichzelf uitkiezen. Evert was echtgenoot nummer vier, maar wel de eerste agrariër. 'Het voelt als thuiskomen,' had ze gezegd – al hamerde Nelly er steeds op dat ze heel veel van Didi's vader had gehouden. Didi's biologische vader was een schipper die door een motorongeluk om het leven was gekomen toen Didi nog heel jong was. Ze had alleen wat foto's van hem: een ruige, stoere man met een baard, altijd in jeans en een vaalblauw T-shirt of een kabeltrui. Als kind had ze zichzelf maar al te vaak wijsgemaakt dat haar vader helemaal niet dood was, maar als zeerover ergens op een oceaan rondvoer en op een dag weer thuis zou komen, vol met verhalen.

Indy protesteerde nog steeds.

'Eerst een boertje doen jij,' zei Nelly zacht. 'En dan gaan we samen eens in de keuken kijken of er nog meer te halen is.'

'Ik geef nog niet zoveel melk, mam. We rantsoeneren het zoveel mogelijk.'

Nelly knikte naar het flesje melk dat Didi zojuist met het kolfapparaat had geproduceerd. 'Noem jij dat niet veel? Da's van één enkele voeding. Kind, daarmee kun je een tweeling grootbrengen.'

'De hoeveelheid wisselt,' wierp ze tegen.

'Dat is altijd zo.'

De telefoon ging. Didi pakte de handset van het dekbed en drukte hem tegen haar oor.

'Hé, Didi, ben jij het zelf.' Oscar klonk alsof hij er niet helemaal met zijn hoofd bij was. 'Ik moet overwerken. Zal ik mijn moeder vragen om te komen helpen?'

'Dat hoeft niet. De hulptroepen zijn al gearriveerd. Je raadt nooit wie hier is.'

'Nou?'

'Mijn moeder!'

'Nou, dat komt dan goed uit,' zei hij mat. 'Ik eet hier op de zaak. Verwacht me niet voor negenen thuis.'

'Ik–'

'Doe je moeder de groeten, tot vanavond,' zei hij, en hij verbrak de verbinding.

Arnold Kramer leek nu wel thuis te zijn. In de woonkamer brandde licht en op de oprit stond een grote, goed onderhouden Volvo van een wat ouder model.

Miriam hoefde niet lang te wachten tot de deur werd opengedaan. Een fitte man van in de zestig keek haar vragend aan. Hij was onberispelijk gekleed, in een beige broek met vouw en een blauw overhemd. Zijn haar was nog opmerkelijk donker voor iemand van zijn leeftijd. Hij deed Miriam een beetje denken aan een filmster uit de jaren vijftig. Hennequin had duidelijk trekken van haar vader – onder meer zijn krachtige, rechte neus en zijn brede jukbeenderen.

'Goedemiddag. Bent u Arnold Kramer?' Ze stak haar hand uit, die hij meteen aannam. Kramer had een prettige, warme handdruk.

‘Dat ben ik.’

‘Mijn naam is Miriam de Moor, politie Rotterdam. We zijn bezig met een onderzoek en daarvoor zou ik u graag even spreken.’

‘Rotterdam? Dan bent u ver van huis.’

‘Klopt.’ Ze pauzeerde even, en zei toen: ‘Het gaat over uw dochter. Over Catharina.’

Het gezicht van de man betrok. ‘Ik heb geen dochter.’

‘Ik heb gisteren gesproken met Walter en Liesbeth Engelen in Bennebroek.’ Ze keek om zich heen alsof de tuin vol stond met mensen en vervolgde, iets zachter: ‘Het lijkt me beter als we dit gesprek binnen voortzetten.’ De meeste mensen waren daar gevoelig voor. Ze wilden niet dat een gesprek over privézaken door voorbijgangers of buren kon worden afgeluisterd – zeker geen gesprek met een politiefunctionaris.

Arnold Kramer was van een ander kaliber. ‘Er is niets om over te praten,’ zei hij. Zijn gezicht, dat aanvankelijk zo open en vriendelijk had geleken, was veranderd in een ondoorgrondelijk masker. Zelfs zijn lichaam leek te zijn verstard. Hij verroerde zich niet.

‘Ik begrijp dat ik u hiermee overval,’ zei Miriam. Daarna hield ze haar mond om de man wat ruimte te geven. Toen er geen verandering kwam in zijn houding, vervolgde ze: ‘Walter Engelen heeft ons verteld dat u en uw dochter gebrouilleerd zijn, en dat deze situatie al bestaat sinds haar veroordeling in 1993.’

Kramer zei nog steeds niets. Miriam zocht oogcontact met hem, maar hij had zijn blik gefixeerd op een punt achter haar. Dat deed hij zo intens dat ze even over haar schouder keek om na te gaan wat daar te zien was. Niets dan een donkergroene coniferenhaag. *En een spook uit het verleden.*

‘Ik heb uw informatie hard nodig,’ zei ze uiteindelijk.

'Het gaat om een belangrijke zaak, of eigenlijk zaken. Mijn collega's en ik vragen ons af waarom u geen contact meer hebt met uw dochter. Heeft het met haar detentie te maken, met wat ze destijds heeft gedaan?'

'Ik heb hier geen zin in. Klopt dit eigenlijk wel? Sinds wanneer komt een rechercheur alleen?'

Miriam stak haar handen op, haar handpalmen naar de man gekeerd. 'Mijn excuses als ik u in verwarring heb gebracht. Ik zal u mijn politielegitimatie tonen. Ik ben overigens geen rechercheur maar hulpofficier van justitie.'

'O, ja? Opmerkelijk.'

Miriam hield haar legitimatie omhoog en stopte die meteen weer weg. 'Ik zou heel graag met u willen praten, meneer Kramer. Uw dochter is enkele jaren geleden teruggekomen uit de Verenigde Staten, waar ze twee keer getrouwd is geweest. Inmiddels woont ze weer in Nederland. Haar laatste echtgenoot is eerder dit jaar onder verdachte omstandigheden overleden. De echtgenoot vóór hem, een Amerikaan, leeft ook niet meer.' Miriam besefte dat ze hiermee ver, heel ver buiten haar boekje ging. Als deze man contact zou opnemen met het bureau, dan waren de rapen gaar. Kwam dit uit, dan was de kans groot dat ze zou worden ontslagen. Oneervol. Even overwoog ze om de man maar gewoon te vertellen hoe het zat, maar ze durfde niet. Ze kende hem niet, het risico was te groot.

Het begon te regenen. Dikke druppels vielen uit het laaghangende wolkendek en spatten uiteen op de stenen oprit en op Miriams hoofd en schouders.

'Mag ik binnenkomen?' vroeg ze, met haar gezicht schuin naar de hemel gericht.

'Liever niet. Of ik moet verplicht zijn u binnen te laten.'

'Dat bent u niet.'

De man schudde gedecideerd zijn hoofd. 'Dan spijt het me zeer.'

'Maar u zou mij en mijn collega's enorm helpen als u meer informatie kon geven over uw dochter.'

Kramers kaken verstrakten. 'U hebt me volledig overvallen.'

'Mag ik u later deze week bellen?'

'Liever niet,' zei hij nog eens.

Miriam wilde haar visitekaartje uit de binnenzak van haar leren jack pakken, maar halverwege die beweging hoorde ze een bons. Kramer had de deur dichtgegooid.

❧

De regen sloeg tegen de grote glasoppervlakken van de twee-onder-een-kapwoning in de Baljuwstraat. Nelly had de gashaard aangestoken. Ze zat met haar sloffen aan naast het bed van haar dochter op de iPad foto's van kort na de geboorte te bekijken.

Hennequin sloeg het tafereel met een donkere blik gade. Bij het bed stond een wandelwagen en daar lag de garnaal nu al urenlang zoet in te slapen – het was haar een doorn in het oog, maar ze kon er niets aan veranderen. Het kwam door Nelly Vos. De rooie trol uit Noorwegen zette overal vraagtekens bij. Ze keek bij bijna alles wat Hennequin deed kritisch mee over haar schouder, had Indy zojuist zélf in bad gedaan en vond het 'flauwekul' dat haar kleinkind apart in haar eigen wiegje op de bovenverdieping moest slapen. Dus lag het kind nu hier. Hennequins protesten waren weggewuifd. 'Je verpest zo'n baby daar echt niet mee, hoor,' had Nelly tegen haar dochter gezegd. 'Dat rust-en-regelmaat-dictaat, onvoorstelbaar dat dat nog steeds wordt gepredikt. Zulke hummeltjes hebben gewoon de nabijheid van hun moeder nodig.'

Didi nam klakkeloos alles over wat haar moeder dicteerde. Een moeder die haar enige dochter godbetert in de steek had gelaten door in het buitenland te gaan wonen. Maar daar hoorde je Didi niet over. Ze adoreerde het mens.

Hennequin liep op de wagen af, haalde Indy eruit en gaf haar aan Nelly. 'Wil oma haar misschien een flesje geven? Mijn werkdag zit erop.'

'Ja, natuurlijk.'

'Ik voel me een beetje misselijk,' zei Didi.

Hennequin negeerde haar en liep naar de keuken. Didi's klachten – dubbelzien, duizeligheid, misselijkheid – wezen op een lichte ethyleenglycolvergiftiging. Dat spul werkte nu al prima. Misschien zou ze Didi morgen of overmorgen nog een keer een scheutje antivries toedienen, gewoon, voor de lol. Dan zou ze zich nog veel zieker gaan voelen.

Hennequin pakte een flesje uit de koelkast en warmde het op in de magnetron. Didi's melkproductie was in de afgelopen dagen enorm toegenomen. Een deel van de melk had Hennequin meteen weggegooid, maar nu Nelly zich met het kolven was gaan bemoeien – 'Die tepelhoedjes moet je niet gebruiken, die zijn veel te klein, hoe kunnen ze je dat nou adviseren!' – was dat moeilijker geworden. Het mens had zelfs dunne strookjes papier op de flesjes geplakt met datum en tijd.

Hennequin pakte een paar flesjes, goot een deel van de melk eruit en vulde ze aan met kraanwater. Ze keek de woonkamer in. Nelly zat te kroelen met haar kleinkind en Didi lag met een moeilijk gezicht voor zich uit te staren. Ze had er van begin af aan op gegokt dat Nelly naar haar kleinkind zou komen kijken. Nu ze zelfs bij haar dochter was ingetrokken, leek het bijna te mooi om waar te zijn. Hennequin ging zich er vanavond eens goed over buigen wat ze met Nelly zou gaan doen.

Maar eerst was er nog iets anders te regelen. Iets waarop ze zich al vanaf de eerste dag bij de familie Stevens-Vos verheugde.

First things first.

Ze haalde het flesje uit de magnetron en liep er neuriënd mee de woonkamer in.

Miriam nam een laatste hap van haar hamburger. Het was rustig in het Arnhemse eetcafé. Er zaten twee stelletjes van in de dertig, en in een hoek zat een man net zoals zij alleen te eten. Hij zocht steeds oogcontact. Miriam negeerde hem en keek naar buiten. Het regende nog steeds.

Ze nam het korte gesprek dat ze aan de deur met Hennequins vader had gehad nog eens door. Het was niet meer dan normaal dat Kramer zo defensief reageerde. Hennequin was immers zijn dochter. Zijn eigen vlees en bloed. Wat voor vader gaf nou zijn eigen dochter aan? Zo moest het voor hem hebben gevoeld, bedacht Miriam. Aan de andere kant had hij zijn dochter al langer dan twintig jaar niet meer gezien. Twintig jaar was een eeuwigheid. In hoeverre bestond er dan nog een band? Arnold Kramer was vooral geschrokken, besefte ze. Hij had zowel letterlijk als figuurlijk de deur dichtgegooid omdat hij zich overdonderd had gevoeld. Hij had tijd nodig. Hoeveel? Een week? Een dag?

Een paar uur?

'Fuck it,' fluisterde ze voor zich uit. Ze dronk haar glas in een paar teugen leeg, stond op en liep naar de kassa.

Didi zwaaide naar Hennequin, die in haar zwarte Alfa de straat uitreed.

Haar moeder stond op van de fauteuil en rolde hem terug onder de eettafel. 'Je hoeft die kraamhulp niet meer te laten komen, hoor,' zei ze.

'Dat heet tegenwoordig kraam*verzorgster*, mam. Ik vind het wel fijn dat ze er is. Ze heeft me echt goed geholpen.'

'Dat is haar werk.'

'Natuurlijk. Maar ze is ook regelmatig uit zichzelf langer gebleven om me uit de brand te helpen.'

'Dat hoeft ze niet meer te doen. Ik heb Evert gebeld om te zeggen dat ik voorlopig hier blijf, totdat jij een en ander op de rit hebt. Als je dat wilt, tenminste?'

Didi voelde een golf van warmte door haar borstkas stromen. 'Fijn, mam,' zei ze zacht. 'Heel graag.' Ze had haar moeder al ruim anderhalf jaar niet meer gezien, en het vooruitzicht om haar nog een week – of misschien wel langer – bij zich te mogen hebben, was het mooiste cadeau dat ze zich maar kon wensen.

'Nou, dan kun je die Hanneke wat mij betreft naar huis sturen.'

'Hennequin... Maar dat hoeft niet, mam. Ze is hier donderdag voor het laatst. Ik vind het eerlijk gezegd wel een fijn idee dat ze er is. Ze temperatuurt mij en de baby, houdt bij hoeveel Indy drinkt en of ze voldoende plasluiers heeft en zo. Dat schrijft ze allemaal op. Dat houvast heb ik wel nodig. Ik ben bang om iets verkeerd te doen.'

'Dat snap ik. Weet je wat? Ik zal die formulieren van haar wel kopiëren en dan houden we die routine de komende tijd wel aan. Maar niet alles, hoor.'

'Hoezo?'

'Sommige adviezen zijn een beetje vreemd. Dat ze je heeft geadviseerd om Indy op haar eigen kamertje te laten slapen, vind ik echt harteloos.'

'Ze zei dat rust en regelmaat het allerbelangrijkste zijn

voor een baby, en die zou ze niet krijgen als ze hier in de woonkamer lag.'

'En hoe zat het met die tepelhoedjes van je kolfapparaat? Die waren toch veel te klein? Dat snapt iedereen met een beetje gezond verstand, dat dat zeer gaat doen. En dan had je daar ook nog een beginnende ontsteking bij die zij eigenlijk… ja sorry hoor, amper heeft verzorgd.'

Didi haalde haar schouders op. 'Ik weet het niet, mam. Het is voor mij ook nieuw. Ik heb wel meer ellende op internet gelezen over borstvoeding en kolven, het gaat niet bij iedereen gemakkelijk, blijkbaar.'

'Maar nu gaat het wél beter.'

Daar kon Didi niets tegen inbrengen. Sinds haar moeder de opzetstukken van het kolfapparaat had gehaald, deed het kolven bijna geen pijn meer. Haar tepels begonnen goed te helen, veel sneller dan ze had verwacht.

Nelly keek door het grote raam naar de straat en ze wreef in haar handen. 'Weet je, Didi… Ik vind haar een beetje typisch.'

'Meen je dat nou? Hoezo?'

'Ik weet het niet. Een gevoel.'

'Dat komt toch ergens vandaan?'

Ze schudde haar hoofd. 'Ach, laat ook maar.' Er brak een glimlach door op haar moeders gezicht. 'Die paar dagen dat ze hier nog is kan ze niet veel kwaad meer doen.'

Hij was nog steeds thuis. De Volvo stond er nog, het licht brandde binnen. Miriam liep voor de tweede keer die dag de Arnhemse oprit op en belde aan. Het was inmiddels schemerig geworden en de regen had plassen op straat achtergelaten. Ze rilde onwillekeurig. Als Hennequins vader nog steeds niet wilde praten, zou ze hem verder met rust laten. Maar ze hoopte erop dat hij in de tussenliggende uren had kunnen bijkomen van de eerste schrik, en dat hij nieuwsgierig was geworden naar zijn dochter.

Arnold Kramer deed zelf open. 'Daar bent u weer,' zei hij, en tot haar grote verrassing deed hij een stap naar achteren om haar binnen te laten. 'Volgt u mij maar.'

Ze liep achter hem aan door een chique hal de woonkamer in. Die was door middel van een stel glas-in-looddeuren in tweeën gedeeld. In het achterste gedeelte stond een glanzende houten eettafel met een viertal elegante stoeltjes eromheen.

'Neemt u plaats.'

Miriam ging op een van de stoeltjes zitten. Ze hadden een bolle zitting die met een jacquard-stof was bekleed. Kramer nam tegenover haar plaats.

Miriam keek nieuwsgierig om zich heen. Er lag een opgevouwen *NRC Handelsblad* op het gladde tafeloppervlak, met een leesbril erop. Aan de muur hingen olieverfschilderijtjes, geen foto's. Aan weerszijden van de glas-in-looddeuren zaten inbouwkasten, die waren volgestouwd met boeken, en ook in de ruimte tussen de deuren en het hoge plafond stonden en lagen honderden boeken.

'U houdt van lezen, zie ik,' zei Miriam.

De man keek een beetje verstoord naar zijn boeken, alsof hij zich er nu pas van bewust werd dat hij ze had. 'Ik verzamel graag kennis.' Daarna schoof hij de krant demonstratief opzij en keek Miriam aan. 'Wat is er aan de hand met Catharina?'

Hij sprak de naam van zijn dochter met respect uit. Misschien wel met liefde.

'We proberen haar achtergrond in kaart te brengen.'

'Dat moet met alle ingangen en databases waarover jullie

beschikken toch niet zo heel ingewikkeld zijn.'

'Catharina is een speciaal geval. Uw dochter is niet iemand die graag gevonden wil worden. Het heeft even geduurd voor we hadden achterhaald dat ze als Catharina Kramer is geboren. In Amerika heeft ze een andere naam aangenomen.'

De man keek haar geïnteresseerd aan. 'Welke?'

'Hennequin. Hennequin Smith.'

Hij trok een dunne, gebogen wenkbrauw op. Er flakkerde iets in zijn ogen. 'Hennequin?'

'Ja, met een q. Dat zegt u iets?'

'Bent u thuis in oude sagen en legenden?'

Miriam schudde het hoofd. 'Niet echt.'

'Ik verzamel ze mijn hele leven al.' Hij maakte een weids gebaar naar de boekenkasten. 'Ik heb er honderden boeken over. Het zijn soms gruwelijke verhalen, maar ze zijn van onschatbare cultuurhistorische waarde. Als kind las Catharina ze graag.'

'Wat heeft dat met haar nieuwe naam te maken?'

Kramer keek peinzend naar zijn boeken. 'Verhalen rondom de figuur Hellequin of Hennequin duiken in verschillende vormen op in middeleeuwse legenden, door heel Europa. In Normandië staat de legende bekend als *La chasse Hennequin*. U mogelijk bekend?'

Miriam schudde opnieuw haar hoofd.

'Als afgezant van de duivel voerde Hennequin een troep demonen aan die er 's nachts met paarden en honden opuit trokken om te jagen op verloren en kwaadaardige zielen en ze naar de hel te begeleiden.' De man zweeg even. Zijn stem klonk zachter toen hij vervolgde: 'Hennequin of Hannequin wordt in die Franse streek nog weleens gebruikt om een *enfant désagréable*, een onaangenaam, slecht kind, aan te duiden.'

Onwillekeurig trok er een rilling over Miriams rug. Ze greep haar handen in elkaar op het tafelblad.

Kramer vervolgde: 'Rond 1300 duikt de naam ook in Italië op, als aanduiding voor een duivelse toneelfiguur. Ik geloof dat het nog Dante zelf was, die destijds in Parijs geïnspireerd was geraakt en in zijn vaderland de figuur Alichino introduceerde.' Kramer zette zijn vingertoppen tegen elkaar. 'Bij het Italiaanse toneel hadden duivelsfiguren een meer schertsende rol dan in Frankrijk. Lichter, minder zwaar. De *arlecchino* kreeg een vaste rol in de populaire *commedia dell'arte*. Die term werd in Frankrijk weer geadopteerd als *arlequin* en staat in deze contreien beter bekend als harlekijn.'

'Een clown, bedoelt u?' Miriam schoof heen en weer op haar stoel. Ze zat niet te wachten op geschiedenisles, maar ze wilde Kramer niet onderbreken. Als hij zich op zijn gemak voelde, werd hij misschien ook wat openhartiger over zijn dochter.

'Nee. Geen clown. Een harlekijn is gecompliceerder, intelligenter ook. Een personage met meerdere gezichten, vaak met een tragische achtergrond. En veelal gemaskerd.' Arnold Kramer vervolgde zachter, alsof hij het niet meer tegen Miriam had maar eerder hardop zijn gedachten uitsprak: 'Het treft me dat ze Hennequin als voornaam heeft gekozen.'

'Denkt u dat Catharina zichzelf ziet als een toneelfiguur of een duivel?'

Een onaangenaam, slecht kind?

Iemand die op verloren en kwaadaardige zielen jaagt?

'Dat weet ik niet.' Hij keek nadenkend voor zich uit. 'Mijn dochter was vijftien toen ik haar voor het laatst sprak. Een kind nog, een puber. Maar toen al...' Hij zweeg plotseling. Schudde bijna onzichtbaar zijn hoofd.

'Toen al wat?' vroeg Miriam.

Het moment was voorbij. De man rechtte zijn rug. 'Ik heb de gedachte aan haar sindsdien weggedrukt.' Hij stond op. 'Het spijt me dat ik u niets te drinken kan aanbieden, ik moet zo meteen weg. Maar ik kan u niet meer vertellen dan wat ik nu heb gedaan.'

Miriam wilde hem erop wijzen dat hij amper iets had verteld over zijn dochter, maar ze begreep dat ze daar niets mee zou opschieten. Hij was nu al opener geweest dan een paar uur geleden. Wie weet was hij er over een paar dagen, of over een week, wél aan toe om meer te vertellen.

Ze diepte haar visitekaartje op uit haar zak, kraste het 06-nummer van haar dienst-BlackBerry door en schreef haar privénummer ernaast. Zo gaf het de indruk dat ze een nieuw telefoonnummer had, maar nog geen nieuwe visitekaartjes. Ze overhandigde het aan Kramer. 'Als u alsnog wilt praten over Catharina, of wanneer u iets te binnen schiet wat misschien behulpzaam kan zijn voor ons onderzoek, dan kunt u me altijd bellen. Dag en nacht. Je hoort dat vaak zeggen, maar in mijn geval mag u dat letterlijk nemen. Ik heb vaak nachtdienst, u belt nooit ongelegen.'

Kramer keek naar het kaartje en tot Miriams opluchting gaf hij het niet terug, maar stopte het in zijn borstzak.

Hij escorteerde haar naar de voordeur, waar Miriam erachter kwam dat ze haar jas nog aanhad. Ze zette een stap over de drempel en draaide zich om. 'Ik hoop echt dat u belt,' zei ze. 'Maar ik kan me voorstellen dat dit heel moeilijk voor u moet zijn.'

Talloze emoties trokken over het gezicht van Kramer. Het was alsof hij in gedachten een tijdreis maakte en alle gebeurtenissen die zijn dochter betroffen aan zich voorbij zag trekken. Toen hij zijn mond opendeed, klonk zijn stem anders dan daarvoor, zachter. 'Weet u, er zijn dingen gebeurd na de dood van mijn eerste vrouw die ik niet heb zien aankomen. Misschien was ik te veel van huis, dat verwijt heb ik vaak gekregen. Misschien was ik blind. *Wilde* ik het niet zien.' Hoofdschuddend draaide hij zich van haar weg. 'Reken er niet op dat ik u bel, mevrouw,' zei hij, en hij sloot de deur.

Hennequin zag de Audi aan komen rijden. Het blauwige licht van de koplampen schoof zoekend over de parkeerplaats en bewoog toen in een vrijwel rechte lijn naar de uiterste hoek, waar zij haar Alfa had geparkeerd. Oscar zette zijn auto stil naast de hare en doofde zijn lichten. Het was hier betrekkelijk donker. Hennequin zag alleen Oscars contouren. Hij stapte niet uit. Ging er natuurlijk van uit dat zij bij hém zou instappen.

Hennequins vingers gleden over het stuur. Naar elkaar toe, van elkaar af, naar elkaar toe... Ze keek nog eens naar rechts. Eindelijk had hij het door.

Hij opende het portier, waardoor hij even in het licht kwam te staan. Hij droeg een donkere chino en een strakke trui met V-hals. Een dun, donker jack eroverheen. Toegegeven, het stond hem goed. Alles stond hem goed. Er was geen sprake van dat Didi deze man de rest van haar leven voor zichzelf had kunnen houden.

Hij opende haar portier en keek vragend naar binnen. 'Kom je?'

'Het wordt spannender dan dat, vanavond,' zei ze. Haar stem klonk laag en een beetje hees. Ze wreef langzaam over de zitting van de stoel naast haar. 'Stap in, tijger.'

Hij keek haar eerst een beetje verbaasd aan, maar al snel brak er een grijns door op zijn gezicht. Aandoenlijk bijna, een kinderlijk soort vreugde. Hij sloot zijn auto af, waardoor dit deel van de langwerpige parkeerplaats even oranje werd verlicht, en liet zich naast haar in de Alfa glijden.

Ze pakte met één hand zijn gezicht vast, kuste hem hartstochtelijk. Oscar reageerde gretig, kreunde zacht. Hij had zich verheugd op de avond. Het zou dan ook een speciale avond voor hem worden. Heel speciaal.

Met haar andere hand doorzocht Hennequin snel en onopvallend zijn zakken. Hij merkte het niet, te veel in beslag genomen door zijn eigen hartstocht en haar rechterhand die zijn gezicht streelde, speels aan zijn haar trok.

Ze viste zijn telefoon uit de binnenzak van zijn jack, en terwijl ze zacht op zijn onderlip zoog, wierp ze het ding achter zich uit het openstaande raampje. Het kwam in het donker tussen laag struikgewas terecht. Daar lag het goed. Ze zou er later voor terugkomen.

'We gaan een stukje rijden,' fluisterde ze hees. Kirde, wreef haar neus langs de zijne.

'Wat ben jij ineens een baasje,' merkte hij op, lichtjes hijgend van opwinding.

'Lekker toch?'

'I'm all yours.'

Met een tevreden glimlach startte ze de auto en reed de parkeerplaats af.

Miriam draaide haar auto van de snelweg af en mengde zich in het stadsverkeer. Het was donker geworden, maar in elk geval regende het niet meer.

Wat een bijzonder verhaal zat er vast aan de naam Hennequin. Hierdoor, en vanwege de eruditie van haar vader, rees bij Miriam het vermoeden dat de weduwe van haar broer vele malen belezener moest zijn dan zij op de familie was overgekomen. Catharina Kramer alias Hennequin Smith bleek een uiterst intelligente, gecompliceerde moordenares die net zo makkelijk van land wisselde als van echtgenoot. En deze vrouw maakte zich momenteel dienstbaar als kraamverzorgster in een nieuwbouwwijk in Rotterdam? Natuurlijk, het kón. Maar het was wel een heel vreemde wending in Hennequins levensverhaal.

Bij een grote kruising twijfelde Miriam even. Als ze hier rechts afsloeg, kwam ze uit bij het gebouw waar Hennequin woonde. Het was nog vroeg op de avond, ze zou thuis kunnen zijn. Miriam kon dus even bij haar langsgaan, gewoon, om haar een beetje te prikken, haar op de zenuwen te werken. Er was geen noodzaak meer om de schone schijn op te houden. Ze was nooit close geweest met haar schoonzus en na de begrafenis van Bart – waarop Hennequin van het begin tot het einde met een dramatische, gitzwarte zonnebril had rondgelopen, zodat niemand had kunnen zien of ze überhaupt huilde – had Hennequin geen enkele interesse meer getoond in de familie. Maar nu, krap een halfjaar later, was ze wel zo brutaal om plompverloren in dit gebied te komen wonen. Miriams thuisbasis. *Mijn territorium.* Waarom? Had het iets te maken met de mensen bij wie ze de kraamverzorgster uithing? Of had haar komst een heel andere reden? *Heeft het met mij te maken?* Nee. Dan had ze dat toch al moeten merken.

Het ergerde Miriam dat ze geen enkel aanknopingspunt meer had in haar onderzoek. En zolang de directrice van het internaat nog op vakantie was, zou er geen nieuwe informatie bij komen. Een onverwacht bezoekje aan de weduwe van haar broer zou iets in beweging kunnen zetten. Het zou Hennequin alarmeren, en haar misschien wel hinderen in wat ze ook aan het doen was.

Het stoplicht sprong op groen. Op het laatste moment

stuurde Miriam haar auto terug naar de doorgaande weg. Er werd geclaxonneerd, een man stak zijn middelvinger op. Ze moest erom lachen – hoe anders reageerden dezelfde bestuurders als ze geüniformeerd rondreed in een dienstauto. Mensen waren nu eenmaal niet geïntimideerd door een jonge vrouw in burger in een onopvallende Peugeot.

Hennequin mocht zich nog één nachtje onbespied wanen. Morgen zou ze bij haar thuis gaan kijken. Niet in burger, maar in uniform.

'Oscar blijft wel erg lang weg,' merkte Nelly op.

Didi keek nog eens op de klok. Het was vijf over tien. Oscar was nooit eerder zo laat van zijn werk gekomen. Ze had hem al meerdere keren gebeld, maar kreeg steeds zijn voicemail.

'Gaat het wel goed tussen jullie?' vroeg Nelly.

Didi perste haar lippen op elkaar. Schudde haar hoofd. 'Niet heel goed.'

Nelly ging verzitten. 'Hoe komt dat?'

'Ik denk dat het hem allemaal te veel is geworden. Hij vond het al heel eng dat ik die rolstoel nodig had, daar maakte hij zich erg druk om. En sinds de geboorte van Indy lijkt het wel of hij zichzelf niet meer is.'

'Een kind krijgen is ook voor veel mannen ingrijpend.' Nelly hield haar hoofd schuin. 'Het gaat me natuurlijk niet aan, maar ik heb het gevoel dat er bij jullie meer aan de hand is.'

Didi beet op haar bovenlip. 'Indy huilt veel 's nachts. Oscar zegt dat hij te weinig slaap krijgt en daar prikkelbaar van wordt. Hij is het er ook al niet mee eens dat ik haar moedermelk geef in plaats van kunstmelk. Dat vindt hij zo omslachtig, en daarbij...' Ze zweeg. Nee, dit ging ze niet hardop uitspreken. Maar vanbinnen schreeuwde ze het uit: *Hij wil dit kind niet, mama!*

Weer voelde ze een golf van misselijkheid door haar lichaam trekken, alsof ze te veel alcohol had gedronken. Af en toe zag ze dubbel. 'Ik voel me niet zo lekker, mam,' zei ze.

'Misschien kun je beter gaan slapen. Zal ik je naar boven helpen?'

'Oscar is nog niet thuis.'

'Oscar is een volwassen vent. Je hoeft voor hem niet op te blijven.'

Indy liet van zich horen. Nelly nam haar uit de wandelwagen en begon door de kamer te lopen, schommelde de baby zachtjes heen en weer in haar armen. 'Het is begrijpelijk, maar het hoort niet, Didi. Een man hoort het huis niet uit te vluchten.' Ze draaide zich om naar haar dochter. 'Maar veel mannen zijn zo. Ze kunnen de druk niet aan. Het is voor hen ook anders. Ze hebben geen kindje in hun lichaam gedragen, ze staan er verder vanaf.'

'En ik dan? Moet ik het allemaal wél aankunnen?'

Nelly keek haar somber aan. 'Als ik dit eerder had geweten, was ik maanden geleden al naar je toe gekomen. Je had het me moeten vertellen, ook dat je amper kon lopen.'

'Ik wilde je niet ongerust maken. Wat kon je doen? Evert heeft je nodig op de boerderij.'

'Evert heeft ook knechten en jij hebt maar één moeder. Nou, jij gaat nu naar bed, je rust nemen. Dan ga ik deze mooie dame verschonen en haar een flesje geven.'

'En Oscar dan?'

'Ik blijf wel wakker tot hij thuiskomt,' zei Nelly.

'En dan?'

'Dan zal ik eens een gesprek met hem aangaan. Want dit kan zo niet, Didi.'

‘Ik weet niet of ik dit…’

‘Ssh. Laat mij maar.’ Hennequin sloot haar lippen over die van Oscar en fluisterde: ‘Geniet gewoon.’

Oscar stond met zijn rug tegen een berk. Zijn benen kon hij al niet meer gebruiken. Hij had tegengesputterd, maar niet heel erg. Zijn broek hing op zijn knieën en zijn opwinding was duidelijk zichtbaar. Blank, gezwollen vlees richtte zich op in het vlekkerige maanlicht. Hennequin legde haar hand erop. Streelde hem.

Ook zij was opgewonden – maar niet om dezelfde reden. Haar hart klopte snel, haar ademhaling was rasperig. Dit was nieuw. Nieuw en spannend. Maar ze wist dat het haar zou gaan lukken, als ze overtuigend en snel genoeg was.

Ze legde het nylon touw over zijn borst en liep nog eens rond de boom, sloeg het daarna om zijn bovenarmen.

Hij wilde ze lostrekken. ‘Ik vind dit niet heel prettig, Henneq–’

Ze drukte zijn armen tegen de stam, kuste hem weer, eerst op zijn lippen, daarna dwaalde ze af naar zijn borst, zijn maag, die trillend samentrok onder haar liefkozingen, en verder naar beneden. Een belofte voor straks, als hij stil zou blijven staan. Als hij helemaal in haar macht was. Pas dan zou ze het doen. Zo was het spel.

Ze stond op en rolde het touw verder uit. Drie, vier keer rond zijn armen. Trok het aan. Strakker. Over zijn buik, zijn heupen. Hij kon niet meer bewegen. Hij probeerde het wel, zag ze, hij strekte zijn vingers en kneep ze samen tot een vuist, wiebelde met zijn schouders.

Strakker. Nog strakker.

Hij bleef opgewonden. Neuriënd legde Hennequin het touw tegen zijn hals.

Because it's so, so very different when we're together
And I'm so so so much calmer, I feel better…

Ze duwde het tegen zijn strottenhoofd aan en trok het strak. Keek Oscar diep in zijn ogen, die groter werden, steeds groter, en ze smoorde zijn paniekerige schreeuw met een extra ruk aan het touw, dat ze nog een keer om zijn hals en de stam sloeg.

Ze boog zich naar hem toe, haar wang tegen de zijne. 'Hier geniet ík nou van, Oscar,' fluisterde ze in zijn oor. 'Ik vind het zo lief van je dat je me allemaal nieuwe dingen laat ontdekken. Dit heb ik nog nooit gedaan, weet je dat?'

Ze hoorde hem naar adem snakken.

Het was donker geworden. Miriam had de lichten aangeknipt en een paar kaarsjes aangestoken. Ze droeg een joggingpak en stond op haar slippers achter het fornuis. Ongeveer eens per maand kookte ze achter elkaar een aantal gerechten, die ze in eenpersoonsporties verpakte en invroor. Zo'n voorraadje in de diepvries voorkwam dat ze uit gemak te vaak voor McDonald's koos of kapitalen kwijt zou zijn aan thuisbezorgmaaltijden.

Ze fruitte gesneden uien en knoflook in een diepe pan en schoof die met een houten spatel heen en weer over de sissende bodem. Goot er de inhoud van twee blikken gepelde tomaten bij. Daarna pakte ze een grote kom broccoliroosjes, stortte die leeg in een pan met kokende bouillon en legde de deksel erop. Zette het vuur laag en draaide de kookwekker op vijftien minuten.

Ze draaide zich om en keek tussen de gordijnen door naar beneden. In de serre brandde licht. Boris zat op een verhoogde kruk en werd in beslag genomen door zijn schilderwerk.

Miriam legde haar armen over elkaar en keek hoe hij geconcentreerd verf mengde op het palet dat op zijn onderarm steunde, en de verf daarna op het doek streek. Zijn blik gefocust, de mouwen van zijn hoodie tot aan de ellebogen opgestroopt.

Stilletjes bleef ze naar hem kijken. Het was geruststellend om te weten dat er nog steeds mooie dingen waren op de wereld, en dat ze nog steeds het vermogen had om die te zien. En ervan te genieten.

In een opwelling pakte ze haar telefoon en belde zijn nummer. Nadat het toestel drie keer was overgegaan, nam Boris op.

'Ik heb morgen weer avonddienst,' zei ze. 'Heb je tijd en zin om mee te gaan?'

Dood gewicht. Hennequin had van tevoren geweten dat het zwaar zou zijn, maar toch viel het haar tegen. Oscar was een slanke vent, maar hij leek wel een walrus nu de spierspanning uit zijn lijf was verdwenen. Ze sleurde het lichaam over de dorre bladeren achter zich aan. Lokken van haar blonde pruik vielen over haar voorhoofd. Ze voelde zich opgetogen en treurig tegelijkertijd. Opgetogen omdat het was gelukt – het was haar wéér gelukt, en wat was het een mooie ervaring geweest –, maar ze was ook bedroefd omdat het voorbij was. Met Oscar kon ze zich niet meer vermaken. Zijn rol op het toneel was uitgespeeld.

Maar er waren nog drie mensen over. Drie *generaties*.

Het zou heel bijzonder worden.

De achtste dag

DINSDAG

Didi zat met de telefoon tegen haar oor gedrukt. Haar hart klopte zwaar in haar borst. Oscar was niet thuisgekomen vannacht. Dat was nooit eerder gebeurd. Nog nooit. *'Dit is de voicemail van Oscar Stevens. Ik kan helaas niet...'*

Ze drukte de verbinding weg. Was hij ervandoor gegaan? Weggelopen van haar en Indy? Maar waarom had hij dan al zijn kleding en zijn spullen achtergelaten?

'Weer voicemail?' vroeg Nelly. Ze keek naar haar dochter over de rand van een leesbrilletje. Haar haar zat vanochtend wat rommelig en haar gezicht oogde bleek bij gebrek aan make-up.

'Zo ken ik hem helemaal niet, mam.'

'Misschien heeft hij gewoon wat ruimte nodig.'

Didi schudde haar hoofd. 'Je had me wakker moeten maken. Dit is raar. Oscar is nooit eerder een nacht weggebleven.'

'Hij is ook nooit eerder vader geworden.' Haar moeder keek haar peinzend aan. 'Vroeger hoorde je wel vaker over vaders die naar de kroeg gingen om de geboorte van een baby te vieren, en dan dagen of een week later thuis weer opdoken.'

'Dat was vroeger, mam.'

'Niet zo heel vroeger. Tenminste, niet voor mij. Nummer

drie was er ook zo een. Hij had zoveel ruimte nodig voor zichzelf dat ik er op het laatst niet eens meer bij paste.'

De vaste telefoon ging. Hennequin kwam vanuit de keuken de kamer in gelopen. 'Zal ik hem even opnemen?'

'Nee. Dat doe ik wel,' snauwde Nelly. Ze was al opgestaan en haastte zich om de telefoon van de oplader te pakken. 'Met het huis van Didi Stevens-Vos?'

Ze luisterde. Schudde haar hoofd. 'Nee, die is hier niet... U spreekt met zijn schoonmoeder. Ik neem het even op met zijn vrouw. Nee, zij kan nu niet aan de telefoon komen.' Ze draaide zich van Hennequin en Didi weg en pakte een pen van tafel. 'En met wie heb ik gesproken? Goed. U hoort zo meteen van ons.'

Didi was rechtop gaan zitten. 'Wie was dat, mam?'

'Is Oscar weleens van zijn werk weggebleven?'

Didi keek haar moeder verbijsterd aan. 'Nee,' zei ze zacht. 'Nog nooit.'

'Nu wel.'

Miriam schrok wakker van het geluid van haar telefoon. Vanwege de verduisterende gordijnen had ze geen idee of het al ochtend was. Ze keek op de wekker. Kwart voor negen.

Ze reikte naar haar iPhone. In het schermpje stond een onbekend 06-nummer. Ze nam met slaapdronken stem op. 'Miriam de Moor.'

'Goedemorgen, stoor ik?'

'Nee hoor,' zei ze, en ze ging rechtop zitten. 'Met wie spreek ik?'

'Reina Scheltema, directrice van De Horizon in Boxmeer. Ik heb van de heer Luijten begrepen dat u afgelopen zondag met hem hebt gesproken over een oud-leerlinge van ons.'

Miriam duwde het dekbed van zich af en stond op. 'Dat klopt. Wat fijn dat u belt! Ik had uw telefoontje pas volgende week verwacht.'

'Dan ben ik terug van vakantie. Maar ik kwam dit verhaal tegen tussen mijn zakelijke mail en het leek me beter om u meteen maar even te bellen. Dan kunnen jullie ook gewoon door met het onderzoek, toch? Ik heb een paar maanden geleden nog aan Catharina Kramer gedacht, toen ik op de begrafenis was van Klaas de Vries, haar vroegere leraar Engels.'

De Vries? Miriam hield beide handen aan de telefoon. De Vries was de naam van een van de getuigen die gezien hadden dat Catharina Kramer haar kamergenote over de balustrade duwde. 'Een van de getuigen bedoelt u?'

'Klopt. Hij was al even gepensioneerd en woonde in Limburg, in de buurt van Roermond.'

'Alleen?'

'Ja. Klaas had een vriend, maar ze woonden niet samen.'

'Waaraan is hij gestorven?'

'Alcohol. Een heel triest verhaal, eigenlijk. Ik ben ervan geschrokken. Na zijn dood zijn er in zijn huis op allerlei plaatsen flessen drank aangetroffen. In de schuur, op zolder, onder zijn bed.' Ze zweeg even. 'Ik begrijp niet wat hem heeft bezield om zich de dood in te drinken. Maar ik had hem dan ook al jaren niet meer gesproken. Misschien kon hij slecht tegen de eenzaamheid. Ik kan me herinneren dat hij niet bepaald uitkeek naar zijn pensioen. Hij zag dat als een laatste etappe. Wellicht is hij depressief geworden.'

'Er was toch nog een andere getuige?'

'Klopt. Een gymnasiumleerlinge, Marie-Louise Diepman. Ze heeft maar kort bij ons intern gezeten, als overbrugging voor de periode waarin haar ouders in Afrika werkten. Maar ik vrees dat we geen Nederlands adres in de administratie hebben kunnen vinden, wel dat van het bedrijf in Zuid-Afrika waar haar ouders destijds voor werkten.'

Miriam dacht niet dat ze daar veel mee zou kunnen, maar ze liep naar de keuken en noteerde het lange adres op een schrijfblok. Daarna schreef ze de geboortedatum van Marie-Louise op; als de vrouw in Nederland woonde, dan had Miriam genoeg aan haar naam en geboortedatum om haar huidige adres te achterhalen.

'Wat voor kind was Catharina Kramer?' vroeg ze.

'Een ongelukkig kind dat niet lekker in haar vel zat. Uiterst intelligent, gesloten, moeilijk benaderbaar. Opvliegend, soms. Ze was niet erg geliefd.'

'Ik heb een oud-onderwijzer van haar gesproken die haar kende van de periode voor ze bij u op het internaat geplaatst werd. U bent op de hoogte van haar familiegeschiedenis?'

'Dat haar moeder zelfmoord heeft gepleegd, bedoelt u? Ja. Dat doet wat met een kind.'

Sociale uitsluiting ook, dacht Miriam. Er was laatst nog een groot onderzoek geweest naar de oorzaak van gewelddadige uitbarstingen bij individuen. De onderzoekers wilden achterhalen hoe het kwam dat bepaalde mensen tot heel nare, destructieve daden kwamen, zoals het doodschieten van willekeurige personen in een winkelcentrum of op een school. Het bleek dat deze daders één opvallend kenmerk gemeen hadden: ze hadden als kind niet tot een sociale groep behoord, maar waren gepest en buitengesloten. Dit leidde tot meetbare biologische veranderingen. Zo kregen zulke mensen op onverklaarbare wijze een hogere pijndrempel: ze voelden gewoonweg minder snel pijn dan anderen. Tegelijkertijd verdween bij hen deels de mogelijkheid om zich in te leven in de pijn van een ander. Het leek alsof de eenzaamheid een soort eeltlaag over hun gevoel had gelegd, zowel fysiek als psychisch. Op het moment dat Catharina in internaat De Horizon werd geplaatst, was het kwaad waarschijnlijk al geschied.

'Ik heb begrepen dat Catharina veel gepest is in het dorp waar ze opgroeide,' merkte Miriam op.

'Is dat zo?' De directrice klonk oprecht verwonderd.

'Werd zij bij u op het internaat dan niet gepest?'

'Nee, dat kan ik niet zeggen. De kinderen waren eerder bang van haar.'

❧

'Is er iets aan de hand bij jullie?'

'Daar probeer ik nu achter te komen.' Didi's stem klonk hijgerig en hoog, maar het kon haar niet schelen. 'Hoe laat is hij gisteren weggegaan?'

'Gewoon, om vijf uur,' antwoordde Linda, een van Oscars collega's. 'Hij hoefde de kraamverzorgster niet meer af te lossen, zei hij, want zijn schoonmoeder was er.'

'Vijf uur. Weet je dat echt zeker?'

'Hééł zeker. We liepen samen naar buiten. Pim kwam me ophalen, die heeft bij de auto nog even met Oscar staan praten.'

'Oscar hoefde niet over te werken?'

'Eh, sorry, Didi. Niet dat ik weet. Maar misschien is hij ergens gaan eten en later naar de zaak teruggekomen?'

Er klonk een stem op de achtergrond, blijkbaar iemand die naast Linda stond en had meegeluisterd. Didi meende de stem van Koen te herkennen, Oscars directe collega.

'Nee, toch niet, Koen zegt dat hij hier gisteravond alleen was.'

Didi's handen waren vochtig geworden. Ze trilde over

haar hele lichaam. 'Hoe... hoe gedroeg hij zich gisteren?'

'Zo trots als een pauw natuurlijk. Hij liet allemaal foto's zien van zijn... Hé, gefeliciteerd nog, trouwens! Jee. Wat lomp dat ik daar nu pas bij stilsta!'

'Dank je. Geeft niet.' Didi's hart klopte zwaar in haar borst.

Waar ben je, Oscar?

Wat is er met je gebeurd?

Ze zweeg even en zei toen, zacht: 'Ik ga ophangen, Linda. Dank je. Doe de groeten aan Koen.' Ze drukte de verbinding weg en keek haar moeder aan. 'Oscar is gisteren om vijf uur vertrokken.'

'Geen overwerk?'

'Nee.'

Allerlei gedachten tolden rond in haar hoofd. De ene nog krankzinniger dan de andere. Een vriendin – of een vriend – een gokverslaving, drugs, criminele zaken? Ze pasten gewoonweg niet bij Oscar. En hij was al zeker geen man die er zomaar vandoor ging. Hij was gewend dingen uit te praten. Ze waren altijd open naar elkaar toe geweest.

Maar hij wilde dit kind niet, Didi.

'Hij zal toch geen ongeluk hebben gehad?' vroeg ze zich hardop af. 'Hij rijdt altijd veel te hard in die auto.'

De kraamverzorgster kwam de kamer in gelopen. 'Dan hadden we dat vast gehoord.'

Didi keek haar aan. 'Heb jij dit vaker meegemaakt, Hennequin?'

Hennequin schudde haar hoofd.

'Ik heb hier een heel vreemd gevoel over. Wat denk jij?'

Hennequin knikte naar Nelly. 'Misschien heeft je moeder gelijk, heeft hij even de ruimte genomen om na te denken. Hij was erg boos over de konijnen.'

Nelly zocht oogcontact met haar dochter. 'Konijnen?'

Op matte toon vertelde Didi wat er was gebeurd. Ze probeerde niet te huilen, maar ze kon niet voorkomen dat haar ogen vochtig werden en haar stem trilde. 'Hij had ze geen eten of water gegeven, mam, maar hij hield gewoon vol dat hij dat wél had gedaan. Het sloeg nergens op. Ik was razend op hem.' Didi begon te snikken. 'Hij stond keihard te liegen.'

Nelly ging op het bed bij haar dochter zitten. Ze streelde haar haar, maakte sussende geluiden.

'Nelly?' hoorde Didi de kraamverzorgster vragen. 'Zal ik Indy even in bad doen, of doe jij dat?'

'Doe jij dat maar, Hanneke,' zei Nelly afwezig, zonder haar aan te kijken. Ze omhelsde Didi, veegde de tranen onder haar ogen weg met haar duim.

Hennequin hield haar pas in toen ze hoorde dat haar unieke naam zo achteloos werd verbasterd door Didi's moeder. Met een ijzige blik keek ze naar het tafereel, de moeder die haar dochter troostte, en ze voelde een kille leegte in haar binnenste. Heel even maar. Die was al opgevuld door een verzengende haat toen zij zich van hen verwijderde en de trap op liep.

Er was iets vreemds aan de hand met Marie-Louise Diepman. De inmiddels drieëndertigjarige vrouw die als kind getuige was geweest van de moord op Hilde Vandenbroecke was pasgeleden door haar ouders, bij wie ze inwoonde, als vermist opgegeven. Miriam was via Google, oude nieuwsberichten en Facebook nog meer te weten gekomen. Marie-

Louise had een psychiatrische achtergrond, vermoedelijk leed ze aan schizofrenie. Ze werkte als docente drama bij een cultureel centrum en woonde nog bij haar ouders. Vier maanden geleden was ze niet thuisgekomen na een avond stappen. Dat was niet alarmerend; het gebeurde regelmatig dat Marie-Louise bleef slapen bij een vriend of bij iemand die ze die avond had leren kennen. Haar ouders waren dan ook niet meteen ongerust geweest. Maar uiteindelijk hadden ze toch de politie gebeld. En nu, vier maanden later, was Marie-Louise nog steeds spoorloos.

Miriam surfte naar de landelijke site van de politie, waar ze een pasfoto en een korte beschrijving van de vrouw zag staan, tussen die van bijna vierhonderd andere Nederlandse mannen, vrouwen en kinderen die momenteel vermist waren. Terwijl ze naar de foto van de brunette staarde, voelde Miriam zich langzaam koud worden. Zwierf Marie-Louise ergens in een onbekende stad of in het buitenland rond, omdat ze die ene nacht, misschien getriggerd door drugs of drank, in een psychose was geraakt? Of was ze vermoord – en was haar lichaam alleen nog niet gevonden?

Twee getuigen. De een overleden, de ander vermist, in een tijdsbestek van vier maanden.

Kon dit nog toeval zijn?

%

Hennequin liet het baby'tje in het water zakken. Het voelde glibberig van de olie. Mooi kon ze Indy nog steeds niet vinden. Een dikkige garnaal was het, met kleine oogjes – glimmende kraaltjes die in vetkussentjes waren gestopt. Meer een larf nog dan een garnaal. Ze wiegde het door het lauwwarme water. Liet het schommelen, van links naar rechts. Neuriede een liedje.

Midden in een beweging trok ze haar handen uit het water. Het kindje keek verschrikt, de armpjes en beentjes schoten in een reflex naar opzij, als van een kikkertje. Teentjes en vingertjes gespreid. Het zonk meteen naar de zachte plastic bodem van het badje.

Met een glimlach streek Hennequin een blonde lok achter haar oor weg en boog zich over het badje heen. Keek neer op het meisje. 'Wat zal ik eens met je doen?' fluisterde ze een paar centimeter van het wateroppervlak. 'Haal ik je omhoog? Zó?' Ze stak haar handen in het water en pakte het kindje onder de rug vast, ondersteunde het hoofdje, tilde het hoog boven het water uit, alsof ze een priesteres was die een offer aanbood. '... of laat ik je toch maar liggen?' Ze liet het kindje zakken, liet het los en duwde tegen het buikje totdat ze voelde dat het rugje de bodem raakte. Trok haar handen er vanaf.

Jonge baby's hadden misschien nog herinneringen aan de baarmoeder: onderhevig aan een reflex die alle pasgeborenen hadden hielden ze automatisch hun adem in zodra ze onder water terechtkwamen. Hennequin wist niet precies tot wanneer deze reflex aanhield. Enkele uren, dagen of weken?

Onder water werden Indy's oogjes groter, de kraaltjes groeiden uit tot knoopjes. Glimmende blauwe, met wit omrande knoopjes in een dik gezichtje. Het lijfje dat eraan vastzat kronkelde; zo klein en argeloos als het was, snapte het al dat het moest vechten.

'Wel, niet, wel, niet...' kirde Hennequin.

Neuriënd keek ze toe hoe het kindje worstelde, hoe de armpjes en beentjes spartelden in het water, dat zo heerlijk geurde naar babyolie. Hennequin hield van die geur, die haar altijd was bijgebleven en haar deed denken aan betere tijden, toen de wereld nog mooi en rechtvaardig leek. Ze werd er altijd rustig van.

'Iene, miene, mutte... tien pond grutten. Tien pond kaas...' fluisterde ze, en ze keek gebiologeerd naar het vechtende kindje, dat nu de mond opende en belletjes zuurstof uitblies. 'Iene miene mutte is de... baas.'

Hennequin viste het glibberige lijfje uit het badje, greep de enkeltjes beet alsof ze een grote vis aan zijn staart uit een vijver plukte. Gorgelend kwam Indy boven – het klonk zwak, bibberig.

Hennequin ondersteunde het lijfje, legde het tegen zich aan en klopte het op de rug. Indy begon te huilen, maar het klonk zwak en zacht.

'Oooo, wat was dat schrikken, Indy-meisje, schrok jij even.'

Hennequin legde het kindje op het aankleedkussen, depte het droog met een zachte handdoek en kleedde haar aan.

Ze rochelde lichtjes, merkte ze. De baby had water in haar longetjes gekregen.

Maar het was niet veel.

Miriam had zich aangekleed en de gordijnen opengeschoven. Terwijl ze haar derde kop koffie dronk, vroeg ze zich af wat ze moest doen. Was nu het moment gekomen om haar bevindingen aan haar chef voor te leggen?

Beter van niet.

Toen Bart net was overleden, en ze hardop haar vermoedens had geuit over de rol van Hennequin Smith daarin, had niemand op het bureau haar aantijgingen serieus genomen. *Je bent in de rouw, Miriam, in de ontkenningsfase – herken dat verdorie nou eens bij jezelf.* Op een gegeven moment had Karel van der Steen, haar chef geopperd dat ze misschien beter eens kon praten met de bedrijfsmaatschappelijk werkster, en haar verlof aangeboden zodat ze een poos rust kon nemen.

Daarna had ze het er met niemand meer over gehad. Alleen met Rens. Maar had ook hij niet gewoon uit beleefdheid naar haar geluisterd? In elk geval was hij er nooit uit zichzelf op teruggekomen.

Dat het zover was gekomen, was haar collega's niet aan te rekenen. Miriam had zich na Barts dood gewoonweg te veel laten meeslepen. Met als absolute dieptepunt die dag waarop ze zonder enig overleg tijdens haar werk in een dienstauto naar België was gereden. Ze had daar hemel en aarde bewogen om de collega's te spreken te krijgen die direct na het ongeluk in Barts huis waren geweest. Die onbezonnen actie had haar bijna haar baan gekost. Alleen al de naam Hennequin Smith zou bij haar chef alle alarmbellen doen afgaan. Als ze hem nu ook nog eens zou confronteren met allerlei moordscenario's rondom de weduwe van haar broer, was de kans groot dat ze binnenkort een uitkering kon gaan aanvragen.

Ze wreef met haar handen over haar gezicht en ademde diep in en uit.

Toen ze Hennequin Smith vorige week maandag met dat witte uniform aan dat huis in de Baljuwstraat naar binnen had zien lopen, had ze aangenomen dat Hennequin kraamverzorgster was. Maar ze zou natuurlijk ook bij de GGD kunnen werken, of misschien was ze wel verloskundige. In die gevallen zou Hennequin binnen een halfuurtje weer zijn vertrokken, op weg naar de volgende kersverse moeder. Alleen had Miriam daar niet op gewacht.

Eén ding was zeker: hier thuis achter haar laptop zou ze niet veel wijzer worden. Ze trok haar jas aan en pakte haar sleutels. De Baljuwstraat lag op nog geen tien minuten rijden van haar huis, als er tenminste niet te veel stoplichten op rood stonden.

Didi zat trillend op een eetkamerstoel. Ze had haar badjas om zich heen getrokken. Dit gebeurde echt. Het was geen droom. Er zaten twee politiemensen tegenover haar en ze keken haar bloedserieus aan.

De vrouw, met kort blond haar en kleine, dicht bij elkaar staande ogen, was het meest aan het woord, terwijl haar mannelijke collega koffie dronk en een beschuit met muisjes at.

'U zult het nu misschien heel anders ervaren, maar de kans is groot dat uw man in de loop van de dag of avond gewoon weer naar huis komt.'

'Denkt u?'

'Dat is meestal zo. Zeker wanneer er sprake is van spanningen en ruzies, zoals bij u. Bij ons gaan de alarmbellen pas rinkelen wanneer iemand in overspannen of depressieve toestand het huis verlaat. Uw man is nog gewoon op zijn werk geweest.'

'Maar hij had tegen mij gezegd dat hij moest overwerken, terwijl daar geen sprake van was.'

De man schoof naar voren op zijn stoel. 'Heeft hij dat vaker gedaan?'

'Niet dat ik weet.'

'Ik vind het vervelend om dit zo plompverloren te moeten zeggen, maar als uw man geen drugs gebruikt en er is geen enkele indicatie van een andere verslaving of betrokkenheid bij criminele activiteiten...' Hij keek demonstratief om zich heen, naar Hennequin, die in haar witte jas bij de keuken stond met Indy op haar arm, en naar Nelly, die naast Didi zat en haar hand vasthield. '... Dan blijft er slechts één voor de hand liggend scenario open.' Hij keek Didi recht aan. 'Een en ander is hem te veel geworden en hij neemt even afstand van de thuissituatie. Dit zou hij alleen kunnen doen, of samen met iemand bij wie hij zich op zijn gemak voelt en van wiens bestaan u mogelijk geen weet hebt.'

'Mijn man is nog nooit zomaar van huis weggebleven.'

'Dat neem ik meteen van u aan.'

'En hij heeft ook geen vriendin,' voegde Didi eraan toe. Ze rilde nog steeds. Het leek wel of de rillingen van binnenuit kwamen, uit haar borst en buik.

'Hoe vaak moest uw man overwerken?' vroeg de agent kalm.

'Eén, soms twee keer per week.'

De politieman keek zijn collega aan en keek daarna weer naar Didi. Niemand zei iets.

Nelly verbrak de stilte. 'Kunt u dan misschien naar zijn auto uitkijken? Zoveel moeite kost dat toch niet.'

De man at het laatste stuk van zijn beschuit op. 'In Nederland worden gemiddeld vijftig personen per dag als vermist opgegeven. Vijfentachtig procent daarvan is binnen twee dagen terecht. En maar ongeveer twintig personen, dus één promille, zijn na een jaar nog steeds zoek. Uw schoonzoon is gisteren rond kwart over vijf nog op zijn werk gezien, dus statistisch gezien is er nog weinig aan de hand, om het maar eens bot uit te drukken.'

'Misschien heeft hij een ernstig ongeluk gehad en ligt hij ergens in een ziekenhuis?'

De man ging rechter zitten. 'Daarvan zou een melding moeten zijn geweest; uw man heeft zijn portefeuille bij zich, dus kan hij aan de hand van zijn rijbewijs worden geïdentificeerd.'

De vrouw keek op van haar BlackBerry. 'Ik heb het kenteken van uw schoonzoon nagetrokken, maar er komen geen bijzonderheden naar voren.' Ze zocht Didi's blik. 'De Audi waarin uw man rijdt is in elk geval niet betrokken geweest bij een ongeluk.'

'Echt niet?'

'Dan hadden we dat geweten,' zei ze beslist.

De man maakte aanstalten om op te staan. 'Goed. Mocht Oscar morgenmiddag rond vijf uur nog niets van zich hebben laten horen, dan kunt u mij bellen en zetten we de boel in gang.'

'Maar we zijn hier nu toch.' De politievrouw keek haar collega licht verwijtend aan en richtte zich daarna tot Didi. 'Heb je een recente foto van je man?'

Didi keek verward om zich heen. Afgezien van de uitvergrote trouwfoto die in de hal bij de trap hing, hadden Oscar en zij geen foto's in huis. 'Ik denk dat we...'

'Misschien op Facebook?' vroeg de vrouw. 'Of in je mobiel?'

'Ja, natuurlijk!' Didi trok haar iPad over het tafelblad naar zich toe en opende met bevende vingers haar Facebookpagina. Echt duidelijk waren de foto's waar Oscar op stond geen van alle, tot ze er eentje tegenkwam van vorig jaar zomer van hen samen. Hun wangen raakten elkaar en ze lachten allebei in de lens. Oscars huid was lichtjes verbrand door de Thaise zon. Ze draaide de iPad naar de agenten toe. 'Dit is denk ik de beste.'

'Mail die maar even naar dit adres.' De man noteerde een e-mailadres op een kaartje en gaf dat aan haar.

'Wat gaan jullie nu doen?' vroeg Nelly.

'Nog niets,' zei de vrouw. 'Laat het ons weten als uw schoonzoon komende nacht nog niet is thuisgekomen, dan maken we er een officiële melding van.'

De gefiguurzaagde ooievaar stond nog steeds in de voortuin. Misschien was het oranje paaltje dat een poot voorstelde ietsje schever in het witte grind weggezakt. De kleurrijke woordslinger achter het raam was verdwenen. Hennequins zwarte Alfa Romeo stond op de oprit onder de carport te blinken – precies daar waar vorige week woensdag de Audi van Oscar Stevens, de vader des huizes, nog had gestaan. Hij zou wel weer zijn begonnen met werken.

'Dus toch,' fluisterde Miriam. Haar eerste ingeving was juist geweest. Hennequin leek inderdaad te zijn wat Miriam vanaf het begin had aangenomen: kraamverzorgster. Zo'n beetje het allerlaatste beroep dat ze bij de weduwe van haar broer vond passen.

Ze reed langzaam de straat verder door en passeerde vrijwel stapvoets nummer 66. Er hing vitrage voor het grote, vierkante raam die het onmogelijk maakte te zien wat er binnen gebeurde.

Aan het einde van de straat sloeg ze rechts af en zette de auto stil in een kleine parkeerhaven. Ze pakte haar iPhone en googelde op 'kraamverzorgster' en 'werktijden'. Al snel kwam ze terecht op een forum, waarop gediplomeerde kraamverzorgsters gesprekken voerden met vrouwen die nog in opleiding waren. De uren werden blijkbaar in overleg met het gezin ingedeeld, maar gemiddeld was een kraamverzorgster zes uur per dag aan het werk. Hoe laat begon Hennequins werkdag eigenlijk? Toen Miriam haar vorige week hiernaartoe was gevolgd, was het negen uur geweest. Maar dat leek haar een beetje laat om de dag bij een jong gezin te beginnen – ergens tussen zeven en acht uur zou een stuk logischer zijn. Dat bleek volgens het forum te kloppen.

Hennequin zou dan om één of twee uur vanmiddag klaar zijn met werken. Miriam keek op haar iPhone. Het was pas kwart voor tien.

Ze startte de auto en reed naar huis.

❧

'Wat zien jouw handen eruit. Ik zit er de hele dag al naar te kijken,' zei Nelly Vos. Ze stond naast Hennequin in de keuken en hielp haar mee met het uitspoelen van de flesjes.

'Ja, hè? Het viel mij ook al op.' Hennequin spreidde haar vingers en bekeek ze met een nonchalante blik. Blaren. Sneetjes.

Het was vannacht nog een hele klus geweest om het gat te dichten. Er was zand overgebleven, dat ze over een flink oppervlak had uitgespreid. Daarna had ze takken en bladeren over het graf geschoven. Ze was daar pas rond middernacht mee klaar geweest, maar toen had het er in de lichtbundel van haar zaklamp dan ook ongerept uitgezien. Bij thuiskomst was ze het zand en vuil dat onder haar nagels en in de huidplooitjes was gaan zitten te lijf gegaan met een schuurmiddel en een borsteltje. Haar handen waren nu schoon, maar die blaren en wondjes zaten er nog. Die kon ze niet maskeren.

'Ik heb een grafje moeten graven voor de konijnen van uw dochter,' zei Hennequin, terwijl ze demonstratief haar vingers strekte en boog. 'De grond is hier vrij hard. Ik vrees dat mijn handen niet gewend zijn aan dat soort werk.'

❧

Miriams haar was nog vochtig van de douche. Ze was na het ritje naar de Baljuwstraat gaan hardlopen, in de hoop dat de monotone bewegingen zouden helpen haar gedachten op een rijtje te krijgen. Dat was niet gebeurd. Miriam werd gek van haar eigen besluiteloosheid.

In een impuls greep ze haar telefoon en belde het nummer van Arnold Kramer. De telefoon ging vijf keer over en daarna werd Miriam verbonden met zijn voicemail. 'U spreekt met Miriam de Moor.' Ze liet haar functie nu met opzet achterwege. 'Ik zou heel graag nog een keer met u praten. Ik heb nieuwe informatie binnengekregen over twee mensen die destijds getuige zijn geweest in de zaak tegen uw dochter. De een blijkt in augustus te zijn overleden aan alcoholvergiftiging, de ander is twee maanden ervoor als vermist opgegeven. Als u denkt dat uw dochter hier iets mee te maken zou kunnen hebben, wilt u mij dan alstublieft bellen?' Ze gaf nog eens haar privénummer en drukte de verbinding weg.

Haar hart bonkte in haar ribbenkast. Ze ademde snel. Waarom voelde ze zich zo opgejaagd?

Dacht ze nou echt dat Arnold Kramer haar zou terugbellen? Hij leek er alles aan te hebben gedaan om zijn dochter uit zijn leven te bannen en haar bestaan te ontkennen – hoewel hij bij Miriams vertrek, toen ze letterlijk op de drempel had gestaan, wel ineens opvallend open was geweest.

Er zijn dingen gebeurd na de dood van mijn eerste vrouw... Misschien was ik te veel van huis. Wilde ik het niet zien.

Wat was er in Hennequins ouderlijk huis gebeurd na de zelfmoord van haar moeder? Had Hennequin iets gedaan waardoor haar vader had besloten haar naar een internaat te sturen? Of had Kramer gedoeld op de moord die zijn dochter in het internaat had gepleegd?

Misschien moest ze die dingen maar eens rechtstreeks aan Hennequin zelf vragen. Ze keek op de klok. Het was bijna één uur. Grote kans dat haar werkdag erop zat.

De rode trol uit Noorwegen had Didi's boodschappenwagentje de garage uit gereden en was ermee naar de nabijgelegen supermarkt gegaan.

Even rust.

Nelly Vos begon Hennequin steeds meer op de zenuwen te werken. Ze loerde naar haar, keek haar letterlijk op de vingers. Soms kwam het op Hennequin over alsof Didi's moeder iets doorhad, maar dat moest ze zich wel inbeelden. Als Nelly daadwerkelijk zou vermoeden wat ze plan was, dan zou ze haar nooit alleen laten met haar dochter en kleindochter. Dan was hier allang een arrestatieteam binnengevallen.

Miriam had haar auto stilgezet op een klein parkeerterrein vlak bij de woontoren. Het gebouw was duizelingwekkend hoog. Een onneembare vesting van glas, beton en metaal die ver boven de stad uittorende. Hennequin woonde op nummer 534. Ze wist niet op welke verdieping dat was. Het kon de vijfde zijn, maar huisnummers waren niet altijd logisch in zulke gebouwen.

Miriam ging verzitten en trok haar koppel iets strakker om haar heupen. Zoals altijd hingen er handboeien aan, een kleine zaklamp en een wapenstok. De houders voor haar pistool en pepperspray waren leeg – die wapens lagen in de kluis op het bureau. Voor insiders zou het incomplete koppel een duidelijk teken zijn dat ze niet officieel in functie was. Ze kon alleen maar hopen dat Hennequin het niet opmerkte.

Haar telefoon ging. *Kramer?*

Ze griste het toestel uit haar zak en staarde naar het schermpje. Het was Kramer niet.

'Hoe laat moet ik aantreden?' vroeg Boris.

Het voelde goed om zijn stem te horen. Heel goed. Ze wachtte een paar seconden, tot ze haar ademhaling beter onder controle had en zei, zo nonchalant mogelijk: 'Zorg dat je om halfdrie klaarstaat, dan hebben we nog tijd om je voor te bereiden. De briefing begint om drie uur.'

'Om wat voor te bereiden?'

'Ik moet een kogelwerend vest voor je regelen en er zijn nog wat formulieren door te nemen en te ondertekenen.'

Het bleef even stil aan de andere kant van de lijn. 'Kan het gevaarlijk worden?'

'Het is een standaardprocedure. Wij dragen allemaal een kogelwerend vest tijdens de dienst. Maar ik verwacht geen gevaarlijke situaties, anders zou ik je niet meenemen.'

'Eh... verwacht?' vroeg Boris.

Ze grinnikte. 'Het kán af en toe voorkomen. Daarom moet je ook een formulier ondertekenen voor je bij mij in de auto stapt.'

'En op dat formulier staat natuurlijk dat ik bij mijn volle verstand ben en me geheel uit vrije wil in levensgevaarlijke situaties stort? En dat de politie niet verantwoordelijk kan worden gehouden voor de eventuele gevolgen?'

'Exact.' Ze grinnikte. 'Durf je nu niet meer?'

'Ik zou het niet willen missen.'

Miriam legde Boris uit hoe ze zijn 'stage' tegenover haar collega's had verantwoord: als bekende kunstenaar kwam hij inspiratie opdoen en research plegen voor een serie kunstwerken die met politiewerk te maken hadden. Dit verhaal moest hij natuurlijk wel volhouden als collega's hem met vragen gingen bestoken. Politiemensen waren nu eenmaal vreselijk nieuwsgierig en ze waren het gewend om botte, directe vragen te stellen aan wildvreemden. Dat was hun tweede natuur.

'Je schildert veel urban-achtige taferelen, dus het klopt op zich wel een beetje,' vergoelijkte ze haar keuze. 'Heb je er zin in?'

'Ik sta te popelen.' Er klonk een lach door in zijn stem.

'Mooi. Ik kom er trouwens nu achter dat ik je geboortedatum niet heb. Misschien is het wel handig als je die alvast even geeft.'

Hij bleek een jaar jonger te zijn dan zij.

'Ik val op oudere vrouwen,' grapte hij toen ze er een opmerking over maakte.

Een paar minuten later drukte ze de verbinding weg. Ze was op volle oorlogssterkte van huis vertrokken. Nu stond ze hier. De bewolking was weggedreven en de zon schitterde op de glazen gevel van de woontoren. In de strakblauwe lucht erboven trok een groep ganzen in V-formatie voorbij. Na het gesprek met Boris voelde ze zich positief geladen. Ze wilde haar goede humeur niet laten bederven door Hennequin.

Morgen was daar nog tijd genoeg voor. Voor vandaag had ze genoeg van alle zwarte gedachten.

Ze startte haar auto en reed naar huis.

❧

'Nou, ik ga ervandoor,' zei Hennequin tegen Didi. 'Je ziet me morgenvroeg weer verschijnen.'

Didi zat in de eetkamerstoel. Ze zat vandaag veel, viel Hennequin op. Didi had amper in bed gelegen. Ze bewoog zich nog steeds voort als een dronken zeeman, maar het viel niet te ontkennen dat het nu elke dag een beetje beter ging.

Dat kwam Hennequin uitstekend uit. Didi moest zelf kunnen lopen. Dat zou alles zoveel mooier maken.

'Je huilt,' merkte ze op.

Didi staarde voor zich uit en fluisterde: 'Je denkt altijd dat dit soort dingen alleen anderen overkomt.'

'Zo hoort het ook. Als je er steeds bij stilstaat wat je allemaal zou kunnen overkomen, heb je geen leven meer.' *Terwijl jij toch beter zou moeten weten, Didi.* Ze boog zich over Didi heen, haar stem klonk zachter. 'Ik hoop echt dat jij je portie ellende in je leven al in je jeugd hebt afgekocht.'

Didi's gezicht betrok.

Hennequin ging weer rechtop staan. 'Sorry. Dat had ik niet moeten zeggen. Daar wil je niet steeds aan herinnerd worden, dat je vader en je zusje zo jong zijn gestorven. Zeker nu niet.' Ze zweeg even om te genieten van Didi's gepijnigde gezichtsuitdrukking. Al haar woorden raakten doel.

'Ik heb mijn vader amper gekend,' zei Didi zacht. 'Daar voel ik me nu nog schuldig over. Dat ik naar foto's van hem kijk en denk: wie was jij eigenlijk? Alles wat ik over hem weet, zijn dingen die mijn moeder me heeft verteld. Hoe trots hij op me was, en dat ik altijd paardje wilde rijden op zijn schouders en dan begon te giebelen. Zo noemde hij me blijkbaar: "giebeltje".'

'Je was pas drie. Het is heel normaal dat je je daarvan niets meer kunt herinneren.'

Er gleed een schaduw over Didi's gezicht. 'Maar toen mijn zusje dat ongeluk kreeg, was ik zes.'

'Kun je je haar ook niet herinneren?'

'Juist wel. Maar al te goed. Ze was altijd zo vrolijk en schattig.' Didi's kaken verstrakten. 'Ik was erbij toen het gebeurde. Ik heb het gezien.'

'Wat is er gebeurd?'

'Ik was haar oudere zus, zij was nog zo klein. Ik had haar...' Ze stopte met praten en schudde bijna onzichtbaar haar hoofd.

'Wat is er precies gebeurd dan?' drong Hennequin aan.

Didi zei niets. Het was alsof ze Hennequin niet meer hoorde.

'Heb je hier ooit hulp bij gehad? Therapie?'

'Nee,' fluisterde Didi.

Hennequin keek met een glimlach op haar neer. Ze absorbeerde elke gezichtstrek, elke minieme beweging. 'Weet je echt niet meer wat je gezien hebt? Was het een auto-ongeluk of zo?'

'Ik... ik wil hier eigenlijk niet over praten.' Didi keek haar weifelend aan, haar hoofd scheef. 'Echt niet. Het heeft niets met jou te maken, maar ik...'

Hennequin legde een hand op Didi's schouder en streelde haar. 'Je hoeft je voor mij niet te verontschuldigen. Ik ben hier om je te ontlasten, weet je nog?' Ze glimlachte. 'Ik zal je met rust laten. Of heb je liever dat ik wacht tot je moeder thuis is?'

'Hoeft niet.' Er brak een voorzichtige glimlach door op Didi's gezicht. 'Ik kan al een stuk beter lopen dan vorige week.'

'Gelukkig maar. Sterkte.' Hennequin gaf Didi een kneepje in haar schouder. Iets te hard. Ze voelde dat Didi ineenkromp.

Er klonk een zachte ruis in Miriams oortje. De carpoolplaats waarop ze de politieauto zojuist had geparkeerd, was stil en donker. Een rij populieren tussen de parkeerplaats en de doorgaande weg hield het licht van de maan tegen en wierp lange schaduwen op het asfalt.

Miriam wachtte op twee collega's. Ze hadden een Roemeen aangehouden die verdacht had rondgehangen bij een benzinestation. Na een korte ondervraging was besloten om zijn auto te doorzoeken en waren een paar zakken marihuana gevonden. De Roemeen moest worden voorgeleid, waarna hij op het bureau in de cel kon worden gezet.

'Ik heb er nooit bij stilgestaan hoe druk jullie het hebben op een doordeweekse avond,' zei Boris.

Miriam grinnikte. 'Dit is nog vrij rustig, hoor.'

Boris trok een wenkbrauw op. 'Echt waar?' Hij keek om zich heen, scande de donkere parkeerplaats alsof er elk moment een dief tevoorschijn kon springen. 'Geeft ook niet echt een veilig gevoel.'

'Dank je,' zei ze droog.

'Je snapt wel wat ik bedoel. Jullie doen goed werk.'

Miriam keek strak voor zich uit. Tussen de populieren door was een schijnsel zichtbaar. Haar collega's waren vlakbij. 'Ik vrees dat de mensen die we op zo'n avond of nacht pakken maar een topje van de ijsberg vormen. De echt slimme jongens zorgen er wel voor dat ze niet opvallen. Die blijven onder de radar.'

Het waren haar collega's niet. Koplampen van een eenzame auto doorkliefden de avond.

'Het is een van mijn grootste frustraties,' ging ze door. 'Dat je meestal te laat bent. Het komt maar weinig voor dat je iemand op heterdaad betrapt of kunt aanhouden voordat er iets gebeurt. We lopen bijna altijd achter de feiten aan. Dan is er al een diefstal gepleegd, zijn er al gewonden, ligt er al een lijk, en dan kunnen mijn collega's van de recherche alleen maar proberen te achterhalen hoe het is gebeurd en wie het heeft gedaan.'

'Dat is ook belangrijk werk,' zei Boris zacht.

'Dank je. Ik heb er de laatste tijd meer moeite mee dan anders.'

'Waarom?'

Ze zweeg.

'Door iets wat je hebt meegemaakt?'

Ze knikte. Staarde stilletjes voor zich uit. Ze had zich nog zo voorgenomen om te genieten van de nabijheid van Boris.

Even niet te denken aan Hennequin, Bart, haar zoektocht... Maar dat lukte niet. Ze voelde een enorme drang opkomen om Boris in vertrouwen te nemen. Het zou fantastisch zijn om er met iemand over te kunnen praten, iemand die er met een heel nieuwe, nuchtere blik naar zou kijken. Ze liep er al te lang alleen mee rond.

Maar wat als hij haar niet zou geloven? Als hij net als haar collega's zou denken dat ze doordraafde?

In het halfduister zocht ze zijn blik. 'Mijn broer is een halfjaar geleden overleden,' zei ze mat. 'Van de trap gevallen in zijn eigen huis. Ik verdenk zijn weduwe ervan dat ze hem heeft geduwd.'

Hennequin stond bij het raam en keek uit over de stad. De avond was al gevallen. De wind woei om de woontoren, een zacht, laag gehuil waar ze op gesteld was geraakt. Ze omklemde een glas Brunello di Montalcino en nam een slok. Keanu was altijd dol geweest op dit Italiaanse, robijnrode vocht, dat volgens hem het beste van de wereld was. Een wijn om op koude winteravonden te drinken met vrienden, als je iets te vieren had.

Jammer dat er vandaag niets te vieren viel.

Ze was een beetje melancholisch geworden in het uur dat ze had doorgebracht in de bar van een vijfsterrenhotel. Dat had ze meer uit gewoonte gedaan dan dat ze nog serieuze plannen had om een nieuwe Mr. Money te vinden in wie ze haar tanden kon zetten. Donderdag was ze hier weg.

Maar eerst moest Nelly Vos verdwijnen, op dezelfde manier als Oscar Stevens was verdwenen. Ze moest zo meteen terug naar de plek waar ze Oscar had achtergelaten, om daar nog een graf te delven. Een karwei dat ze in uiterlijk twee nachten moest zien te klaren. Natuurlijk kon ze Nelly niet meelokken zoals ze met Oscar had gedaan. Nelly was een vrouw, en bovendien mocht ze haar niet eens. Dus moest het op een andere manier.

Gewelddadiger.

Daar was ze op voorbereid.

Hennequin zette haar lege wijnglas op het kookeiland. Ze dacht aan vannacht, hoe ze thuis zou komen van het karwei dat ze helaas niet kon uitbesteden: doodmoe, met pijnlijke spieren en kapotte handen. En alleen.

Weer alleen.

In een opwelling griste ze haar telefoon van de oplader en belde Mali.

De masseuse nam meteen op.

'*I need you, Mali.*' Hennequin noemde haar naam niet. Mali wist wie ze was. Ze had niet veel klanten zoals zij.

'*I am on my way,*' klonk het met een zwaar Thais accent.

'*Not now, Mali. Tonight, at two o'clock.*' Toen ze een lichte aarzeling bemerkte, voegde ze eraan toe: '*I'll pay you double, sweetheart.*' Zonder te wachten op antwoord, vervolgde ze: '*See you tonight,*' en ze drukte de verbinding weg.

Nelly Vos zat tegenover haar dochter aan de eetkamertafel en dronk een glas wijn.

'Ik ben niet altijd de moeder geweest die ik voor je had willen zijn,' zei ze.

'Het is goed, mama. Je hebt je best gedaan.' Didi had twee slokjes uit het glas van haar moeder genomen. Sinds de kraamverzorgster had gezegd dat een beetje alcohol weinig kwaad kon voor de moedermelk, stond ze zichzelf iets meer toe. Maar ze zou wel meer dan een paar slokjes willen.

'Ik had eerst een poos alleen moeten blijven na de dood van je vader. Als ik ergens spijt van heb, dan is het dat ik zo snel weer een relatie ben aangegaan. Ik ben ervan overtuigd dat Claartje–'

'Mam, ik wil het niet over Claartje hebben. Niet nu. Oké?' Ze keek haar moeder onderzoekend aan.

Nelly zweeg even, draaide haar glas rond op het gladde tafelblad. 'Weet je, op het moment dat je zulke belangrijke beslissingen neemt als kinderen krijgen en trouwen, ben je vaak zelf nog een kind. Je bent ervan overtuigd dat je alles beter gaat doen dan jouw eigen ouders, en dat je al zeker niet de fouten zult gaan maken die zij met jou hebben gemaakt.' Nelly keek op. 'En vaak is dat inderdaad zo: je maakt niet die fouten. Je maakt weer andere.'

Didi pakte het glas van haar moeder en nam nog een slokje. 'Ik krijg mijn hoofd niet stil, mama. Stel dat Oscar inderdaad is weggelopen? Hij wilde eigenlijk geen kinderen. En toen kwam ik kilo's aan en kon ik ineens niet meer lopen. De ruzies... Het moet hem te veel zijn geworden.'

'Als hij besluit om weg te lopen dan is dat zijn keuze, meisje.' Nelly schoof het glas naar zich toe. 'Een gezin runnen is zwaar, je moet je ego opzij kunnen zetten. Vanaf de geboorte van je kind heb je geen moment rust meer, want je hebt een wezen op de wereld gezet dat uit jou is gekomen en van jou afhankelijk is. Die band blijft, altijd, waar je ook bent. De verantwoordelijkheid en bezorgdheid die je constant voelt als moeder, worden vaak onderschat.' Ze keek op. 'En misschien is dat maar goed ook, want als mensen alles van tevoren zouden weten, zouden er heel wat minder kinderen geboren worden.'

Didi luisterde maar half. 'Ik had misschien meer rekening met Oscar kunnen houden,' zei ze. 'Alles draaide om mij en Indy. Ik dacht er verder niet bij na en vond dat hij me maar moest ondersteunen.'

'Als een man de stress van een zwangerschap en de bevalling al niet aankan, hoe groot is dan de kans dat hij de rest van het hele proces aankan om een kind naar de volwassenheid toe te begeleiden? Oscar is nu nog zo jong en sterk, hij barst van de energie. Tegen de tijd dat Indy in de puberteit komt, draagt jouw man een leesbril en heeft hij last van sportblessures die niet meer vanzelf overgaan. Dan heeft hij zelf genoeg issues en krijgt hij die van zijn dochter er nog bovenop.' Nelly's hand gleed over de tafel en zocht die van haar dochter. 'Misschien is het juist goed dat hij nu is weggelopen. Beter nu al dan wanneer Indy een band met hem heeft kunnen opbouwen en zich na zijn vertrek dezelfde vragen gaat stellen als jij. Vragen die een kind zich niet mag stellen.'

Didi zweeg even. 'Ik hoop steeds dat ik straks zijn auto hoor, dat hij naar binnen komt en zegt dat het hem spijt, en dat hij verder wil met mij en Indy.'

'Dat hoop ik ook voor je, meisje.'

'En wat als hij nou weer niet thuiskomt vannacht?'

'Dat zien we morgenvroeg dan wel weer.'

Miriam zat weer achter het stuur van haar eigen auto. Het was halftwaalf, de avonddienst was voorbij en ze waren onderweg naar huis. Boris vond niet dat ze doordraafde. Hij had er zelfs niet één keer op gezinspeeld dat ze in de rouwfase was blijven steken. Hij had het hele relaas over Hennequin aangehoord en haar regelmatig onderbroken om vragen te stellen. Boris vond de naamsverandering op zich al verdacht, want wat was er mis met een naam als Catharina Kramer? Dat, opgeteld bij de moord op haar kamergenote en het kale feit dat Bart de Moor ook door een val van een trap om het leven was gekomen, vond hij heel verontrustend. Boris begreep volledig waarom ze zich zo had vastgebeten in Hennequin Smith, maar hij begreep ook dat ze haar zoektocht verborgen hield voor haar collega's.

'Nu ik niets meer heb om mee te werken, denk ik dat ik haar morgen thuis ga opzoeken,' zei ze.

Boris keek haar zijdelings aan. 'Is dat niet gevaarlijk?'

'Ik ben niet zo snel onder de indruk.' Ze glimlachte vermoeid. 'En ik zal uit de buurt van de trap blijven.'

'Maar vooral van het balkon. Beloof je me dat?'

Ze grinnikte.

'Zal ik meegaan?'

'Ik moet dit alleen doen.' Miriam legde haar hand op zijn been. Het voelde goed hem aan te kunnen raken. Ze had het de hele avond niet gedurfd, bang dat het zou leiden tot nog veel meer aanrakingen.

Onverwacht legde hij zijn hand over de hare. Streelde die met zijn duim. Ze voelde de spieren in zijn bovenbeen spannen.

Ze trok haar hand pas terug toen ze moest schakelen. Kort erna parkeerde ze haar auto een straat van hun huis vandaan. Zoals wel vaker 's avonds was er voor de deur geen parkeerplek meer vrij.

'Nou,' verzuchtte ze. Ze keek hem aan. 'Dus je wordt nu niet meer nerveus als je een agent in uniform ziet?'

'Nee. Hoewel... Nog wel een beetje. Dus...' Hij boog zich voorover en kuste haar zacht. 'Trek maar gauw uit, dan.'

Zowel de vitrage als de dikke, meterslange gordijnen waren dicht. Als er daarbuiten nog iemand wakker was die uit verveling, of gedreven door een perverse interesse, zijn telescoop op deze logeerkamer gericht had, dan zou hij niet zien wat er hier gebeurde. Diegene zou niet zien dat er kaarsjes brandden in de witte ruimte. En hoe de vlammetjes flakkerden en de reflectie van hun licht en de schaduwen spookachtig bewogen over de witte muren en het plafond en de glanzende witte gietvloer. Diegene zou ook niet zien hoe Hennequin languit op het tweepersoonsbed lag, naakt, op haar rug, glanzend van de olie, terwijl de kleine, tengere Mali met een serene uitdrukking op haar gezicht – haar ogen halfgesloten – al even naakt over haar heen gleed. Mali steunde op haar handen en voeten op het matras en masseerde Hennequins lijf met het hare; haar kleine borsten, haar billen, haar gewicht. Dat deed ze goed. Ze deed het zo goed dat ze Hennequin kon laten vergeten dat ze alleen was.

Met haar lichaam en haar bijna ascetische toewijding haalde Mali bij Hennequin voor even de duistere, knagende eenzaamheid weg, het kille, maar reële besef dat er op de hele wereld niemand was die met haar een diepere connectie voelde, niemand aan wie ze zichzelf kon laten zien in al haar donkere, obscene facetten, maar ook met haar humor, sensualiteit en onzekerheden. Ze had eenvoudigweg niemand achter de coulissen van haar toneelstuk toegelaten, omdat ze haar kwetsbaarheid aan geen mens toevertrouwde.

Behalve aan Mali.

Mali was zonder woorden doorgedrongen tot haar wezen, haar zachte kern. Ze maakte contact met haar op een manier die zo intens was dat het haar steeds opnieuw overviel en ontroerde. Hun lichaam en geest werden met elkaar verbonden.

Hennequin was niet alleen.

Ze huilde geluidloos.

Dit was de laatste keer dat ze Mali zou zien. Ze zou willen dat ze haar kon meenemen.

Ze zou haar vreselijk gaan missen.

'You want happy end, Henneken?' vroeg Mali zacht. Haar slanke hand gleed al over Hennequins buik naar beneden.

'Yes, please,' fluisterde Hennequin, en ze sloot haar ogen.

De negende dag

WOENSDAG

Miriam hield haar koffiemok met beide handen vast terwijl ze luisterde naar Karel van der Steen, de politiechef. Van de veertig stoelen die in de wit met grijze briefingruimte waren opgesteld, was nog niet de helft bezet. De chef – een lange, grijze kerel die ze zelden had zien lachen, zelfs niet op feestjes – ging met een sneltreinvaart door de onderwerpen heen. Alles wat er de afgelopen nacht was gebeurd en wat van belang was voor degenen die vandaag een normale dagdienst draaiden, werd behandeld. Er moest worden uitgekeken naar een Ierse zigeunerfamilie die een caravan had gestolen en vannacht na een achtervolging had weten te ontkomen. De familie had geen vaste woon- of verblijfplaats en sprak geen Nederlands, maar omdat enkele leden al vaker in Rotterdam waren opgepakt voor hetzelfde vergrijp, was er een vermoeden dat ze in de buurt verbleven. Er werd een foto getoond van een jonge, blonde vrouw die gezocht werd vanwege onbetaalde bekeuringen.

Miriams gedachten dwaalden even af. Ze voelde zich lekker. Een beetje rozig, en voldaan. Er trok een lichte tinteling door haar heen als ze aan gisteravond terugdacht.

Boris en zij hadden nog wat gedronken in haar appartement en uiteindelijk had ze een deel van haar uniform voor hem uitgetrokken. Grappend, plagend, maar met een serieuze ondertoon. Ze was nog even voorzichtig met hem als tijdens hun eerste date, ook al leek het nu veel natuurlijker om zich tegen hem aan te vlijen en zijn handen onderzoekend over haar lijf te voelen gaan. Ze had meer toegestaan dan ze van plan was geweest, maar ze had er geen spijt van gehad. Boris kon uitstekend zoenen en ze voelde zich gekoesterd en veilig als hij zijn grote, lange armen om haar heen sloeg. En ze voelde nog veel meer.

'Verder vragen we iedereen om uit te kijken naar deze man.' Karel liet een foto zien van een donkerharige kerel. Blank, begin dertig, slank, zelfverzekerd. Het succes straalde van hem af.

'Hij heet Oscar Stevens, getrouwd met Dineke Vos. Oscar is afgelopen maandagmiddag om vijf uur voor het laatst gezien toen hij van zijn werk naar huis ging. Tegen zijn vrouw had hij gezegd dat hij moest overwerken, maar daar was geen sprake van.'

Mannelijke collega's gniffelden.

'Ik weet wat jullie denken,' zei Karel serieus, 'maar deze man heeft geen historie op dit gebied, en hij is bovendien net vader geworden. Er zou wel sprake zijn van ruzie met zijn vrouw.'

Miriam staarde naar het adres dat naast de foto van Oscar Stevens werd vertoond.

Ze kende dat adres.

'Laat dat maar liggen, mam, dat doet Hennequin straks wel als ze klaar is met de bedden verschonen.' Didi zat rechtop in het bed in de woonkamer en gaf Indy de fles.

Het was opvallend stil in huis. Nelly had Didi's mobiele telefoon ergens in de keuken weggelegd, met het geluid uit.

'Even rust,' had ze gezegd, en toen Didi begon te protesteren had ze eraan toegevoegd: 'Het is maar voor een halfuurtje. Je baby heeft ook aandacht nodig.'

Nelly had gelijk. Didi was op van de zenuwen. Ze werd constant gebeld door kennissen, familieleden en vrienden die wilden weten wat er precies aan de hand was en vroegen of Oscar al terecht was. Vanochtend om kwart voor acht was de telefoon al begonnen met rinkelen. En elke keer als ze dat geluid hoorde, sloeg haar hart over.

Nelly keek van Didi naar de mand met strijkgoed die ze in haar handen had. 'Het is een kleine moeite. Voor dat beetje strijk hebben we die Hanneke niet nodig.'

'Ze heet Hennequin, mam, en ze heeft zoveel meer gedaan dan wassen en poetsen. Ze heeft me hartstikke goed geholpen met Indy.'

'Vind je dat nog steeds?' Haar moeder knikte naar Indy, die gulzig van het flesje dronk. 'Van kolven heeft ze in elk geval weinig verstand.'

Didi zweeg. Nelly had gelijk. Sinds ze op aanraden van haar moeder de opzetstukjes van het kolfapparaat achterwege had gelaten, zagen haar tepels er minder geïrriteerd uit en waren ook de pijn en het branderige gevoel weggetrokken.

'Ik geloof best dat het een lieve meid is, maar ik vind het grote onzin dat hier een kraamverzorgster rondloopt. We kunnen het makkelijk samen af.'

'Jij hoeft niet te werken, mam.'

'Voor háár is het werk, niet voor mij.' Ze keek Didi recht aan. 'Om eerlijk te zijn: ik stoor me aan die vrouw.'

'Waarom?'

'Ze is zo nadrukkelijk aanwezig. Is dat jou nooit opgevallen? Als ik met jou een gesprek wil voeren, is ze altijd in de buurt. Sommige dingen zijn nu eenmaal privé. Zeker nu, met Oscar. Hier hebben we geen vreemden bij nodig, lijkt me.'

'Mam, Hennequin heeft mijn hechtingen gezien. Ze stond erbij toen Oscar en ik ruzie kregen over Jip en Janneke en ze heeft zelfs een grafje voor ze gegraven. Dat had ze helemaal niet hoeven doen... Snap je?'

'Ik zie dat anders. Maar dat maakt niet uit. We hebben wel andere dingen aan ons hoofd momenteel.'

Didi haalde het speentje uit Indy's mond, zette het lege flesje op het tafeltje naast het bed en hield Indy tegen zich aan om haar een boertje te laten doen. Ze wilde dat ze gewoon kon genieten van haar kindje, dat zo heerlijk warm was en nog veel heerlijker rook, zo dicht tegen haar aan, maar ze dacht alleen maar aan Oscar.

De huistelefoon lag op het blad van de eettafel, de batterijen lagen er demonstratief naast. 'Mam, stel nou dat Oscar me wil bereiken, dat hij een bijna lege accu heeft en–'

'Goed.' Met een zucht stopte Nelly de batterijen weer in de telefoon. Het ding begon meteen te rinkelen.

'Wie is het?'

Nelly keek op het kleine scherm. 'Je schoonouders.' Ze gaf het toestel aan Didi. 'Ik ga de strijkplank even pakken.'

Didi nam de telefoon aan en drukte op het groene knopje. 'Hoi, Henriëtte.'

'Didi, hallo,' klonk het gejaagd. 'Hebben jullie al iets van hem gehoord?'

'Nee, niets.'

'Ik heb vannacht geen oog dichtgedaan.'

'Wij ook niet,' zei Didi.

'Heb je nog iets gehoord van de politie?'

'Ze zeiden dat Oscar nu officieel als vermist wordt beschouwd. De man die me belde heeft me verzekerd dat er in heel Nederland naar hem wordt uitgekeken.'

Ze hoorde haar schoonmoeder diep zuchten. 'Ik prakkiseer me suf over wat er aan de hand kan zijn. Zeg eens eerlijk, hadden jullie ruzie? Of is er iets anders wat we moeten weten?'

'Nee, er was niets aan de hand. Niets ernstigs in elk geval.'

Ze kreeg het nog steeds niet over haar lippen, ook al schreeuwde ze het vanbinnen uit: *Je zoon wilde dit kind niet!*

'Je zei gisteren nog dat jullie ruzie hadden gehad.'

'Dat was zondag. Hij is maandag gewoon naar zijn werk gegaan en volgens zijn collega's om vijf uur in zijn auto gestapt om naar huis te rijden. Maar goed, dat weet je allemaal al. Dat heb ik je gisteren al verteld.'

Haar schoonmoeder zuchtte nog eens diep. 'Ik weet het, ik weet het. Laten we hopen dat hij snel terecht is, wat er ook aan de hand is. Hopelijk kunnen we er binnenkort met z'n allen om lachen.'

'Dat hoop ik ook, Henriëtte. Ik bel jullie meteen zodra ik iets hoor,' beloofde Didi, en ze verbrak de verbinding.

Nelly had staan luisteren. 'Die arme vrouw. Zij is ook dodelijk ongerust, natuurlijk.'

Didi staarde voor zich uit. 'Mam,' zei ze zacht. 'Ik heb vannacht zo raar gedroomd. Ik heb heel sterk het gevoel dat Oscar nooit meer thuiskomt. Dat we er nooit achter zullen komen wat er met hem is gebeurd.'

Nelly schudde haar hoofd. 'Ik zou me niet zo'n zorgen maken. Hij duikt vanzelf wel weer op.'

Didi draaide haar hoofd naar haar moeder. 'Dat denk jij écht, hè?'

'Ja. Zo zijn mannen nu eenmaal. Je kunt er gewoon nooit van op aan.'

Er hoefde geen verhuisbedrijf te komen om deze spullen ergens anders naartoe te brengen. Er was hier niets waaraan ze gehecht was. Haar kleding kon blijven, het servies, het bed, de plant. Het waren maar spullen. Zelfs de uitvergroting van een foto van de spoorbrug zou ze achterlaten. Ze had dat ding nu al lang genoeg met zich meegesleept om zichzelf eraan te herinneren wat haar nog te doen stond.

Dat ze was vertrokken en het penthouse leegstond, zou de eigenaar pas merken als de huurperiode op zijn eind liep. Dat duurde nog wel even, want ze had voor een jaar vooruitbetaald.

Wat ze wel zou gaan missen, was deze plek. Het steeds veranderende daglicht, dat vrijwel ongefilterd door de immense raampartijen binnenviel. Het geluid van de wind die om de woontoren heen blies, en dit uitzicht op de stad en de havens. De akoestiek – ze kon zich geen plaats herinneren waar haar muziek beter had geklonken dan hier. En ze zou Mali gaan missen. De enige mens op de wereld die aanvoelde wat ze nodig had, en het haar vervolgens gaf – betaald, dat wel, maar ze hoefde Mali niets uit te leggen en dat was een zeldzaamheid in deze wereld, waarin iedereen in zichzelf opgesloten leek en zich niet in een ander leek te kunnen verplaatsen. Zijzelf was die eigenschap ook al lang geleden verloren. Empathie was een zwakte. Het hielp je niet verder, het hield je klein en nederig.

Morgen zou ze hier klaar zijn. Dan zat het erop en zou ze dit verrotte land verlaten en er nooit meer naar terugkeren. De tickets lagen al klaar. Een dwaalspoor dat over drie continenten voerde, maar uiteindelijk, voor haar alleen, zou eindigen in Manhattan, New York. Een megalomane, overbevolkte, zinderende stad vol wolkenkrabbers waarin het duizenden malen makkelijker was om te verdwijnen dan hier.

Miriam liep verdwaasd de trap af, naar de parkeergarage onder het bureau. Ze hief haar hand en drukte op de ontgrendelingsknop van de afstandsbediening. Van een van de dienstwagens, een kleine Volkswagen, begonnen de alarmlichten te knipperen. Ze liep ernaartoe. Om haar heen waaierden collega's uit over het beton. Ze keuvelden, maakten grapjes en hadden het over een voetbalwedstrijd die vanavond zou worden gespeeld en waarvoor extra collega's van de Mobiele Eenheid waren aangetrokken. Miriam kreeg er slechts flarden van mee. Het was alsof ze door een doorzichtige buis wandelde die licht en beeld, maar bijna geen geluid of wind doorliet. Een zachte fluittoon vulde haar oren.

Wat was er in hemelsnaam gebeurd bij die familie in de Baljuwstraat? Wat had Hennequin daar gedaan? Kenden die mensen haar – of andersom? En waar was die man? Ze wilde niets liever dan linea recta naar het jonge gezin toe rijden om hun al deze vragen te stellen.

Maar dat ging niet. Haar collega's stonden al met hen in contact.

Miriam ging in de auto zitten, schoof de bestuurdersstoel naar voren en stelde de binnenspiegel bij. Startte de motor en reed stapvoets de parkeergarage uit.

Ze kon niet naar de Baljuwstraat rijden, maar wel ergens anders naartoe. Dat Oscar Stevens nu als vermist was opgegeven, zou het gesprek dat ze met de weduwe van haar broer wilde aangaan alleen maar interessanter maken.

Ze hoopte dat ze thuis was.

Miriam liet haar hand over haar koppel glijden. Ze voelde haar koele, zware dienstvuurwapen op zijn plek in de holster zitten, de pepperspray ernaast, in de leren houder. Ze had haar wapens vanochtend uit de kluis op het bureau gehaald. Routine. Iedereen deed dat. Niemand in functie verliet het bureau zonder. Maar het had nu anders gevoeld. Miriam was niet gek. Ze wist heel goed dat ze haar wapens niet zou kunnen gebruiken bij haar bezoek aan Hennequin. Als er iets mis zou gaan, dan was ze op zichzelf aangewezen.

'Kijk eens, Didi, wat loop je alweer goed.'

Didi glimlachte terwijl ze voorzichtig naar het bed in de woonkamer liep. 'Het ziet er een stuk stoerder uit dan het is, hoor, mam. Ik voel elke stap.'

'Maar het is minder pijnlijk dan in het begin, toch?'

'Ja, zeker,' zei ze. Maar pijnloos was het nog steeds niet. Daarnaast voelde Didi zich doodmoe. De afgelopen nachten had ze bijna niet geslapen. Elke keer als er een auto de straat in kwam rijden, dacht ze dat het Oscars Audi kon zijn en bij elk geluidje spitste ze haar oren. Indy sliep gelukkig wel prima door, waarschijnlijk omdat Didi nu voldoende melk aanmaakte. De productie was op wonderlijke wijze gestegen sinds de komst van haar moeder. Nelly's aanwezigheid had een positieve invloed op haar en Indy.

Maar Oscar was nog steeds weg.

Het voelde zo onwerkelijk.

Didi ging voorzichtig op het bed zitten. Ze was er nog steeds niet aan gewend dat die beweging vrijwel pijnloos kon zijn.

'Kom gewoon aan tafel zitten,' hoorde ze Nelly zeggen. 'Je bent niet ziek. Dat bed kan wel weg uit de kamer, vind je niet?'

Didi stond weer op en liep naar haar moeder toe. Nam plaats in een rolfauteuil tegenover haar. Ze keek naar Hennequin, die verderop in de kamer neuriënd stond te strijken. Heel handig deed ze dat niet. Haar kraamverzorgster was gelukkig beter in het verzorgen van haar en de baby. Al had ze haar op die vlakken waarschijnlijk ook wat te hoog ingeschat.

'Kan ik nog een terugval krijgen?' vroeg Didi aan Hennequin.

De kraamverzorgster keek op van haar werk. Ze hield de strijkbout rechtop in haar hand. De stoom sloeg van het gloeiend hete oppervlak. Op de een of andere manier zag dat er lichtelijk bedreigend uit, Didi wist niet waarom. Misschien kwam het door de manier waarop Hennequin naar haar keek. De gebruikelijke zachtheid en meelevendheid leken te zijn verdwenen.

'Hoe bedoel je?' vroeg Hennequin.

'Het gaat nu steeds beter met lopen en de pijn wordt minder, maar blijft dit nou zo of komt het ook voor dat de pijn terugkomt?'

Hennequin keek haar ijzig aan. Een schrale herfstzon viel tussen de vitrage door naar binnen en verlichtte haar smaragdgroene ogen alsof er een spotlicht op stond. 'Ik zou me niet druk maken over volgende week. Wie dan leeft, wie dan zorgt.'

Wat was dat nou voor een vreemd antwoord?

Didi keek naar haar moeder, maar die was verdiept in een tijdschrift en leek niet te hebben meegeluisterd.

Hennequin legde de stapels gestreken en opgevouwen was in de wasmand en pakte hem op. 'Nou, dan ga ik dit maar eens opruimen. Ik zal Indy vast in badje doen en dan breng ik haar zo naar beneden voor de fles.'

'Ik wil haar graag zelf in bad doen,' zei Didi.

Hennequin trok een dunne, donkere wenkbrauw op. De wasmand balanceerde op haar heup. 'Dat lijkt me niet verstandig.'

'Mijn moeder helpt me wel. Hè, mam?'

'Natuurlijk doe ik dat.' Nelly had het tijdschrift weggelegd. Na een korte blik op de klok richtte ze zich op Hennequin. 'Wat ons betreft kun je wel alvast naar huis gaan, hoor. Je hebt Didi en Oscar heel goed geholpen, maar nu ik hier ben is het eigenlijk een beetje onzin dat jij staat te koken, wassen en strijken terwijl ik me zit te vervelen.'

Hennequins ogen werden groter. 'Maar ik doe het graag.'

'Ik ook,' zei Nelly kalm. 'Ik doe dat ook graag.'

Hennequin leek even van haar stuk gebracht. 'Morgen is mijn laatste werkdag. Die is gewoon ingepland bij het bureau. Ik heb daar ook rekening mee gehouden in mijn eigen planning.'

'Gaat het om je uren?'

'Ook.'

'We hoeven niet per se tegen het kraambureau te zeggen dat je eerder bent opgehouden met werken,' zei Nelly, en ze keek Didi even aan. 'Toch? Dan krijgt zij gewoon haar geld.'

Hennequin zette de wasmand op tafel en zocht oogcontact met Didi. 'Heb ik iets niet goed gedaan?' vroeg ze zacht. 'Ben je niet tevreden?'

Didi wist niet hoe ze moest reageren. Ze kon haar amper in de ogen kijken. 'Jawel, hoor. Natuurlijk wel.'

'Je geeft me het idee dat ik iets verkeerd heb gedaan, dat ik je niet voldoende heb kunnen helpen. Klopt dat?'

'Nee. Het heeft niets met jou te maken. Je hebt ons supergoed geholpen, alleen...'

Hennequin kwam naast haar zitten met haar handen in haar schoot. 'Ik snap het wel, hoor. Jullie willen natuurlijk liever onder elkaar zijn. Zeker nu. Stom van me.'

'Dat is het niet,' hoorde Didi zichzelf zeggen.

'Natuurlijk wel.' Er brak een glimlach door op Hennequins gezicht. 'Weet je wat? Ik ga nu naar huis. Maar laat me dan morgenvroeg even terugkomen om hier alles af te maken. Goed?'

Verbouwereerd stemde Didi in.

'Fijn!' Hennequin stond op, pakte haar tas en koffer en liep ermee naar de hal. 'Je ziet me rond acht uur verschijnen.'

Hennequins zwarte Alfa stond pontificaal voor de deur van Baljuwstraat 66 geparkeerd.

Miriam had haar dienstauto langs de stoeprand gezet en was achter het stuur blijven zitten. Ze zou willen dat ze dwars door die muur heen kon kijken, achter de bakstenen en de vitrage, zodat ze kon zien wat daarbinnen gebeurde.

Ze hoorde haar collega's tegen elkaar praten in haar oortje. Het klonk minder geruststellend dan normaal. De stemmen herinnerden haar eraan dat ze elk moment kon worden opgeroepen om een voorgeleiding te doen. Toch had ze goede hoop dat het vandaag mee zou vallen: dagdiensten verliepen meestal rustiger dan avond- of nachtdiensten. Op ochtenden als deze was er wel meer kans op een lijk. Mensen die zichzelf van het leven wilden beroven deden dat vooral 's avonds en 's nachts, en ze werden dan meestal pas de volgende ochtend gevonden. Datzelfde ging op voor mensen die een natuurlijke dood stierven.

Er liep een jonge vrouw met een wandelwagen langs. Ze liet haar ogen bezorgd over Miriams auto glijden. Miriam vergat weleens dat ze in een opvallende dienstwagen rondreed waar burgers allerlei associaties mee hadden. In het stadscentrum keek niemand op van een politieauto. Hier wel.

Ze startte de auto en reed de wijk uit. Aan de rand lag een rotonde met een carpoolplaats en een busstation. Daar parkeerde ze, met de neus van de auto in de richting van de weg.

Ze pakte haar privételefoon en belde Arnold Kramer. Tot haar verrassing nam de man meteen op.

'U spreekt met Miriam de Moor, politie Rotterdam.

'Ik heb u niets te zeggen.'

'Het spijt me zeer dat ik u moet storen, maar u moet echt even naar me luisteren.' Zonder zijn reactie af te wachten, ging Miriam door: 'Uw dochter werkt hier in Rotterdam bij een jong gezin als kraamverzorgster, en de vader van de baby is enkele dagen geleden als vermist opgegeven.'

De man zweeg. Miriam hoorde dat hij zwaarder ging ademen. Hij bleef in elk geval aan de lijn.

'Zijn naam is Oscar Stevens. Zegt die naam u iets?'

'Nee. Maar ik heb mijn dochter al langer dan twintig jaar niet meer gezien, u kunt beter iemand zoeken die–'

'De moeder van de pasgeborene heet Dineke Vos.'

De man was even stil. Vroeg daarna, met een lichte trilling in zijn stem: 'Vos, zei u?'

'Ja. Dineke Vos.'

'Didi...'

'Nee, Dine–' Miriam greep haar telefoon met twee handen vast. 'Kent u haar? Meneer Kramer, het is erg belangrijk. Haar echtgenoot is enkele dagen geleden van zijn werk vertrokken en nooit thuis aangekomen. We zijn bang dat hem iets is overkomen en dat Catharina daar meer van weet.' Ze klonk geëmotioneerd, maar het maakte haar niets meer uit.

'Dit is geen algemeen onderzoek, hè?'

'Nee. Inderdaad. Dit is...' Haar adem stokte.

'Persoonlijk?' drong Arnold Kramer aan. Ze hoorde hem ademhalen.

'Meneer Kramer...' Ze schraapte haar keel. 'De laatste echtgenoot van uw dochter, Bart de Moor, was mijn broer. Hij was behoorlijk bemiddeld en heeft na een kort huwelijk een dodelijke val van een trap gemaakt in zijn eigen villa.'

Hij fluisterde: 'Een val van een trap? O, mijn god.'

Miriam hoorde een stem op de achtergrond – die van een vrouw. 'Wie is dat? Wat is er, Arnold?'

'Mevrouw De Moor? Ik bel u later terug.'

'Vandaag nog?'

'Ja... vandaag. Dat beloof ik u.'

De verbinding werd verbroken. Miriam bleef zitten met de telefoon in haar hand. Staarde niets ziend voor zich uit. *Arnold Kramer kende Dineke Vos.* Ze nam zich voor om zich ziek te melden en naar Arnhem te rijden als hij haar niet binnen een uur zou terugbellen.

Vanuit de wijk kwam een zwarte Alfa de rotonde op gereden. Achter het stuur zat een blonde vrouw met opgestoken haar. Ze nam de afslag naar een brede weg die naar het centrum leidde. Miriam startte haar auto en reed op gepaste afstand achter haar aan.

'Waarom ben jij eigenlijk zo begaan met die kraamverzorgster?'

Didi keek naar haar moeder. 'Begaan? Dat valt toch wel mee?'

'Je pakt haar wel heel voorzichtig aan.'

'Ik wil haar niet voor het hoofd stoten, mam. Dat heeft ze niet verdiend. Ze is hartstikke lief en goed voor ons geweest.'

'Dat zeg je steeds, maar het is die vrouw haar werk. Als ze liep te snauwen of haar vak niet verstond, zou ze al gauw werkloos thuiszitten.'

'Ze stond erbij toen Oscar en ik ruzie hadden, ze heeft de konijnen–'

'Weet ik. Maar je vat het te persoonlijk op. Mensen met

dit soort verzorgende beroepen zijn kameleons. Die passen zich aan elke situatie aan. Dat moet ook wel, ze komen op zoveel verschillende plekken.'

'Maar ze zal niet vaak meemaken dat er een vader vermist raakt in de kraamtijd.' Didi zweeg even, klemde haar kaken op elkaar. Vermist. Oscar was vermist. Ze had weleens gelezen dat een vermissing voor de achterblijvers erger was dan een sterfgeval of zelfs een moord, omdat je altijd hoop bleef houden. Je kon het nooit afsluiten. Stel dat Oscar nooit meer thuis zou komen? Dat hij altijd weg zou blijven?

Nelly was opgestaan. 'Koffie?'

'Doe maar,' zei ze mat.

Didi was dankbaar dat haar moeder het onderwerp liet rusten. Ze hield zielsveel van Nelly, maar ze stak op emotioneel vlak nu eenmaal anders in elkaar. Sommige dingen die Didi tot op het bot raakten leken bij haar moeder af te glijden. Ze had echt de indruk dat Hennequin was geschrokken toen ze hoorde dat ze niet meer nodig was.

Misschien moest ze haar moeder vragen om een afscheidscadeautje voor Hennequin te gaan kopen.

De hal op de bovenste verdieping van de woontoren was strak en helemaal wit, met een hoog plafond. Er kwamen twee deuren op uit – dit grote gebouw had dus maar twee penthouses. Een van de deuren was die van nummer 534. Miriam liep ernaartoe. Bekeek de deur, wit en breed, met een dikke metalen rand erlangs. Er zat een ouderwets spionnetje op ooghoogte in, maar recht boven de deur was ook een kleine, bolle camera bevestigd.

Het was fijn dat ze meteen de lift naar boven had kunnen nemen. Hier, direct aan de deur van Hennequins appartement, zou ze moeilijker te negeren zijn dan wanneer ze tachtig meter lager bij de brievenbussen op een belletje stond te drukken. Ze had het overwogen, maar toen was er een bewoner naar buiten gekomen, die met een vriendelijke hoofdknik de deur naar de liften voor haar had geopend. Een uniform deed wonderen. Bovendien was ze vandaag volop in functie. Heel handig was dat niet. Op het bureau konden ze precies zien waar ze was; de locatie van de dienstwagens kon nauwkeurig worden gevolgd. Mocht er een probleem zijn, dan kon vanuit de centrale meldkamer in één oogopslag worden gezien welke collega's daar in de buurt waren. Miriam hoopte dat er nu niemand naar dat computerscherm zat te loeren en zich afvroeg waarom ze een poosje had stilgestaan in de Baljuwstraat, daarna op de carpoolplek bij de rotonde aan de rand van de wijk, en vervolgens naar het centrum was gereden, waar ze de auto enkele minuten geleden op een parkeerplaats had achtergelaten. Ze prentte zich in dat zolang ze het kort hield, er niets aan de hand zou zijn.

Ze haalde nog eens diep adem en belde aan.

Hennequin keek tevreden naar haar computerscherm. Het geld van de erfenissen van Bart en Keanu stond mooi verspreid over allerlei banken binnen en buiten Europa. Waar ze hierna ook naartoe zou gaan, ze kon altijd bij haar geld. Toch moest ze voorzichtig zijn. Ze hield er constant rekening mee dat er mensen waren die haar wilden vinden – dat deed ze al vanaf het moment dat ze Nederland achter zich had gelaten om in Amerika een nieuw leven op te bouwen. Het was een gevolg van haar levensstijl: ze zou nooit lang op dezelfde plek kunnen blijven wonen en zich nooit aan een omgeving en haar bewoners kunnen gaan hechten. Dat was altijd goed geweest. Fijn zelfs. Ze had niets liever gewild. Maar nu ze op het punt stond om deze stad te verlaten, voelde ze zich niet opgetogen. Eerder bedrukt. Voor het eerst in haar leven woonde ze op een plek waar ze niet weg wilde. Ze hoopte dat ze op korte termijn een vergelijkbaar penthouse in New York kon vinden.

De deurbel ging.

Geërgerd klapte ze haar laptop dicht. De beveiliging in dit gebouw was een farce. Wie liet steeds bezoekers doorlopen naar de liften? Ze haastte zich naar de deur en keek door het spionnetje.

Het duurde een volle seconde voor ze besefte wie het was die daar aan de andere kant stond te wachten, maar nog geen fractie van een seconde om te beslissen dat haar nieuwsgierigheid groter was dan haar afschuw.

Hennequin deed verrassend snel de deur open. Ook van dichtbij was ze nog net zo mooi als destijds op de begrafenis van Miriams broer. Tot in de puntjes verzorgd, perfect aangebrachte make-up. Glanzend, kastanjebruin haar golfde over haar schouders. Ze droeg een zwart trainingspak dat er duur uitzag. Dat blonde, opgestoken haar dat Miriam eerder had gezien, moest een pruik geweest zijn.

Waarom droeg Hennequin buitenshuis een pruik?

Miriams gedachten buitelden over elkaar heen. Hennequin droeg een vermomming. Maar voor wie dan – voor Dineke Vos? Kenden zij elkaar – wilde Hennequin niet dat Dineke háár herkende?

Miriam wenste ineens dat ze gewacht had met haar verrassingsbezoekje totdat ze Arnold Kramer had gesproken.

'Kijk eens aan,' zei Hennequin ijzig. Ze nam Miriam nieuwsgierig op met haar amandelvormige ogen. '*Long time no see*... Waaraan heb ik dit bezoek te danken?'

'Ik zag je naam opduiken in ons systeem.'

'Parkeerboetes? Ach, nee toch?'

'Geen idee. Daar houd ik me niet zo mee bezig. Ik was benieuwd hoe het met je ging.' Miriams stem klonk hoger dan normaal. Ze ergerde zich eraan. Dat was niets voor haar; ze bleef altijd koel, was alle situaties de baas. Maar nu het onderwerp van haar obsessie zo dicht bij haar stond dat ze haar letterlijk kon aanraken, had dat een vreemde uitwerking op Miriams stem en lijf. Ze trilde.

'Zo? Wat een verrassing.'

'We hebben allebei iemand verloren die veel voor ons betekende. Ik kwam je tegen in onze database en dacht–'

'Kom, ik ga de weduwe van mijn broer eens arresteren?' Hennequin scande Miriams uniform, haar blik bleef even rusten op het vuurwapen. Daarna krulden haar lippen omhoog. Het was een onaangename glimlach: haar ogen deden niet mee. Die bleven even koel en onaangeroerd als altijd.

'Arresteren? Is daar dan reden toe?' vroeg Miriam.

Hennequin glimlachte raadselachtig. 'Nog steeds even argwanend. Wat jammer nou toch. Kom binnen, mevrouw de politieagent.'

'Inspecteur,' kon Miriam niet nalaten te zeggen. Ze had er meteen spijt van.

Hennequin leek het niet eens te horen. Ze liep een witte, smalle gang in die uitkwam in een ruime woonkamer.

Miriam sloot de voordeur achter zich en volgde haar. Dit appartement gaf haar de kriebels. Voor haar werk was ze in honderden woningen geweest, van stinkende, vervuilde studentenkamertjes tot vrijstaande villa's vol glitter en glamour, maar geen enkele woning die ze had betreden was zo... koud en kil geweest als deze. Een witte vloer, witte muren – glas, beton, metaal. De enige zachte stoffering in deze futuristische ruimte bestond uit een grijs kleed en één enkele bank, die er schreeuwend duur uitzag. Achter het kookeiland hing een foto van een spoorbrug die Miriam meteen herkende uit het huis van haar broer. Maar dat was dan ook het enige wat Hennequin uit de villa leek te hebben meegenomen. Een uit de kluiten gewassen kamerpalm stond in de hoek, maar belette ondanks zijn omvang nauwelijks het uitzicht, omdat de ramen van de vloer tot aan het hoge plafond liepen. Miriam bleef geïmponeerd staan kijken naar de stad, de havens, de meeuwen die voorbijvlogen en de glinstering van de Noordzee, ver achter de stadsgrenzen.

'Anders dan dat huis van je broer in België, hè,' hoorde ze achter zich zeggen. Het klonk plagerig.

Miriam dacht terug aan Barts villa. Die was groot en luxueus geweest, maar niet protserig. Eerder persoonlijk, met veel foto's en schilderijen aan de muren, overal kleden en banken en stoelen waarin je kon wegzakken. Ze had zich in dat grote huis geen moment verloren gevoeld; het omarmde je al net zo gastvrij en liefdevol als haar broer zelf.

Ze draaide zich abrupt om naar Hennequin. 'Mijn broer hield van gezelligheid.'

'Die kneuterigheid van hem was zo aandoenlijk.' Hennequin vervolgde emotieloos: 'Ik mis hem nog steeds. Maar goed, wat kom je doen? In vol ornaat nog wel. Vuurwapen, handboeien...'

Hennequin maakte haar razend, maar ze hield zich in. 'Het verbaasde me jou als kraamverzorgster tegen te komen. Het lijkt me helemaal geen beroep voor je.'

Hennequins gezicht verstrakte. 'Hou je me in de gaten of zo?' Ze maakte een weids gebaar over de stad. 'Is er daarbuiten niet voldoende crime te fighten voor je?'

'Meer dan genoeg. Maar sommige crime komt iets dichterbij dan andere.'

Toen Hennequin niet reageerde, zei Miriam: 'Oscar Stevens wordt vermist. Maar daarmee zal ik je niets nieuws vertellen. Je weet over wie ik het heb.'

Hennequin trok een wenkbrauw op. 'Vermist? Noemen ze dat zo tegenwoordig?'

'Hoe noem jij het dan?'

'Die slappe zak zal wel bij een van zijn vriendinnen zitten. Kom je daarvoor? Ik ben niet één van hen, in elk geval.'

'Niet meer, of nooit geweest?'

Hennequin hief haar kin. 'Wat denk je wel? Dat ik me zou inlaten met zo'n mannetje?'

Miriam zweeg. Ze had geen flauw benul van de aard van de relatie tussen Hennequin, Oscar en Dineke. Áls er al een relatie bestond. Hennequin kon de waarheid spreken of zomaar iets verzinnen. 'Hoe goed ken jij Dineke Vos?'

Hennequin keek haar ondoorgrondelijk aan. 'Ze is vorige week bevallen van een wolk van een baby. Echt een liefje. Jammer dat de vader er niet zo in geïnteresseerd lijkt te zijn.'

Miriam observeerde het mooie gezicht van Hennequin. Geen spoor van onzekerheid. Als ze Dineke en Oscar inderdaad al langer kende – waar Miriam toch wel van uitging vanwege de reactie van Arnold Kramer – dan speelde ze dit opvallend goed. Miriams hart bonkte achter haar ribben van kwaadheid en frustratie.

Zacht, maar met trillende stem vroeg ze: 'Wat doe je bij die mensen, Hennequin? Wat moet je daar?'

'Werken. Wat anders?' Hennequin keek langs haar heen naar een punt aan de horizon. 'Het is mooi om met mensen te werken. Heel dankbaar ook. Ik geloof dat ik mijn bestemming heb gevonden.'

Miriams roepnummer klonk in haar oortje. Ze luisterde

ingespannen terwijl ze Hennequin bleef aankijken. Het was goed mis. Een roofoverval op een juwelier in het centrum. En niet zomaar één. Er waren meerdere gewonden, misschien een dode. Mogelijk was er nog een overvaller in de zaak.

Ze kon dit niet negeren.

'We praten een andere keer wel verder, ik moet weg,' zei ze, terwijl ze haastig naar de deur liep.

Hennequin liep met haar mee. Haar voetstappen weerklonken tussen de hoge witte muren.

Miriam opende de voordeur en liep de hal in.

'Nou, dag dan maar weer, veel succes met bonnen schrijven,' klonk het achter haar.

Miriam stopte abrupt en draaide zich om.

Hennequin keek naar haar, de armen over elkaar geslagen. Haar ogen schitterden en er speelde een spottende glimlach rond haar mond.

Ze lachte haar uit.

Ze lachte haar gewoon uit!

Miriam keek Hennequin strak in de ogen en zei toen zacht, maar met een onmiskenbare dreiging in haar stem: 'Ik zou maar oppassen, Hennequin Smith. Of kan ik beter zeggen Catharina Kramer?' Daarna draaide ze zich om en liep naar de liften.

De telefoon ging. Didi voelde haar maag samenknijpen bij dat geluid. Ze griste het toestel van het tafelblad en keek met kloppend hart op de display. Een afgeschermd nummer.

Het was Oscar niet.

Het was de politieman die de aangifte was komen opnemen. 'We hebben zojuist de auto van uw man gevonden.'

'Waar?'

'Achter hotel-restaurant Ravensteijn in Ridderkerk. Hij stond op de kleine parkeerplaats voor het personeel, waarschijnlijk al enige dagen.'

'Ridderkerk?' vroeg Didi zich hardop af.

Nelly kwam vanuit de keuken de woonkamer in, met Indy op haar arm. Over haar schouder hing een spuuglapje en ze had een flesje melk vast.

Ze knikte naar Didi en hield het flesje omhoog, vroeg geluidloos aan haar dochter of ze Indy zelf de fles wilde geven.

Didi schudde haar hoofd. 'Ze hebben Oscars auto gevonden, mam. In Ridderkerk. Bij een hotel.'

'Kent u dat hotel?' vroeg de politieman.

'Van naam wel, maar ik ben er nooit geweest.'

Nelly ging tegenover Didi zitten om Indy haar flesje te geven. Ze keek Didi verontrust aan. Luisterde.

'U weet zeker dat uw man geen afspraak na zijn werk kan hebben gehad?'

'Ik weet alleen maar wat ik u al heb verteld: dat Oscar zei dat hij moest overwerken en ik er niet op moest rekenen dat hij voor negen uur thuis zou zijn. Ik ging er automatisch van uit dat hij op de zaak bleef, niet dat hij een afspraak buiten de deur had.'

'Ik doel niet op een afspraak in de zakelijke sfeer.' Hij schraapte zijn keel. 'Mijn collega zal het vast al eens aan u hebben gevraagd, maar is er een mogelijkheid dat uw man een vriendin had?'

'Ik denk het niet,' prevelde Didi. 'Maar ik weet niet meer wat ik moet denken, echt niet. Ik weet niets meer zeker.'

'Heeft niemand hem die auto daar zien neerzetten?' Miriam klemde haar BlackBerry tussen haar wang en schouder terwijl ze haar voordeur openmaakte. Ze had een heel emotionele, zware dienst achter de rug – de overvallen juwelier was aan zijn verwondingen overleden, zijn vrouw lag in kritieke toestand in het ziekenhuis en hun twee jonge kinderen werden nu opgevangen door familieleden. Bij aankomst had ze een chaos aangetroffen: glasscherven, bloed en doodsbange mensen, en van de daders geen spoor. Het maakte haar nog steeds boos. Het was afschuwelijk wat sommige mensen bereid waren anderen aan te doen, alleen maar omdat ze zelf te beroerd waren om te werken voor hun geld.

Op weg naar huis had ze gehoord dat de Audi van Oscar was gevonden, waarna ze meteen Rens had gebeld. Hij had de hele dag dienst gehad op het bureau, dus was de kans groot dat hij meer wist. Dat bleek zo te zijn.

'Nee, maar die auto zou er al een paar dagen staan, vermoedelijk al vanaf maandagmiddag.'

'Zo'n groot hotel heeft toch beveiligingscamera's?'

'Hebben ze ook. Alleen niet daar. Roel heeft het nagetrokken. Die kerel was in elk geval niet als gast in het hotel ingeschreven en is ook niet in het restaurant gesignaleerd. Maar ja, dat zegt natuurlijk geen ruk.'

'Bij een vriendinnetje in de auto gestapt?' vroeg Miriam zich hardop af. Ze liep de smalle trap naar haar appartement op.

'Of bij een vriend. Of z'n dealer.'

'Was hij verslaafd?'

'Onbekend. Maar het klinkt vaag genoeg, toch? Zegt tegen zijn vrouw dat hij moet overwerken en zijn auto staat op een parkeerterrein van een hotel.'

Miriam opende de deur naar de woonkamer. 'Wacht even, Rens,' zei ze, en ze deed haar koppel af. Legde die op de eetbar in de keuken en hield de telefoon weer aan haar oor. 'Geen antecedenten?'

'Niets. Brandschoon. Maar wat zegt dat? Dat hij een brave huisvader is, of juist iedereen te slim af is en zich niet laat pakken? Roel vermoedt dat die gast zich met een fout handeltje heeft ingelaten, of dat hij is ingestapt bij zijn dealer en getuige is geweest van het een of ander, zodat een visser of wandelaar binnenkort zijn lijk vindt.'

Miriam trok haar koelkast open. Er stonden drie flesjes bier koud, waarvan ze er eentje openmaakte. 'Heeft Roel zijn thuissituatie wel grondig nagetrokken? Vrienden, kennissen?'

Het bleef even stil aan de andere kant van de lijn. 'Zeg, niet om het een of ander, maar waarom heb jij eigenlijk ineens zo'n interesse in die zaak?' Ze hoorde Rens grinniken. 'Oud vriendje van je?'

'Ja, dik aan... Man, ik ken die kerel niet eens. Maar...' Ze dacht na. Rens was de enige binnen het korps met wie ze af en toe nog weleens over Hennequin sprak. Ze wilde er zo graag met een collega over praten. Maar als Karel van der Steen hier lucht van kreeg, kon ze haar uniform wel inleveren.

'Maar wat?' drong Rens aan.

'Niets. Laat maar.'

'Kom op, Miriam. Waar ken jij die Oscar Stevens van?'

Ze beet op haar onderlip. 'Ben je alleen?'

'Ja. Ik zit in de auto.'

'De weduwe van mijn broer werkt daar als kraamverzorgster. Bij de familie Stevens in de Baljuwstraat.'

Rens had weinig tijd nodig om uit te vogelen wat dat betekende. Hij reageerde heftiger dan ze had verwacht: 'Verdomme, Miriam. Waar ben je mee bezig? Ben je gek of zo?'

'Rens, ze duikt hier op, gaat aan de slag als kraamverzorgster en húp, de echtgenoot verdwijnt. Een man die net vader is geworden, zonder antecedenten, van onbesproken gedrag. Zeg nou zelf.'

Rens' stem klonk ineens serieus. 'Als er een opsporingsonderzoek wordt gestart, dan vrees ik dat je dit bij Van der Steen moet neerleggen. Daar ontkom je dan echt niet aan.'

'Dat gaat niet.'

'Ik snap het. Maar wil je mij er dan niet mee belasten, Mir? Ik vind je een kanjer, maar ik heb er moeite mee om over dit soort dingen te moeten liegen.'

Au. Die kwam aan. 'Helder,' zei ze. 'Je hebt gelijk, Rens. Sorry. Ik heb je niet gebeld. Groetjes thuis.'

'Jij ook,' zei hij. 'En pas goed op jezelf.'

Miriam verbrak de verbinding. 'Je krijgt de groetjes van Rens, huis,' fluisterde ze voor zich uit. Ze nam een slok bier en haalde een stuk lasagne uit het vriesvak, legde dat op een bord en zette het in de magnetron.

Wat een klotedag. Een doodgeschoten man, een zwaargewonde echtgenote en ontroostbare kinderen. Ze had de collega met wie ze het allerbeste kon opschieten behoorlijk in verlegenheid gebracht door hem op te zadelen met informatie waarover hij niet kon praten. En ze had haar laatste troef uitgespeeld bij Hennequin; wat had haar bezield om zich zo op stang te laten jagen en haar Catharina Kramer te noemen? Ze had er helemaal niets mee bereikt.

Tot overmaat van ramp had Arnold Kramer haar niet teruggebeld.

Ze dronk het flesje bier leeg, pakte een tweede uit de koelkast en probeerde zijn nummer. De telefoon ging vijf keer over en daarna kreeg ze de voicemail. Ze probeerde het nog een paar keer. Hield hij zich niet thuis? Ze keek op de klok. Halfzes. Ze kon snel wat lasagne eten en dan naar Arnhem rijden, maar het verkeer stond nu overal muurvast. Een rit van anderhalf uur zou makkelijk drie uur in beslag kunnen nemen. En wie weet was de man echt niet thuis.

Het zou in lijn zijn met de rest van de dag.

Ze hoorde iets of iemand fluiten achter het huis. Nieuwsgierig liep ze terug de keuken in en keek uit het raam. Beneden, in de serre, stond Boris. Hij had zijn vingers nog in zijn mond. Hij begon breed te glimlachen toen hij haar bij het raam zag verschijnen en zwaaide naar haar. Pakte daarna een fles wijn van zijn bureau en hield hem omhoog.

Nu begon ook Miriam te lachen. Boris had een merkwaardige werking op haar. Ze voelde de stress uit haar lichaam verdwijnen. Ze knikte. Wees naar beneden en mimede: 'Bij jou?'

Hij knikte.

Ze stak een hand op, haar vingers gespreid, de handpalm naar Boris gekeerd: 'Vijf minuten!' Ze draaide zich weg van het raam en haastte zich naar de badkamer voor een snelle douche.

Onder het stromende water voelde ze zich nog verder ontspannen. Het leek wel of de douche de zorgen van haar af spoelde. Tegen de tijd dat ze zich had afgedroogd en een jeans en hoodie had aangetrokken, voelde ze zich stukken beter, bijna energiek. Morgen had ze vrij, dus kon ze uitslapen en daarna zou ze naar Kramer toe rijden. Ze was van plan om net zo vaak naar hem terug te gaan tot ze hem te spreken zou krijgen, en alles te weten zou komen over Dineke Vos en haar connectie met Hennequin.

Maar vanavond wilde ze er niet aan denken. Ze wilde helemaal niet meer denken. Alleen maar genieten.

Een zilverkleurige aluminiumkoffer van 75 bij 50 centimeter en 27,5 centimeter dik. Daar paste alles in wat ze nodig had. Kleding, pruiken, wat apparatuur en externe harde schijven. In een veel kleinere koffer zaten haar laptops en de rest paste in haar handtas – haar paspoort en de tickets waren uiteindelijk het belangrijkste.

Ze had de route die ze zou nemen tot in detail uitgewerkt. Ze zou deels door de lucht en deels over land reizen. Er zaten onlogische aansluitingen in die haar een enorme voorsprong zouden geven in het geval dat iemand haar zou volgen. De kans daarop achtte ze niet zo heel groot. Toch had ze dit voorbereid alsof haar leven ervan afhing. Haar vliegtuig vertrok morgenavond vanaf luchthaven Charles de Gaulle in Parijs, naar Beiroet. Vanuit daar zou ze via drie bestemmingen in het Verre Oosten en in Midden-Amerika naar eindbestemming reizen: New York. Over twee weken zou daar haar nieuwe leven beginnen.

Ze neuriede zachtjes terwijl ze de koffers naar de voordeur rolde. Ze konden elk moment worden opgehaald door Worldwide Baggage & Packages, die ze naar Beiroet zou brengen.

Hennequin keek opgetogen om zich heen. Er stond of lag in dat hele penthouse niets meer wat ze hierna nog nodig zou hebben. Alles waar ze aan hechtte had ze eerder vandaag al in haar auto gelegd.

Morgen zou een fantastische dag worden.

'Blijf.'

'Beter van niet.' Miriam zuchtte het bijna. Ze schudde haar hoofd, meer om zichzelf te overtuigen dan Boris.

Boris kuste haar, streelde door haar haar en trok met zijn

andere hand haar onderlichaam dichter tegen het zijne. 'Ik wil je.'

'Ik jou ook, maar ik vind het nog te vroeg,' fluisterde ze.

Hij liet haar los. Keek met een spijtige blik op haar neer.

'Ik ga nu.' Ze ging op haar tenen staan om hem een zoen op zijn mond te geven.

Hij boog zich naar haar toe. 'Mocht je straks alleen in bed liggen en spijt krijgen, je hebt mijn nummer,' fluisterde hij, en hij streek een losgeraakte haarlok achter haar oor. 'Ik ben helemaal dol op je, Miriam de Moor.' Hij kuste haar opnieuw.

'Zo kom ik nooit weg,' zei ze zacht.

'Dat is precies mijn bedoeling.'

'Tot gauw.'

'Zal ik morgen met je meegaan naar die kerel in Arnhem?'

'Nee, dat is iets wat ik alleen moet doen, maar we kunnen morgenavond wel iets afspreken?'

'Deal,' zei Boris.

Miriam opende de deur van de galerie en liep de nacht in. Koude wind cirkelde om haar verhitte lijf. Haar eigen voordeur was drie meter verderop.

Terwijl ze bezig was die van het slot te halen bleef Boris op de stoep staan, een groot silhouet in het schemerduister dat over haar waakte. 'Slaap zacht,' fluisterde hij.

'Jij ook.'

De tiende dag

DONDERDAG

Miriam opende haar ogen. Het duurde even voor ze besefte dat ze op haar rug in bed lag. Het was nog donker. De digitale cijfers op haar wekker gaven aan dat het zes uur was.

Er was iets mis.

Er hing een andere geur in de slaapkamer. De ruimte *voelde* anders. Ze zag niets. Het was aardedonker, zoals altijd – haar gordijnen lieten geen licht door. Ze waren volledig verduisterend om haar in staat te stellen op klaarlichte dag te slapen.

Ze wilde haar arm naar rechts bewegen om het nachtlampje aan te doen, maar dat ging niet. Haar polsen zaten aan elkaar vast. Heel strak, alsof ze met een dun touwtje waren omwikkeld. *Dat kan niet. Je droomt.* Ze maande zichzelf tot kalmte. Dit moest een droom zijn, net zo een als waarin je wilde rennen, maar niet vooruitkwam. Een schemertoestand tussen slapen en waken. Ze bewoog haar armen recht naar boven en probeerde haar polsen uit elkaar te rukken. Door de kracht van de beweging klapten ze tegen iets metaligs aan. De pijn was echt.

Waar kwam die geur vandaan? Een zoet-bedwelmende, kunstmatige walm die haar deed denken aan garagebedrijven en ramen lappen.

Nu pas zag ze de donkere verschijning die over haar heen

gebogen stond. Het volgende moment werd ze verblind door een wit-blauwe lichtflits, een knetterend geluid als bij statische elektriciteit, of een blikseminslag. Ze gilde. Even maar.

Hennequin stopte de stungun terug in haar achterzak. Een handig apparaatje. Illegaal in Nederland, maar over de grens gewoon te koop. Ze had al jaren plezier van het stroomstrootwapen. Het had zojuist een half miljoen volt door Miriam de Moors ranke lijf geschoten. Hennequin neuriede zachtjes.

Een paar maanden geleden nog had ze haar oud-leraar van De Horizon op dezelfde manier in zijn slaap verrast. Klaas de Vries, de aanstellerige nicht. De *losslippige* aanstellerige nicht. Door zijn getuigenis en die van een medeleerlinge had ze een jaar in een jeugdgevangenis gezeten en vanaf dat moment had haar vader al helemaal niets meer van haar willen weten. Gelukkig had De Vries een opvallend goedgevulde drankkast gehad. Dat had geholpen om in dat Limburgse huis een mooi kloppend tafereeltje voor politie, lijkschouwer en nabestaanden te creëren. De kans dat de stungunsporen en ethyleenglycolvergiftiging zouden worden ontdekt was vrijwel nihil, omdat een grondig onderzoek waarschijnlijk achterwege zou blijven. De symptomen van een ethyleenglycol- en die van een alcoholvergiftiging leken op elkaar.

Het had met Keanu Smith ook al prima gewerkt.

Hennequin klemde een kleine zaklamp tussen haar tanden om bij te lichten en trok het dekbed weg. In de heen en weer schietende gele lichtbundel leek Miriam wel een tiener. Klein en tenger. Ze droeg een strak zwart T-shirt en een kort, grijs gemêleerd broekje.

Haar voormalige schoonzusje was nu deels verlamd, haar ledematen schokten zachtjes na en haar ogen waren gesloten. Haar geest was vertroebeld, gedesoriënteerd: ze was in shock. In deze staat zou ze zeker nog enkele minuten blijven. Tijd genoeg om ook haar enkels aan elkaar te binden.

Hennequin deed een plastic kabelbinder om Miriams enkels en trok ze samen. Keek tevreden op haar neer. Ze zou er nu een einde aan kunnen maken. Snel en vrijwel pijnloos, als het moest. Ze kon het ook langer laten duren en de tijd nemen om ervan te genieten. Eens zien hoe die omhooggevallen trut eruitzag als ze op haar knieën zat, smekend om haar leven. Er was ruimte voor spielerei. Pas over twee uur werd ze bij de familie Stevens-Vos verwacht voor haar laatste werkdag.

Hennequin liet de lichtbundel over Miriam heen gaan, keek naar haar gezicht, haar schokkerige ademhaling, de manier waarop haar spieren zo nu en dan samentrokken. Ze wilde niet dat dit snel ophield. Het mocht best nog een uurtje duren. Miriams opmerking had haar nieuwsgierig gemaakt.

Catharina Kramer.

Hoe was ze daar nou achter gekomen?

En wie wisten er nog meer van?

Toch moest ze haar enthousiasme temperen. Dat gilletje van daarnet was er één te veel geweest. Het was hier niet bepaald afgelegen – er woonden tientallen mensen binnen gehoorsafstand van dit appartementje. Tegelijkertijd zouden de buren niet zo snel gealarmeerd raken. In een volkswijk in een drukke stad met zoveel inwoners was er altijd wel iets aan de hand. Een gil meer of minder werd niet snel opgemerkt. Leven in een grote stad stompte je zintuigen af. Maar toch. Voor de zekerheid rukte Hennequin een stuk ducttape van een rol en plakte de zilveren strook over Miriams mond.

'Als je schreeuwt, maak ik je dood. Als je voor je beurt praat ook.'

Miriam knipperde tegen het felle licht dat recht in haar ogen scheen. Ze ademde snel en oppervlakkig door haar neus en ze had spierpijn over haar hele lijf. Haar hart bonkte als een bezetene achter haar ribben.

De lichtbundel bescheen een hand met een injectiespuit. 'Dit is ethyleenglycol, dat je beter zult kennen als antivries. Als je dit in je bloedbaan krijgt, raak je in coma, waaruit je nooit meer wakker wordt. Maar voor het zover is zul je je doodziek voelen en zoveel pijn hebben dat doodgaan helemaal niet meer zo erg lijkt.'

Ze herkende die stem.

Het was Hennequin.

Hennequin was hier, in haar slaapkamer.

Ze moest Boris waarschuwen, op de een of andere manier herrie zien te maken. Maar haar slaapkamer lag deels boven zijn woonkamer en op dit tijdstip zou hij in bed liggen, twee verdiepingen lager in het souterrain. Als hij al wakker zou worden, dan nog zou hij zich nooit realiseren wat er hier gebeurde.

Ze was op zichzelf aangewezen.

'Goed,' hoorde ze Hennequin zeggen. 'Ik ga de tape verwijderen omdat ik je een paar vragen wil stellen. Ik wil dat je rustig antwoord geeft. Knik als je me hebt gehoord en begrepen.'

Miriam knikte. Ze voelde haar huid klam worden.

Hennequin boog zich naar haar toe en pulkte de tape van haar mond. Trok die van haar lippen.

'Hoe ben je achter mijn naam gekomen?'

Ik kan mijn handen gebruiken, dacht Miriam. En mijn

benen. Ze heeft alleen mijn polsen en enkels bij elkaar gebonden. Heel voorzichtig, in de hoop dat het Hennequin niet opviel, probeerde ze haar benen te verleggen. Dat lukte. *Ik zit nergens aan vast.*

Het volgende moment werd ze weer verblind door het licht van de zaklamp. 'Ik vroeg je wat.'

'Via een privédetective in Florida.'

Hennequin zweeg even. Vroeg toen: 'Wie weet dat nog meer, hoe ik heet?'

'Een paar collega's op het bureau. Als je me iets aandoet, zullen ze–'

'Stil.'

'Hennequin, luister, je moet echt–'

'Ik moet helemaal niets,' hoorde ze fluisteren.

Miriam probeerde de paniek die door haar heen raasde te temperen, zodat ze beter kon nadenken. Hennequin stond daar ergens in het donker aan het voeteneind, maar misschien kon ze haar dichterbij lokken, haar benen naar boven zwaaien, haar vuisten in elkaar grijpen en als een moker gebruiken. En met haar ellebogen... Maar het moest meteen goed gaan. Ze zou geen tweede kans krijgen. Met aan elkaar gebonden enkels en polsen kon ze nooit sneller bij de deur zijn dan Hennequin. En ze zou de trap niet af kunnen lopen.

De trap.

De smalle, steile trap die van haar voordeur hierboven naar de voordeur aan de straat leidde. Daar beneden was de vloer van steen.

'Met wie heb je gesproken?' vroeg Hennequin.

'Een paar collega's. Als je mij vermoordt, weten ze meteen bij wie ze moeten zijn.'

'Dat spreekt voor zich. Maar zonder lijk geen moord, en dus geen onderzoek. Dat soort dingen hoor jij toch te weten.' Miriam dacht een onderdrukte giechel in haar stem te herkennen. Hennequin had de volledige controle en er was geen twijfel over mogelijk dat ze ervan genoot.

Miriam had geen enkele hoop dat Hennequin haar in leven zou laten – ze wilde haar lijden alleen maar rekken. Ze dreigde met een injectie vol gif, en die zou ze haar uiteindelijk ook toedienen. Maar pas nadat ze voldoende informatie had gekregen en genoeg van haar had.

Met trillende stem zei Miriam: 'Jij weet ervan, hè, van Oscar Stevens? Jij was het die met hem heeft afgesproken op die parkeerplaats en hem heeft meegenomen.'

'Ik stel hier de vragen.'

'Je hebt hem vermoord. Ja toch?' Miriam hijgde, ze had moeite de woorden uit te spreken. 'Waarom, Hennequin? En waarom heb je Bart van de trap geduwd? Hij heeft nooit iemand kwaad gedaan. Hij was mijn enige broer, mijn enige echte vriend.'

Hennequin hield de lichtbundel nog steeds recht op Miriams gezicht gericht. Zei niets.

'Hij gaf je alles, hij was dol op je.'

Hennequin kwam in beweging. Miriam hoorde haar voetstappen op de houten vloer. De planken kraakten. 'Bart was dol op dat wat ik voor hem belichaamde: succes,' siste ze. 'Hij wilde een vrouw naast zich die naar de rest van de wereld uitstraalde dat hij succesvol was. Dat vond hij belangrijk. Het draaide niet om mij, het draaide allemaal om hém.'

Hennequins stem klonk nu nog dichterbij. Waar stond ze precies? Weer die geur. Die zoetige geur.

Antivries.

Miriam rolde om, weg van de lichtbundel, en ze rolde door, van het bed af. Ze kon haar val niet breken en kwam plat op haar rug op de vloer terecht. Ze strekte haar armen boven haar hoofd, graaiend naar iets wat ze als wapen kon gebruiken. Was dit het nachtkastje? Ze pakte het beet, maar ze was niet sterk genoeg om het meubelstuk vanaf deze lage positie aan één pootje omhoog te tillen. Het kastje klapte naar opzij en de lamp die erop stond viel kapot op de vloer. Een paar boeken schampten haar gezicht.

Het volgende moment werd ze weer verblind door het licht van de zaklamp. Ze draaide haar hoofd weg en rolde op haar zij, werkte zich op haar knieën en probeerde weg te kruipen, maar Hennequins handen klemden als metalen haken om haar enkels. Met een paar nijdige rukken trok ze Miriam naar zich toe. 'Ik maak je af, trut.'

De zaklamp was gevallen en rolde over de oude, scheve vloer. De lichtbundel schoot op en neer en flitste heel even over Hennequin. Ze droeg een zwarte legging en donkere sneakers. Terwijl ze Miriam een halve slag draaide, vloekte ze binnensmonds.

Miriam probeerde haar benen los te trekken. Ze moest in beweging blijven, voorkomen dat er een injectienaald in haar enkel of been werd gedreven. Haar worsteling leverde haar een gemene trap in haar zij op. En nog een. Een felle pijnscheut flitste door haar onderlijf. De tranen sprongen in haar ogen.

Doe iets. Zeg iets!

'Ik weet alles van je, Hennequin,' hijgde ze. 'Ik weet het, van de dood van je moeder, van het internaat en je jeugddetentie. Ik ben met iedereen gaan praten. Walter en Liesbeth missen je heel erg. Ze vragen zich af wat ze verkeerd hebben gedaan dat je hen in de steek hebt gelaten. Ze hielden van je alsof je hun eigen dochter was. Ze geloofden in–'

'Hou je kop! Hou verdomme je bek dicht, je weet niets, helemaal niets!'

Miriam zag de trap in haar maag niet aankomen. Meteen

erna klapte ze dubbel in een poging zichzelf te beschermen, maar Hennequin ging door. Ze trapte tegen haar onderrug en haar hoofd, twee, drie keer, totdat Miriam zacht kreunend stil bleef liggen.

Ze kon amper ademhalen, nog nooit had ze zoveel pijn gehad. Het voelde alsof er geen bot meer heel was in haar lijf.

Ergens aan de rand van haar bewustzijn merkte ze dat Hennequin de slaapkamerdeur opendeed, waardoor er een zacht, grauw stadslicht naar binnen viel. Meteen daarop hoorde ze een scheurend geluid, vlak bij haar hoofd. Ze kneep haar ogen dicht toen Hennequin haar hoofd vastgreep en haar mond opnieuw afplakte. 'Vanaf nu houd je je kop dicht. Zo belangrijk ben je niet. Zodra ik met jou klaar ben, ga ik iets afmaken waar ik al drieëntwintig jaar lang naar uitkijk.'

Het was halfzeven. Didi stond met Indy tegen zich aan gedrukt naar buiten te kijken. De straat was donker, er brandde alleen een eenzame lantaarn bij het kruispunt. Bij de overburen was nog niemand wakker, alle huizen leken in diepe rust. Toch merkte je dat het ochtend was. Je kon het horen aan het aanzwellende geruis van verkeer op de snelweg verderop.

Zou Oscar daar nu ook rijden? Je las weleens over mensen die tijdelijk hun geheugen verloren hadden, die soms pas na jaren weer thuiskwamen. Maar ze kende ook andere verhalen. Verhalen waar ze nu liever niet aan wilde denken.

Didi drukte haar neus tussen de zachte haartjes die kriskras op Indy's hoofdje groeiden. Ondanks haar ongerustheid genoot ze van het tevreden, warme mensje dat zo vol vertrouwen tegen haar aan lag. 'Gelukkig heb ik jou nog,' zei ze zachtjes tegen Indy.

Ze draaide zich van het raam weg. Indy's kamertje was het fijnste vertrek in huis. Het rook er heerlijk, naar Zwitsal en nieuwe kleertjes. Voorzichtig legde ze Indy terug in haar wiegje. Het lukte. Geen misselijkmakende pijnscheut die door haar onderbenen en rug trok. Niet het gevoel dat haar benen het elk moment konden begeven. Wel een zeurende pijn die ze kon verdragen en die ze er graag voor over had. Ze had Indy voor het eerst zelf uit bed gehaald en haar de fles gegeven. Het zou nog wel even duren voor ze weer een sprintje kon trekken of kon tennissen, maar ze kon in elk geval voor haar kind zorgen.

Terwijl ze Indy instopte, besefte Didi dat ze vandaag een mijlpaal had bereikt. Het was de eerste dag dat ze zich écht moeder voelde.

Hennequin hijgde. Ze klemde haar handen als bankschroeven om Miriams enkels. Ze was razend. Haar stroomstootwapen was in de worsteling uit haar broekzak gevallen en tijd om het te gaan zoeken kreeg ze niet. Miriam de Moor vocht als een leeuwin. Ze was veel sneller, slimmer en sterker dan Hennequin van zo'n tenger vrouwtje had verwacht. Een misrekening. Ze had Miriam meteen moeten injecteren toen ze nog verlamd op bed lag. Nu was het te laat: de naald was afgebroken toen ze had geprobeerd om die tijdens het gevecht in Miriams been te jagen. De injectie met ethyleenglycol ging dus niet door, en dat was jammer.

Maar wat ze nu ging doen zou zeker zo effectief zijn. En net zomin sporen achterlaten.

Ze hield haar handen, kleding en de kofferbak liever schoon.

Het voelde alsof alle botten in haar lijf waren gebroken. Vaag zag ze de contouren van haar eigen keuken en eetbar langs zich heen schuiven. Een merkwaardige gewaarwording, tot ze begreep dat het niet de keuken was die bewoog, maar zijzelf.

Hennequin sleepte haar aan haar enkels via de open keuken de woonkamer in.

Miriam probeerde na te denken. Waar nam Hennequin haar mee naartoe? Wat was ze van plan? Ineens drong het tot haar door.

De trap.

Een golf van angst sloeg door haar heen. In een reactie trok Miriam haar knieën naar zich toe en ze worstelde om zich uit Hennequins greep te verlossen.

Opnieuw schopte Hennequin haar fel in haar maag, twee keer achter elkaar, venijnig en hard. De tranen sprongen haar in de ogen en er kwam een golf maagzuur naar boven. Ze dacht aan de trap, die angstaanjagend steil was, en aan de harde stenen vloer daar beneden in het halletje. *Ik moet laag blijven, zo laag mogelijk.* Ze moest zien te voorkomen dat Hennequin haar rechtopstaand voorover zou duwen, want dat zou een levensgevaarlijke vrije val opleveren waardoor ze makkelijk haar nek of rug zou breken. Hennequin liet één hand los om de voordeur open te maken. Die klemde. De greep om Miriams enkel verslapte.

Met alle kracht die ze nog in zich had draaide Miriam haar lichaam een slag. Het werkte, Hennequin moest haar loslaten. Miriam hoorde haar vloeken terwijl ze zichzelf razendsnel omhoogwerkte, op haar ellebogen en knieën, en opsprong. Ze was duizelig en alles deed haar zeer, maar ze zette door. Het was de laatste kans die ze zou krijgen.

Ze vluchtte naar achteren, naar de keuken toe, springend als een kangoeroe, haar enkels aan elkaar gebonden, en ze gebruikte haar armen als roer. *Het messenblok.* Ze moest bij het messenblok zien te komen – sneller dan Hennequin.

'Kutwijf!' klonk het achter haar.

De gillen die Miriam probeerde uit te stoten klonken als doffe kreunen achter de taaie duct tape. Het volgende moment werd ze hard geduwd. Ze klapte naar voren, viel zijdelings tegen het raam aan en kwam half zittend in de diepe vensterbank terecht. Instinctief kroop ze achteruit, tegen het glas aan, trok haar knieën op en haar voeten van de grond, zodat ze ze als stootwapen kon gebruiken. Ze snoof lucht in en uit haar neusgaten als een wild dier. Haar longen klapten bijna uit elkaar.

Hennequin graaide naar haar enkels, naar haar armen. Ze bewoog in een halve cirkel om haar heen, alsof ze danste. Miriam trapte haar handen weg, probeerde haar te raken, maar Hennequin ontweek haar feilloos en kwam steeds weer terug, grinnikend, alsof dit haar allemaal geen inspanning kostte, als een kat die speelde met haar prooi. Inwendig schreeuwde Miriam het uit. Hennequin was groter en sterker, en Miriam had niets aan haar training nu ze zich amper kon bewegen. Ze perste zich tegen het raam aan, tilde steeds opnieuw haar benen op en stootte ze naar voren. Haar longen brandden. *Ik hou dit niet veel langer vol.*

Ze voelde een luchtstroom langs haar rug glijden, de kille nachtlucht die alleen maar werd tegengehouden door het dunne glas in het raam, dat door alle stoten trilde in de sponning. In een opwelling draaide ze haar lichaam een halve slag, greep de hendel van het raam beet en ramde die naar boven. Het raam klapte naar buiten toe open. Ze verloor bijna haar evenwicht. Koele lucht stroomde langs haar heen. De wind trok aan haar haar.

'O, nee, jij blijft hier, verdomme,' hoorde ze Hennequin grommen. Miriam voelde haar handen; koude haken, die grip kregen op een voet.

In een laatste poging te ontkomen wierp ze zich naar achteren en trok haar benen weg. Ze kon zichzelf niet meer tegenhouden toen ze verder doorschoof, het luchtledige in. Ze wilde zich vastgrijpen aan het kozijn, maar door de onnatuurlijke houding van haar handen kreeg ze onvoldoende grip. In een reflex maakte ze zich zo klein mogelijk en kneep haar ogen dicht.

Hennequin keek door het raam naar beneden, een verbeten trek om haar mond. Ze hijgde tussen haar tanden door, siste van nijd. Haar gehandschoende vingers omklemden het raamkozijn. In het zachte maanlicht zag ze Miriam onder zich liggen. Glinsterende glasscherven om haar heen. Ze was door het dak van een serre gevallen. Ze leek niet meer te bewegen.

Er ging licht aan in het huis dat bij de serre hoorde. Het schijnsel verlichtte Miriams lichaam. Hennequin zag weinig bloed, maar Miriam lag in een vreemde houding, met haar hoofd opzij en haar armen gebogen ernaast, aan één kant van haar lichaam, alsof ze een honkbalknuppel vasthield.

Er klonk rumoer.

Hennequins ogen flitsten langs de achtergevels van de aanpalende woningen. Er waren meer lichten aangegaan. Het glasgerinkel had mensen gealarmeerd. Zelfs voor afgestompte stadsbewoners was dit te veel herrie. Ze keek nog één keer naar beneden en klemde haar kaken op elkaar.

Ze kon niet blijven om te controleren of Miriam dood was en om haar de mond te snoeren als dat niet zo bleek te zijn. Ze kon haar lijk ook niet meer meenemen, zoals ze van plan was geweest, zodat haar dood als de zoveelste vermissing zou worden opgetekend. Daar ergens achter die ramen had iemand allang de politie gebeld. Die kon hier elk moment zijn.

Dit had consequenties voor de rest van haar plannen.

Hennequin rende de slaapkamer in, knipte het licht aan en speurde de vloer af. Het stroomstootwapen lag half onder het bed. Ze pakte het ding en stak het bij zich. Ging terug de woonkamer in en haastte zich de trap af. Eenmaal buiten liep ze in wandeltempo naar haar auto, die een huizenblok verderop stond geparkeerd.

Onderweg naar de Baljuwstraat had ze genoeg tijd om na te denken over een smoes waarom ze veel te vroeg op haar werk verscheen. Er was geen tijd te verliezen. Ze moest improviseren.

Ze had het nog zo goed uitgedacht: Nelly Vos en Miriam de Moor zouden worden vermist – twee mensen die geen connectie met elkaar hadden. Geen enkel team van rechercheurs zou deze twee vermissingen met elkaar in verband brengen – die van Oscar Stevens en Nelly Vos natuurlijk wel, ze waren immers familie. *En ze zouden gebroederlijk naast elkaar in hetzelfde bosperceel liggen weg te rotten* – maar dat zou met een beetje geluk pas jaren later worden ontdekt. Of helemaal niet. In elk geval zouden de vermissingen in verband worden gebracht met Didi Vos, het nieuwbakken moedertje dat vlak na de verdwijning van haar echtgenoot en moeder de hand aan zichzelf sloeg, en tot ontzetting van het hele land haar pasgeboren baby'tje met zich meesleepte in haar afschuwelijke, onbegrijpelijke beslissing.

Een gezinsdrama.

Dat was het plan.

Er zou volop gespeculeerd worden: was deze jonge vrouw zélf verantwoordelijk voor de dood van haar echtgenoot en haar moeder? Er zouden reconstructies op tv komen. Discussies losbarsten. Buren zouden worden geïnterviewd en voor de camera's geschokt vertellen dat ze zoiets nooit hadden verwacht van iemand als Didi Vos, die altijd zo opgeruimd en vol leven was, en vriendelijk voor iedereen. De goedheid zelve.

Hennequin had het perfect uitgewerkt.

Maar misschien, was het nieuwe plan dat in haar hoofd ontstond wel mooier. Rechtvaardiger.

En ze zou er nog steeds mee weg kunnen komen, dankzij haar perfect uitgestippelde vluchtweg. Tegen de tijd dat haar naam zou vallen, zat ze al lang en breed in het vliegtuig van Parijs naar Beiroet.

Maar wat er ook gebeurde, Hennequin zou niet naar het vliegveld rijden voor ze had afgemaakt waarvoor ze hier maanden geleden was komen wonen. Ze ging niet nog eens drieëntwintig jaar wachten. Daarvoor had ze er al te veel in geïnvesteerd.

'Hé, Hennequin, wat ben je vroeg. Ben je naar de kapper geweest?'

Hennequin streek over haar kastanjebruine haar, dat in een nonchalante knot in haar nek was gebonden. Ze glimlachte verontschuldigend naar Didi. 'Best wennen, hè? Dit is eigenlijk mijn eigen kleur, maar ik was zo gewend geraakt aan dat blond. Vind je het iets?'

'Het staat je goed.' Didi zette haar theemok terug op het tafelblad. Opmerkelijk, hoeveel verschil alleen al een andere haarkleur kon maken. Hennequin zag er anders uit vanochtend. Nog steeds even stijlvol, dat wel, maar ze kreeg misschien een wat harder gezicht door die donkere haarkleur. Het deed ook iets met haar ogen.

'Waarom ben je zo vroeg?' Nelly had Hennequin binnengelaten en stond met haar armen over elkaar bij de keuken. Ze had een fluwelen huispak aan. De paarse stof vloekte met haar rode haar.

'Wil je geloven dat ik me stomweg een uur heb vergist? Zó raar! Maar gelukkig zijn jullie wakker.' Ze zette een tas op de grond en haalde er een pakje formulieren uit. 'Waar is Indy?'

'Boven, ze heeft haar flesje al gehad. Ik heb haar vandaag voor het eerst uit haar wiegje kunnen halen.' Didi straalde en ze wees naar haar benen. 'Het gaat goed vandaag.'

'Dat is goed nieuws,' zei Hennequin zacht. Eerder tegen zichzelf dan in antwoord op Didi.

'Ja, hè? Ik was zo blij.'

'Ik had je toch gezegd dat je dit soort dingen van dag tot dag moet bekijken?'

'Je had gelijk.' Didi keek nog eens naar de kraamverzorgster. Dat donkere haar was écht een groot verschil. 'Jee, Hennequin. Dat haar van je. Het is even wennen, hoor.'

Hennequin wierp haar een flauwe glimlach toe. Schoof de formulieren over het tafelblad en gaf Didi een pen. 'Dit is een evaluatieformulier van het kraambureau. Dora wil weten hoe je mijn hulp hebt ervaren.'

Nelly stond nog steeds in de deuropening. 'Ik ga even de was uit de droger halen,' zei ze.

Didi keek haar moeder na. Ze stoorde zich een beetje aan haar gedrag. Waarom kon ze Hennequin niet gewoon haar werk laten doen? Ze was hier vandaag voor het laatst.

'Neem je tijd,' zei Hennequin tegen Didi. 'Wel eerlijk opschrijven wat je vindt, hè?' Ze knipoogde. 'Dan ga ik ondertussen je moeder even helpen.'

Vierkante witte vlakken met een donkere omkadering, als in een ruitjesschrift zoals ze dat kende van school. Plastic bakken die licht uitstraalden – licht dat trillend in intensiteit leek toe en af te nemen, zeer deed aan haar ogen.

Stemmen. Pijn. Een onnoemelijke hoofdpijn.

Koud.

Het was zo koud.

Hennequin liep de garage in. De ruimte rook een beetje naar benzine en het stro van de konijnen, waarvan er nog steeds een groot aangebroken pak op de plank tegen de muur lag. De tl-buizen wierpen een groenig licht over de betonnen vloer. Didi's Corsa stond sinds Oscars vertrek niet meer binnen, maar op de oprit voor het huis geparkeerd.

Nelly Vos rechtte haar rug toen ze Hennequin hoorde binnenkomen.

Hennequin keek de vrouw recht aan. Sloot de deur achter zich.

'Je hoeft me niet te helpen,' zei Nelly.

'Waarom die vijandigheid?' Ze deed een stap dichterbij.

Nelly's blik gleed over haar gezicht. Ze fronste. 'Hé, jij... jij had toch groene ogen?' Ze bleef haar aankijken, alsof er langzaam iets begon te dagen. 'Je doet me aan iemand denken,' fluisterde ze.

'Dat zou weleens kunnen.' Hennequin ritste haar tas open en sloot haar hand om de stungun. In dezelfde beweging waarmee ze het apparaat uit haar tas haalde, duwde ze de contactpunten tegen Nelly's schouder.

Nelly zakte meteen in elkaar. Het was een bijzonder gezicht: alsof ze een levensgrote marionet was waarvan de touwtjes allemaal tegelijk werden doorgesneden. Lichtjes naschokkend lag de vrouw aan haar voeten op de betonnen garagevloer.

Hennequin boog zich over haar heen. Fluisterde: 'Je had mijn vader nooit van mijn moeder mogen afpakken. Zie nu wat ervan komt.' Tevreden neuriënd stopte Hennequin het stroomstootwapen terug in haar tas. Ze pakte Nelly onder de oksels beet, trok haar lichaam een stukje achteruit zodat het recht kwam te liggen, en draaide haar daarna om op haar buik. Ze bond de polsen bij elkaar met een plastic kabelbinder en deed hetzelfde met de enkels. Over Nelly's mond plakte ze drie lagen duct tape. Nelly was ongetraind en stukken minder fit en snel dan Miriam, maar toch wilde Hennequin na Miriams ontsnapping geen enkel risico meer nemen. Met twee extra kabelbinders bond ze de enkels en polsen aan elkaar.

Hennequin ging rechtop staan. Het had alles bij elkaar misschien twee minuten in beslag genomen en een minimum aan inspanning gevergd, toch hijgde ze licht en voelde ze haar wangen gloeien. Opwinding.

'Miriam, Miriam?'

Ze draaide haar hoofd in de richting van de stem. Het wazige beeld werd scherper. Boris zat bij haar in een blauw met grijs joggingpak. Hij keek haar fronsend aan en pakte haar hand vast. Er stonden meer mensen om haar heen. Een verpleegster. En Rens, in uniform.

‘Hoe is het met me?’ vroeg ze.

‘Het had erger kunnen zijn,’ zei Boris. ‘Je hebt je schouderblad gescheurd en je arm gebroken. Je zit in het gips.’

‘Hoe kom ik hier?’

‘Met een ambulance. Je bent *the talk of the town*. Het stond daarnet blauw van de politie bij ons in de straat. Wat is er gebeurd, Mir? Heb je een–’

Rens kwam naar voren en legde zijn hand op Boris’ schouder. Hij boog zich naar haar toe en keek haar dodelijk serieus aan. ‘Wie was het?’

‘Hennequin,’ fluisterde Miriam. ‘Hennequin Smith. Ze wilde me vermoorden. En daarna...’ Ze wilde rechtop gaan zitten, maar naast haar kwam een verpleegster in beweging en hield haar tegen. ‘Mevrouw, u moet absoluut blijven liggen, u hebt een flinke hersenschudding.’

Miriam hoorde het amper.

Zodra ik met jou klaar ben, ga ik iets afmaken waar ik al drieëntwintig jaar lang naar uitkijk.

‘Hoe laat is het?’ vroeg ze.

Boris keek op zijn horloge. ‘Halfacht.’

‘We moeten naar de Baljuwstraat.’

‘Wat is daar te doen?’ vroeg Rens.

‘Didi Vos woont er. De vrouw van Oscar Stevens.’

‘Die kerel die vermist is?’

Miriam knikte. ‘Hennequin en Didi Vos kennen elkaar van vroeger.’

‘En waarom moeten we daar nu naartoe?’

‘Omdat ik denk dat Hennequin Oscar heeft vermoord en ze nu teruggaat om de klus af te maken.’ Ze kwam omhoog. ‘Ik moet erheen. Er is daar ook een pasgeboren baby in huis.’

De verpleegster hield haar tegen, drukte haar terug in de kussens en boog zich over haar heen. ‘Mevrouw, u moet echt blijven liggen.’

'Ik heb nergens last van!'

'Nog niet,' zei de verpleegster geduldig. 'En laten we hopen dat dat zo blijft, maar zeker is dat niet. U bent bewusteloos geweest. Het is onverantwoord om uit bed te komen.'

Rens had het adres op een briefje genoteerd. Hij mompelde een groet en liep de gang op.

'Ga met hem mee,' zei Miriam tegen Boris. Ze kneep in zijn hand. 'Hij moet me serieus nemen. Er moet echt nú meteen een team naar de Baljuwstraat en ze mogen de situatie daar niet onderschatten. Hennequin is levensgevaarlijk. Geloof je me?'

'Hij neemt je serieus, Miriam. Iedereen neemt je serieus. Kijk hoe je erbij ligt. Het is een fokking wonder dat je die val hebt overleefd.'

'Zal ik iets geven waar u rustig van wordt?' vroeg de verpleegster.

'Nee, dank u, het gaat al.'

'Als ik ergens mee kan helpen, drukt u gewoon op deze knop.' Ze wees naar een display dat aan de linkerkant van het bed bevestigd zat. Daarna keek ze Boris aan over de rand van haar bril. 'U kunt misschien beter gaan. Het is belangrijk dat mevrouw nu rust krijgt.'

Boris knikte en keek de vrouw na terwijl ze de kamer uitliep. Richtte zich daarna weer tot Miriam. 'Je hoort het.'

'Ze overdrijft. Ik voel me goed.'

'Zo zie je er niet uit, Mir. Ik ben me kapot geschrokken.' Zijn ogen gleden onderzoekend over haar gezicht. 'Echt, ik dacht dat ik gek werd toen ik je daar zag liggen. Ik dacht dat je dood was.'

'Onkruid vergaat niet,' fluisterde ze, en ze hield zijn blik vast. Zweeg even, en zei toen zacht: 'Lief van je, Boris.'

Hij keek verward om zich heen en trok een wenkbrauw op. 'Wat? Dat ik meega naar het ziekenhuis?'

'Daar heb ik het niet over.'
'Waarover dan?'
'Over wat je nog voor me gaat doen.'

Hennequin reed Didi's Corsa van de korte oprit af en zette hem bij de buren langs de stoep. Snel stapte ze over in haar Alfa en reed die in één vloeiende beweging achteruit de garage in. Trok daarna de garagedeur dicht.

Ingespannen keek ze naar de deur die de garage verbond met de keuken. Didi moest het motorgeronk hebben gehoord. Blijkbaar was ze nog steeds verdiept in het uitgebreide enquêteformulier dat Hennequin gisteren speciaal voor Didi had gedownload, aangevuld en uitgeprint.

Ze stapte uit, liep naar de achterkant van haar auto en opende de kofferbak. Er lag een plastic zeil in en een spade, die ze niet meer nodig zou hebben. Nelly zou dezelfde behandeling krijgen als Didi en de garnaal, op dezelfde plek. Hennequin was er in de afgelopen maanden vier keer geweest om de omgeving te verkennen. Het was er tegenwoordig drukker dan drieëntwintig jaar geleden. Hun komst zou een opstootje kunnen veroorzaken. Een ingecalculeerd risico, want de Duitse grens lag er maar zeven kilometer van vandaan. Een rit van tien minuten. Voordat de Nederlandse politie ook maar in de gaten zou krijgen wat er aan de hand was, zou zij al lang en breed in Duitsland rijden – en tegen de tijd dat de Duitse politie naar haar zou gaan uitkijken, was ze alweer in België. Niemand kon haar tegenhouden. Morgen rond deze tijd zat ze aan een welverdiende cocktail, aan het zwembad op het dak van het Four Seasons Hotel in Beiroet.

Maar eerst nog dit.

Hennequin keek met een schuin oog naar de deur. Had Didi echt niets gehoord, of was ze gewoon niet nieuwsgierig genoeg om een kijkje te komen nemen?

De trol was bijgekomen. Ze staarde haar angstig aan en probeerde iets te zeggen, maar de dikke lagen tape weerhielden haar daarvan.

Hennequin zou willen dat ze meer tijd had om hiervan te genieten. Nelly Vos, op haar rug, monddood en angstig: het was een prachtig gezicht.

Ze liet zich op haar hurken zakken. 'Luister goed,' zei ze zacht. 'Je doet dadelijk precies wat ik zeg. Ik maak je enkels los, en dan stap je in de achterbak van mijn auto.' Ze liet de stungun zien en Nelly week naar achteren. 'Als je niet luistert, moet ik je dwingen. Je weet nu hoe het voelt. En het kan nog veel vervelender worden.'

Er welden tranen op in Nelly's ogen, ze schudde haar hoofd in paniek.

Een klik.

Hennequin draaide zich met een ruk om.

Didi stond in de deuropening, met Indy op haar arm. Ze staarde naar het tafereel met een wazige uitdrukking op haar gezicht. Het drong nog niet tot haar door wat er aan de hand was.

Hennequin was al bij haar. Ze rukte Indy uit haar armen en het volgende moment stootte ze het stroomwapen naar voren. Schakelde het in.

Toen Didi in elkaar gezakt aan haar voeten lag, draaide ze zich om naar Nelly. 'We gaan een stukje rijden. Jij, je dochter en je kleindochter en ik. Het wordt een dolle boel, maar als jullie doen wat ik zeg, overkomt niemand iets.'

'Ik lijk wel gek,' zei Boris.

'Ik maak het goed met je.'

'Straks zwellen je hersens en ga je hartstikke dood, en dat is dan mijn schuld. Til je voet eens op.'

Ze deed wat hij vroeg. 'Er gebeurt niets met mijn hersens.'

Een wandelaar liep voorbij de stationair draaiende auto en keek nieuwsgierig naar binnen. Toen hij zag dat er niets alarmerends aan de hand was, liep hij weer door.

Krap een kwartier geleden was Miriam het ziekenhuis uit geslopen in een kort broekje en een veel te ruim T-shirt dat ze uit de kast van een andere patiënt had gepakt. Nu hielp Boris haar daaroverheen haar joggingpak aan te trekken; grijs met witte strepen langs de pijpen. 'Kleurt goed bij je mitella, die strepen,' zei hij. Miriam deed alsof het geen pijn deed, maar bij elke beweging brak het zweet haar uit. Haar hoofdpijn viel mee; haar schedel bonkte licht, maar het was draaglijk. Het waren vooral haar schouder en haar rug waar ze last van had. Dat ze enkele uren geleden een val uit het raam had overleefd, drong nog nauwelijks tot haar door. De adrenaline raasde door haar heen.

Boris had op haar aanwijzingen kleding uit haar appartement gehaald, samen met een paar sokken en haar telefoons. Precies zoals Miriam had gedacht, was er geen politie meer in haar appartement. De dader was immers bekend en er zouden amper sporen te vinden zijn.

'Alsjeblieft, Boris, rijden nu.'

Hij startte de motor en stuurde zijn Volkswagen Caddy de ventweg af, de doorgaande weg op.

Miriam keek naar haar voeten. Ze droeg een stel roze nep-UGG's die ze altijd als sloffen had gebruikt. Dit was Boris' interpretatie van 'een paar makkelijke schoenen'.

Als de situatie niet zo ernstig was geweest, had ze erom kunnen lachen.

Didi rilde over haar hele lijf. Ze had haar handen om het stuur van de Alfa Romeo geklemd, zo krachtig dat haar knokkels wit zagen. Ze probeerde zich op de weg voor zich te concentreren. Ze had geen idee waar Catharina haar naartoe liet rijden. Haar tranen waren opgedroogd op haar wangen.

'Je doet het goed,' hoorde ze Catharina achter zich zeggen. 'Heel goed.'

Ze vond het onbegrijpelijk dat ze haar niet had herkend in al die dagen waarin ze zich als kraamverzorgster had voorgedaan, en met haar had gepraat over haar verdriet en haar onzekerheden – ze hadden het nota bene over Claartje gehad! Ze had haar door en door vertrouwd.

Maar hoe had ze haar dan moeten herkennen? De vrouw die met Indy op haar schoot op de achterbank zat, leek niet eens op de Catharina Kramer die ze van vroeger kende. Zij was toen pas zes geweest. Catharina twaalf. Het afschuwelijkste jaar uit haar leven.

Nu was ze teruggekomen, als in een gruwelijke nachtmerrie.

Boris stuurde zijn bestelwagen de nieuwbouwwijk in. Miriam zat reikhalzend naast hem. Haar collega's moesten er al zijn. Toch zag het er rustig uit. Geen teken van een opstootje. Geen afgezette straten.

'Hier is het, hier links.'

In de straat stonden drie politieauto's. Er zat niemand in en er waren ook geen collega's buiten.

'Rijd er eens langzaam langs.'

Boris deed wat ze vroeg. Miriam verschoof op haar stoel en probeerde naar binnen te kijken, maar de vitrage was dicht.

'En nu?' vroeg Boris.

'Parkeren. Ik ga Rens bellen.'

Aan het einde van de straat vond Boris een kleine parkeerhaven, waar hij zijn auto achteruit instak, zodat ze zicht hadden op het huis.

Miriam pakte haar dienst-BlackBerry uit haar zak en begon te bellen.

Rens nam meteen op.

'Waar ben je?' vroeg ze.

'In de Baljuwstraat. Zeg, waarom slaap jij niet?'

Je moest eens weten. 'Hoe is de situatie daar?'

'Rustig.' Hij zweeg even. 'Héél rustig, kun je wel stellen.'

Ze balde haar vuist. *Te laat.* 'Zijn ze... Nee toch?'

'Nee, rustig maar. Er is gewoon niemand.'

'Dat kan niet!'

'Ik verzin dit niet, Miriam. Er is niemand thuis. Geen sporen van braak of een worsteling, niets. De Opel Corsa die bij de buren langs de stoep staat, is geregistreerd op naam van Didi Stevens-Vos. Misschien is ze een wandelingetje aan het maken met de kleine.'

'Of bij iemand anders in de auto gestapt,' zei ze. *Net als Oscar.*

'Wat zeg je?'

'Ik dacht hardop na. Hennequin Smith rijdt in een zwarte Alfa Romeo, wordt daar al naar uitgekeken?'

'Uiteraard.'

'Oké, gelukkig. Onderschat dit alsjeblieft niet.'

'Doe jij nou eens even rustig aan. Wij onderschatten hier niets. Je had dood kunnen zijn, daarvan is iedereen zich heel goed bewust.'

'Wat gaan jullie nu doen?'

'Mieke blijft hier wachten tot die vrouw thuiskomt, wij gaan zo meteen weer naar het bureau. Hé, wacht... hoe kom jij eigenlijk aan je diensttelefoon?'

'Iemand was zo lief die voor me te gaan halen. Laat je het me alsjeblieft weten als er iets gebeurt?'

'Tuurlijk. Als jij mij belooft dat je nu meteen gaat slapen.'

'Doe ik.' Ze verbrak de verbinding.

Boris keek haar aan. 'En?'

Miriam staarde naar het huis. 'Niemand thuis. Ze denken dat moeder en dochter een wandelingetje zijn gaan maken.'

'Wat nu? Ze kan overal zijn.'

'Niet overal. Ze had een doel.' Miriam leunde tegen de hoofdsteun. Misschien had ze zich vergist en had Hennequin het niet gemunt op Didi. Was er iemand anders met wie ze een rekening te vereffenen had?

Zodra ik met jou klaar ben, ga ik iets afmaken waar ik al drieëntwintig jaar lang naar uitkijk.

'1990,' zei ze hardop.

'Wat is daarmee?'

'Er moet iets zijn gebeurd in 1990, iets heftigs. Als dat zo is, dan moet die vader dat weten.' Ze pakte haar iPhone en belde Arnold Kramer.

Voicemail.

'Verdómme!' Ze gooide de telefoon van zich af. Het ding ketste op het dashboard en belandde tussen haar voeten op de grond. Nu pas merkte ze dat ze over haar hele lijf trilde. Haar schouder begon weer pijn te doen.

Niet aan denken.

'Hij kan toch gewoon niet thuis zijn?'

'Hij *houdt* zich niet thuis,' zei ze, terwijl ze met een pijnlijk vertrokken gezicht de telefoon opraapte en terug in haar zak stak. 'Hij heeft me gisteren al beloofd om terug te bellen.'

'Waar woont die kerel?'
'Arnhem.'
Boris startte zijn auto.

*

Didi voelde een lichte deining in de auto. Het moest haar moeder zijn. Haar lieve moeder, die helemaal uit Noorwegen naar haar toe was gereisd en was gebleven om haar bij te staan, lag opgesloten en gekneveld als een wild dier in de kofferbak.

Nelly had haar nog zo voor Hennequin gewaarschuwd.

'Waar gaan we heen?' Haar stem klonk pieperig. Ze keek in de binnenspiegel.

Catharina's koele ogen waren strak op haar gericht. Ze aaide achteloos met een injectienaald over Indy's armpje en neuriede een liedje. Toen ze haar blik ving, trok Catharina haar mondhoeken op in een ijskoude glimlach. 'Dat zie je zo wel.'

*

'Kan het niet sneller?'

'We hebben niet allemaal een dikke auto met een blauw zwaailicht op het dak!' riep Boris. Hij staarde koortsachtig naar de weg. De wielen raasden over het asfalt.

'Ik laat de bekeuringen wel vernietigen.'

'Als je hierna je baan nog hebt. Probeer die vent nog eens te bellen.'

Miriam pakte haar iPhone en toetste het laatst gekozen nummer in. Tot haar verrassing werd er deze keer wel opgenomen. Ze schrok ervan. 'Meneer Kramer? U spreekt met Miriam de Moor, politie Rotterdam.'

Ze hoorde hem iets mompelen.

'Hang alstublieft niet op! Er wordt momenteel met man en macht naar uw dochter gezocht.'

'Door wie?'

Ze sloot een moment haar ogen – goddank, hij luisterde. 'Mijn collega's,' zei ze. 'Er is een opsporingsbevel uitgegeven. Gisteren heb ik uw dochter geconfronteerd met haar verleden en in antwoord daarop heeft ze vannacht geprobeerd om mij te vermoorden.'

Arnold Kramer reageerde niet. Miriam zag in gedachten zijn gespannen gezichtstrekken.

'Ik moet iets van u weten,' zei ze. 'Uw dochter had het vannacht over iets wat ze moest afmaken, iets waar ze al drieëntwintig jaar lang naar uitkeek. We hebben zeer sterke vermoedens dat ze daar op dit moment mee bezig is.' Ze zweeg even. 'Wat is er in 1990 gebeurd wat Catharina als "onaf" zou kunnen beschouwen?'

Kramer zei nog steeds niets.

'Heeft het iets te maken met Oscar Stevens of met Didi Vos?' Er klonk een trilling door in haar stem. 'Alstublieft, als u iets weet, zeg het dan nú. Er staan meerdere levens op het spel!'

Ze hoorde de man diep zuchten. Het was geen zucht van ergernis. Eerder een van iemand die hevig geëmotioneerd was en zijn woorden van ver moest halen.

'Oscar Stevens ken ik niet, maar Didi is Catharina's stiefzusje geweest,' zei hij.

Miriam hoorde de man nog eens diep ademhalen. Net toen ze begon te vrezen dat hij de verbinding zou verbreken, vervolgde hij: 'Een jaar na de dood van mijn eerste vrouw ben ik getrouwd met Nelly Vos. Ze had al twee dochters uit een eerder huwelijk, Claartje en Didi, allebei een stuk jonger dan Catharina. Ik heb toen het huis verkocht en ben bij mijn nieuwe vrouw in Lent gaan wonen, bij Nijmegen.'

'En toen hebt u uw dochter in een internaat gestopt,' concludeerde Miriam.

'Nee, helemaal niet. Dat gebeurde later pas. Catharina en ik zijn samen bij Nelly en haar twee dochtertjes ingetrokken. We hadden goede hoop dat we een gezin zouden kunnen vormen. Maar het ging niet goed met Catharina. Het ging absoluut niet goed.'

'Waarom niet?'

De man zweeg even. 'Ik weet het niet. Ik weet na al die jaren nog steeds niet wat haar bezielde. Misschien ben ik blind geweest voor wie mijn dochter werkelijk was. Ze was geen makkelijk kind, ze had veel boosheid in zich. Ze is op school erg gepest, weet u. Mijn vrouw vertelde me daarover, ze zei dat het ernstig was, maar ik kon er weinig mee. Ik was niet vaak thuis. Je hoort daar tegenwoordig veel over, dat pesterijen tot zelfmoord kunnen leiden bij jongeren, dat zulke boosheid zich naar binnen toe richt. Maar ik nam dat toen misschien niet heel serieus, net zoals ik de ziekte van mijn vrouw niet serieus genoeg heb genomen.'

'Wat voor ziekte had uw vrouw?'

'Ze had last van depressies.'

Miriam pauzeerde even. Ze dacht terug aan haar bezoek aan de villa in dat kleine, bijzondere dorp. 'Heeft Catharina haar moeder gevonden?' vroeg ze zacht.

'Nee, dat niet. Gelukkig niet. Ze is gevonden door de huishoudelijke hulp toen Catharina op school zat.'

'Waar was u toen, in het buitenland?'

'Nee, ik was in Nederland, maar ik zou later die week weer voor enkele maanden vertrekken.'

Miriam ging zo op in het gesprek dat ze nu pas merkte dat Boris gas had teruggenomen. Ze keek hem vragend aan en hij knikte naar de telefoon alsof hij wilde zeggen: waarom zou ik me nog haasten, je hebt die man toch al aan de lijn?

Miriam gebaarde hem door te rijden. Mocht Kramer alsnog de verbinding verbreken, dan zou ze kort erna bij hem voor de deur staan en de rest van het verhaal uit hem trekken.

'Hoe was Catharina eronder?' vroeg ze.

'Stil. In zichzelf gekeerd. Ik kon bijna niet tot haar doordringen. Ik ben een jaar thuisgebleven om voor haar te zorgen, heb een soort sabbatical opgenomen. Dat was in die tijd nogal vooruitstrevend. Ik was er elke dag voor haar, ze kon er absoluut niet tegen als ik wegging.'

'Wat deed ze dan?'

'Dan was ze ontroostbaar, ze klampte zich aan me vast en werd werkelijk ziek, tot aan overgeven toe. Maar ik moest uiteindelijk toch mijn werk weer oppakken, wat betekende dat ik regelmatig enkele maanden van huis moest. Ik kende Nelly al langer, ze was een goede kennis van mijn vrouw, en we zijn na haar dood heel snel dichter tot elkaar gekomen. We dachten dat we Catharina in een andere plaats, ver weg van ons oude dorp, een nieuwe start konden laten maken. Een heel nieuw leven, met twee zusjes, zodat ze niet meer alleen zou zijn, en met Nelly die voor haar zou zorgen.' Hij schraapte zijn keel. 'Maar Nelly had grote moeite om haar in het gareel te houden.'

'Hoezo?'

'Catharina was twaalf, een puber. Ze luisterde slecht naar Nelly en ze had een grote mond. Schold haar uit... Nelly was dat niet gewend, het verschil met haar dochtertjes was misschien ook te groot, zij waren nog zo klein.'

'Waar is Claartje nu?'

'Dat weet u niet?'

'Nee.'

'Claartje is overleden.' Hij ademde zwaar, Miriam hoorde hem slikken. 'Een afschuwelijk ongeluk.'

'Wat voor ongeluk?'

Het leek even of Kramer haar niet meer hoorde. Het bleef stil aan de andere kant van de lijn.

'Hallo? Meneer Kramer, bent u daar nog?' probeerde Miriam.

'We woonden pas een paar maanden in Lent,' hoorde ze hem ineens tot haar opluchting zeggen. 'De meisjes waren met z'n drieën toen het gebeurde... Claartje was vier jaar oud, haar zusje was zes.'

Miriam begon te tellen. Catharina was nu vijfendertig. Ten tijde van het ongeluk was ze twaalf geweest. *Drieëntwintig jaar geleden.* 'Dat was in 1990, begrijp ik?'

'Ja, klopt. Daarna is het misgegaan tussen Nelly en mij, omdat zij ervan overtuigd was dat het geen ongeluk was. Didi had zoiets verteld tegen haar moeder, dingen over Catharina. Ze was heel verward. Het meisje was nog heel jong, hevig getraumatiseerd, ze had geen benul van wat ze precies had meegemaakt. Ik vond dat Nelly niet op haar dochters perceptie af kon gaan.'

Miriam zat voorovergebogen. De auto schudde en trilde door de vaart, maar ze voelde de pijn in haar schouder en haar rug bijna niet meer. 'Wat is er precies gebeurd?'

'De precieze toedracht weet niemand. Catharina ging wel vaker wandelen met haar stiefzusjes. Ondanks de problemen die wij met haar hadden, leek ze goed met die twee te kunnen opschieten. Ze ontfermde zich over hen als een grote zus. En die meisjes keken huizenhoog naar haar op. Maar die dag...'

'Ja?' drong Miriam aan.

'Op die dag kwam Catharina thuis, met alleen Didi bij zich. Ze waren bij de spoorbrug gaan spelen. Op een gegeven moment heeft Catharina besloten die meisjes mee óp de brug te nemen. Het is daar verboden terrein. De brug is hoog en de Waal stroomt er heel krachtig. Er zijn mensen vanaf gesprongen voor wie het leven te zwaar werd en... Nou ja, dat doet er niet toe.' Hij kuchte. 'Catharina zei dat Claartje was gestruikeld en in het water was gevallen. De brandweer en politie zijn meteen gaan zoeken, maar zonder succes. Pas de volgende dag hebben ze haar gevonden. Kilometers verderop. In- en intriest... Een ongeluk. Het werd afgedaan als een ongeluk.'

'Door de politie?'

'Ja. Zo kwam het verhaal uiteindelijk ook in de krant.'

'Er was twijfel, begrijp ik?'

'Bij Nelly. Didi had aan haar moeder laten doorschemeren dat Claartje mogelijk was geduwd door Catharina. Nelly geloofde haar dochtertje.'

'En u? Wat denkt u?'

'Catharina was mijn dochter. Ze was het enige wat ik nog had. Zij bleef erbij dat het een ongeluk was. Ze had enorm veel spijt, zei ze, dat ze die meisjes mee de brug op had genomen.'

'Geloofde u haar?'

'Ik... wilde het graag geloven, maar Catharina was niet altijd rechtdoorzee. En Didi was weliswaar jong, maar haar angst was echt, die zat diep. Het is altijd zo makkelijk om naar anderen te wijzen, om te oordelen over andermans beslissingen, maar ik zat in een intens moeilijke periode, was veel van huis voor mijn werk en Nelly kon het niet meer opbrengen om voor Catharina te zorgen. Pas daarna heb ik mijn dochter in een internaat geplaatst.'

'Waar u andere kinderen aan uw dochter hebt blootgesteld.' Het klonk verwijtend. Miriam kon haar tong wel afbijten. Ze had zich te veel laten meeslepen.

'Als u mij nu wilt excuseren,' hoorde ze Kramer zeggen.

'Ik moet gaan. Sterkte met uw onderzoek.'

Hij verbrak de verbinding.

'Miriam belde het nummer nog eens, maar werd meteen doorgeschakeld naar de voicemail. 'Hij heeft zijn telefoon uitgezet!' Ze zocht verwoed in haar iPhone naar het nummer van zijn vaste telefoon, vond het onder 'Hennequin vader thuis' en belde. Er werd niet opgenomen.

'Verdomme! Verdomme!' In een poging om haar vingers tegen haar slapen te zetten om beter te kunnen nadenken, werd ze er pijnlijk aan herinnerd dat ze een gescheurd schouderblad had en een arm in het gips. Ze siste zacht en keek daarna somber voor zich uit. 'Waar zijn we nu?'

Boris wees met zijn kin naar voren. 'Knooppunt Ressen. We zijn er bijna, nog een kilometer of twaalf, dertien.' Hij keek haar kort aan en keek weer voor zich. 'En?'

'Didi Vos was in 1990 Hennequins stiefzusje,' zei ze. Miriam probeerde het verhaal van Arnold Kramer zo goed mogelijk samen te vatten.

'En nu?' vroeg Boris.

Miriam klemde haar kaken op elkaar. De gedachten tolden door haar hoofd. Alles in haar zei dat de weduwe van haar broer van plan was om Didi te vermoorden, en misschien ook wel het kindje. De drempel was voor haar niet al te hoog. Haar eerste moord zou ze best eens op haar twaalfde al gepleegd kunnen hebben, en drie jaar later had ze in dat internaat haar volgende slachtoffer gemaakt. Als alle raadselachtige sterfgevallen en verdwijningen rondom Hennequin inderdaad goed vermomde moorden zouden blijken te zijn...

Miriam staarde uit het raam van de auto naar de weilanden en molens. Ze passeerden een kleine brug. Ze dacht terug aan de uitvergrote foto die ze bij Hennequin in Rotterdam aan de muur had zien hangen. Hennequins penthouse was kil en koud, alles was er wit, er was geen enkele versiering of persoonlijke toets aangebracht, en toch hing daar die ene foto, pontificaal aan de muur. Diezelfde uitvergroting kende ze uit haar broers villa, daar had hij in Hennequins werkkamer gehangen.

Een foto van een spoorbrug.

Zodra ik met jou klaar ben, ga ik iets afmaken waar ik al drieëntwintig jaar lang naar uitkijk.

Natuurlijk. Dat was het.

'Je moet naar Nijmegen,' zei ze. 'Het gaat daar gebeuren. Hennequin is in Nijmegen.'

'Ik kán dit niet. Het doet zo'n pijn.' Didi keek omhoog naar Hennequin. Haar gezicht was verwrongen, haar handen klauwden boven haar hoofd in het onkruid en probeerden houvast te krijgen in het lage struikgewas. Ze was al halverwege het talud; een hoge, steile dijk waarop de spoorlijn lag, die in de richting van het water verder liep over de stalen spoorbrug.

Hennequin glimlachte alleen maar en drukte Indy steviger tegen zich aan. De garnaal had het koud. Haar lipje trilde. Al net zo'n huilebalk als haar moeder.

'Hennequin, Catharina, alsjeblieft... Mijn bekken is nog niet–'

'Hou op met dat gejank, zusje,' siste Hennequin. Ik wil je iets laten zien.'

Nelly kroop naast haar dochter de dijk op, haar polsen nog steeds aan elkaar gebonden. Ze bewoog zich voort op haar voeten en ellebogen. 'Kom maar, leun maar op mij.'

Hennequin zag Didi een hand op haar moeders schouder leggen. Het mens probeerde verwoed verder te klimmen, haar gezicht zag dieper rood dan haar haar. Didi's gezicht vertrok. Ze liet plotseling haar moeder los, alsof ze een schok kreeg. Het was geen kwestie van kracht, maar van balans, zag Hennequin. De spieren rond dat instabiele bekken zouden nu kraken en zingen van inspanning, ze zouden al net zo'n zacht, zangerig geluid maken als de spoorlijn achter haar.

'Ik moet het zelf doen,' hoorde ze Didi huilend zeggen, en verbeten klom ze door. Er werd wat afgejankt. Het was een tranentrekkend plaatje dat zich enkele meters lager op de dijk afspeelde. Alleen kon Hennequin er geen traan om laten. Die twee vrouwen daar beneden hadden haar leven verpest.

En nu zouden ze daarvoor boeten.

❧

'Moet je je collega's zo onderhand niet eens inlichten?' vroeg Boris. Ze waren bijna bij Nijmegen. 'Ik weet niet wat je allemaal van plan bent als we bij die brug zijn aangekomen, maar je kunt dit absoluut niet in je eentje, en het klinkt fokking serieus.'

Ze schudde haar hoofd. 'Wat als ik het verkeerd heb? Als Didi inderdaad een wandelingetje aan het maken is of door een vriendin of familielid is opgehaald? De kans dat er niemand op die brug staat, is gewoon te groot.'

'Het lijkt er anders toch wel op dat–'

'Klopt. Maar ik moet dit zelf oplossen. Wees gerust. Ik kan à la minute collega's erbij roepen als ter plaatse blijkt dat het menens is. En geloof me dat ik dat dan ook doe.'

❧

Hennequin keek achter zich. Langs het spoor, ervan gescheiden door een soort windscherm of geluidswal, liep een smalle fietsbrug. Er reed af en toe een fietser of scooter voorbij. Ze keken geen van allen hierheen; vanaf daar was het spoor grotendeels aan het zicht onttrokken. De fietsbrug had er niet gelegen in 1990. Het was hier toen ook veel rustiger geweest.

Ze rechtte haar rug en keek strak voor zich uit. Daar lag de kromming van de rivier, met een desolaat stuk dijkweg erlangs. Verderop stond haar auto, achter de schuur van een leegstaande boerderij. Dicht bij het talud, maar uit het zicht van passanten. Op het erf van de boerderij kwam ook een zandpad uit dat tussen half verdorde maisvelden door naar een provinciale weg leidde. Vanaf daar was het nog maar zesenhalve kilometer naar de Duitse grens. Hennequin zou de garnaal bij zich houden, voor het geval haar vluchtweg geblokkeerd zou worden. En zo meteen op de brug zouden Nelly en Didi het niet eens in hun hoofd halen om haar een duwtje te geven, omdat ze dan Indy in haar val met zich mee zou nemen.

Geniaal.

‘Daar! Zie je ze? Zijn dat mensen, daar op die spoorbrug? Verdomme, ik wíst het, ik wist het!’

‘Rustig! Ik moet voor me op de weg kijken,’ gromde Boris. ‘Hoe kom ik daar in hemelsnaam? Als jij nou eens zegt of ik hier–’

‘Hier eraf!’

‘Waar?’

‘Hier!’ Haar stem sloeg over.

Boris gaf een ruk aan het stuur. Zijn Caddy slingerde gevaarlijk toen hij van baan veranderde en vervolgens diagonaal over een verdrijvingsvlak manoeuvreerde om de afslag te kunnen nemen. Om hen heen klonk getoeter en iemand gaf uiting aan zijn frustratie door groot licht op te zetten.

Miriam richtte zich weer op haar iPhone. Ze tuurde ingespannen naar het steeds bewegende stipje in die wirwar van wegen. 'Aan het einde rechts en dan in de bocht linksaf.'

Ze zat een beetje voorovergebogen in haar stoel, alsof ze zo sneller bij de spoorbrug konden zijn. 'En dan... Ja, daar! Kijk! Stoppen, stoppen bij het talud.'

Boris zette zijn auto stil op een braakliggend terrein. Miriam stond al in het zand en keek omhoog, naar een metalen trap die naar een soort fietsbrug leidde. 'Ik zie ze niet meer.'

'Aan de andere kant,' hoorde ze Boris naast zich zeggen. Hij pakte haar bij haar goede arm en nam haar mee naar een gemetselde boog. Ze renden onder een korte tunnel door die dwars door de hoge dijk heen was aangelegd.

'Daar, daar zijn ze.' Ze was buiten adem.

'Verdomd,' mompelde Boris.

Miriam tuurde ingespannen naar de menselijke figuurtjes op de spoorbrug. Hennequin herkende ze meteen. Voor haar liepen twee anderen.

Twee?

Hennequin leek iets in haar armen te dragen, maar het was te ver weg om te kunnen zien wat.

'Mir? Bel de politie.'

'Ik bén de politie.'

'Je weet wat ik bedoel,' zei hij. 'Ik weet wel dat dit voor jou dagelijkse kost is, maar ik...'

Miriams hart roffelde achter haar ribben en ze haalde hijgend adem. 'Je bent bang,' constateerde ze.

Hij drukte een kus op haar voorhoofd. 'Voor jou. Ik ben bang dat er iets met je gebeurt, oké?'

Ze zweeg. Keek hem nog eens aan, en daarna flitsten haar ogen weer naar de gedaanten op de brug. Ze griste haar dienst-BlackBerry uit haar zak.

Boris trok zijn vingers door zijn lange haar en slaakte een zucht van verlichting.

'Assistentie collega,' verduidelijkte ze, terwijl haar telefoon verbinding maakte met de meldkamer. 'Laten we voor jou en mij hopen dat mijn collega's een beetje opschieten, want ik ga die brug op.'

'Waarom?' vroeg Didi aan Hennequin. 'Ik heb jou nooit iets misdaan.'

'Ik zou maar eens beter nadenken,' beet Hennequin haar toe.

Ze stonden op het midden van de brug. Het was koud geworden. De hemel zag grauw en er hing regen in de lucht. De wind trok aan Didi's haren. Net als toen. Toen had het ook gewaaid.

Het begon haar te dagen.

Catharina liep voor haar op de brug. Ze droeg een rood windjack en een gele broek. Haar donkere krullen waaiden alle kanten op. Ze had Claartje aan de hand. Steeds stopte ze en dan draaide ze zich naar haar om. 'Pas je op, Didi, vlak achter ons blijven, hè?'

'Ik wil ook een hand,' zei Didi.

'Dat gaat niet, het is hier niet breed genoeg.' Catharina draaide zich weer van haar af en liep door. Ze wilde naar de overkant, want daar was de stad.

Dit mocht niet van mama. Ze mochten niet eens in de buurt van de spoorbrug komen. Dat was gevaarlijk – lévensgevaar-

lijk. Maar ze deden het nu toch. 'We gaan op avontuur,' had Catharina gezegd. Omdat zij erbij was, mochten Claartje en zij nu verder van huis spelen dan anders. Maar zo ver als hier waren ze nog nooit geweest. Didi wist zeker dat mama dit niet goed zou vinden. Eigenlijk wilde ze terug.

Het leek wel of de ijzeren brug een beetje bewoog. Didi keek naar beneden. Het was verschrikkelijk hoog. De rivier leek wel een zee, hij stroomde hard en ze zag golven. Ze voelde de wind aan haar lijfje trekken. Stel dat het nóg harder ging waaien? Dan zou ze wegwaaien, als een stukje papier worden opgeschept, zó het water in.

'En dan ga je dood,' had Catharina gezegd. 'Want omdat je heel snel en lang valt, is het water niet meer zacht, maar juist heel hard, net zo hard als deze brug.' Ze had met haar voet op de brug gestampt en er trots bij gekeken. Catharina wist veel. Dat had ze allemaal van haar vader geleerd. Didi moest er nog aan wennen dat hij nu ook háár vader was. Ze moest er ook aan wennen dat ze nu niet meer de oudste was thuis. Er was veel veranderd sinds Catharina en die meneer – 'papa Arnold' moest ze hem noemen – bij hen in huis waren komen wonen. Mama vond het nu niet meer goed als ze 's nachts bij haar in bed wilde slapen, want daar lag die meneer nu. En Catharina baasde erg over haar en Claartje, alsof ze een soort moeder was. Maar dan wel een moeder die je mee op avontuur nam.

'Kijk om je heen. Zie je het nou? Herinner je je het nou?' Hennequin gaf Didi een duwtje.

'Ik was zés,' zei Didi huilend. Haar gezicht vertrok pijnlijk toen ze zich verstapte. De klim naar het spoor had te veel van haar herstellende bekken gevergd. Ze kon zich amper staande houden en pakte de reling vast. Die was gevaarlijk laag. Als kind had die veel hoger geleken.

'Alsjeblieft, Catharina, geef Indy aan mijn moeder.' Ze

keek naar Nelly. Haar gezicht, dat eerst nog vuurrood van inspanning was geweest, zag nu asgrauw. Ze had haar moeder nog nooit zo gezien, bijna verlamd van angst.

'Hier was het,' beet Hennequin haar toe. 'Precies hier.' Ze klemde de baby tegen zich aan. Haar gezichtsuitdrukking schoot heen en weer tussen triomf en wanhoop.

'Blijf vlak achter me,' zei Catharina. 'We zijn bijna op het midden, zie je?'

Didi knikte en zag dat Catharina zich weer van haar weg draaide. Het was niet leuk om alleen te moeten lopen en steeds naar twee ruggen te moeten kijken. Claartje kreeg wél een hand. Ze kreeg altijd veel meer aandacht. Van mama, maar ook van mensen in de winkels of op straat. Die bogen zich over haar heen en aaiden haar, alsof ze een hondje was. Claartje was nog maar vier, en iedereen vond dat ze er heel schattig en babyachtig uitzag met haar blonde staartjes. Didi was allang niet meer schattig. Ze zat al op de basisschool, dan was je groot. En ze kreeg nu ook al grotemensentanden. In het gat waar haar voortanden hadden gezeten, groeide een witte, ribbelige rand uit het tandvlees. 'Nu word je groot,' had mama gezegd. Ze wilde niet groot zijn.

Ze durfde niet meer naar beneden te kijken, dus keek ze strak voor zich uit, naar de ruggen van Catharina en Claartje. Claartje had Popje meegenomen. Een spookje van badstof waar ze niet buiten kon. Als ze tv zat te kijken, dan stak ze haar duim in haar mond en duwde Popje tegen haar neus. Zo zat ze dan, urenlang. Maar nog veel vaker was ze hem kwijt. Had ze hem laten liggen in een restaurant, of in de auto, of laten vallen in de supermarkt, en dan moesten zij en mama Popje gaan zoeken omdat Claartje anders niet ophield met huilen. Claartje hield Popje in haar rechterhand. Het leek wel of ze met z'n drieën voor haar liepen: Catharina, Claartje en Popje. Waarom moest zij alleen lopen?

'Dit is het midden,' zei Catharina, en ze kneep haar ogen dicht omdat de wind een paar lange bruine lokken in haar gezicht sloeg. Ze pakte de strengen haar en duwde ze weg achter haar oor. 'Precies het midden. Daar is ons huis en daar is de stad.' Ze keek niet naar Didi. Ze richtte zich op Claartje, boog een beetje door haar knieën en wees naar de stad verderop.

'Ik wil dat je tegen je moeder vertelt wat er is gebeurd. Wat er écht is gebeurd die dag. En als je liegt...'

Indy was wakker geworden en roerde zich. Ze stak een handje uit de badstof deken waar ze in gerold was.

Didi deed een stap naar voren. 'Doe haar geen kwaad, Catharina, alsjeblieft.'

Hennequin keek haar met een koele blik aan. 'Ik zal goed op haar passen als jij er niet meer bent.'

'Het is de baby,' zei ze tegen Boris. 'Ze heeft een baby vast.'

Miriam bleef staan. Ze waren nu op twintig meter afstand van het drietal. Dichterbij durfde ze niet te komen, uit angst dat Hennequin zou dreigen het kindje in de rivier te gooien.

Boris stond achter haar. Hij had haar het talud op geholpen en daarna niets meer tegen haar gezegd. Hij was bang, bezorgd of woedend, of misschien wel alle drie, maar het kon haar niet schelen. Haar collega's konden er elk moment zijn.

Later moest ze maar op het bureau uitleggen hoe ze hierin verzeild was geraakt – maar voor nu telde maar één ding: Hennequin ervan weerhouden drie onschuldige mensen om te brengen.

Het water kolkte onder haar en het was al net zo grauw als

de hemel. De Waal was een krachtige, grote rivier met talloze onderstromen. Hoewel ze zich kon voorstellen dat sommige mensen een val van deze hoogte zouden overleven, was de kans daarop maar klein. Van de klap op het water zouden de meeste mensen bewusteloos raken, waarna ze door het ijskoude water zouden worden meegesleurd, de diepte in.

Miriam keek naar de lucht. Hopelijk werd er een helikopter gestuurd.

'Hé, zie je dat?' hoorde ze Boris achter zich zeggen. 'Wat doet die vent nou?'

Ze keek op. Vanaf de andere kade liep een man de spoorbrug op. Hij was lang, met brede jukbeenderen en zijn donkere haar was dik en kort. Kaarsrecht en met langzame, maar zelfbewuste tred liep hij op de vrouwen af.

'Da's Arnold Kramer,' zei ze, bijna ademloos.

❧

Hennequins ogen lichtten op. 'Papa? Ben jij dat echt?'

Haar vader zag er niet eens zoveel ouder uit dan de laatste keer dat ze hem had gezien. Ze had verwacht dat hij na al die jaren grijs zou zijn geworden, zoals de meeste mannen van zijn leeftijd. Verrimpeld, vermoeid. Maar ze had beter moeten weten. Ze had altijd al gevonden dat ze de knapste vader van de wereld had. Dat was hij nog steeds.

Toen hij vlak bij haar was, bleef hij stilstaan. Keek haar streng aan. 'Het moet ophouden, Catharina.'

Ze keek om naar Didi en Nelly, die elkaar vasthielden, hun gezichten betraand, en keek daarna weer naar haar vader. 'Ik heb het niet gedaan, papa.'

'Wat gedaan?'

Indy roerde zich onder de badstof deken. Ze begon zachtjes te huilen. Haar zwakke stemmetje ging bijna verloren in de felle wind.

‘Ik heb Claartje niet geduwd. Dat heeft Didi verzonnen. Het was een ongeluk.’

Haar vader keek haar zwijgend aan, zijn gezicht gespannen, zijn kaken op elkaar geklemd. Het was alsof hij pijn had. Er glinsterde iets in zijn bloeddoorlopen ogen.

‘Je stopte me weg, papa, weet je nog? Want je geloofde me niet. Je geloofde die twee wél!’ Ze draaide haar hoofd nog eens om naar Didi en Nelly, haar gezicht vertrokken van woede. Daarna richtte ze zich weer tot haar vader en kalmeerde ze enigszins. ‘Je hebt me weggedaan.’

‘Sorry, meisje.’ Haar vader maakte sussende gebaren. ‘Rustig maar. Het spijt me oprecht.’

‘Ik was zo alleen.’ Haar ogen vulden zich met tranen.

Hoe vaak had ze dit wel niet gedacht zonder het uit te spreken? Nu ze de woorden hardop zei, voelde ze zich vreemd genoeg lichter worden, minder bezwaard.

‘Nu niet meer, meisje,’ fluisterde hij. ‘Je bent niet meer alleen. Ik ben bij je.’

‘Zijn we nu weer samen?’

Hij knikte traag. ‘Ja. Nu zijn we weer samen. Ik hou van je. Ik ben altijd van je blijven houden... Geef die baby maar aan Nelly.’ Kramer spreidde langzaam zijn armen. ‘Ik wil je omhelzen, meisje.’

Aarzelend overhandigde ze de baby aan Nelly, die de garnaal snikkend tegen zich aan drukte. Hennequin liep op haar vader af, bleef even staan en sloeg toen haar armen om hem heen. Drukte zich tegen zijn windjack aan. Hij rook nog hetzelfde als vroeger. ‘Je geloofde me niet,’ fluisterde ze. ‘Je stopte me weg.’

‘Ik heb je nooit weg willen stoppen,’ fluisterde hij in haar oor. ‘Je was alles wat ik had. Dat ik jou niet meer zag heeft een gat in mijn ziel geslagen.’

‘Ik wil bij je blijven.’

'Je blijft ook bij me. We blijven vanaf nu bij elkaar. Ik hou van je. Ik heb altijd van je gehouden.'

Hennequin knikte. Haar ogen traanden.

'Sorry, lieverd,' fluisterde hij, en hij verstevigde zijn greep. 'Maar hier moet het stoppen.'

Miriam keek ademloos toe hoe Arnold Kramer zijn dochter omhelsde. Het was een heel intiem moment, bijna te intiem om er als buitenstaander naar te kijken. Te pijnlijk ook. Er stond zoveel verdriet op het gezicht van die man geschreven. Een onnoemelijke droefenis lag als een grauwe deken over hem heen.

Ze besefte dat Hennequin zijn enige dochter was en herinnerde zich maar al te goed dat hij had gezegd: 'Ze was het enige wat ik nog had.'

Ineens zag ze Kramer een vreemde, totaal onverwachte manoeuvre maken. Een zijstap naar de reling toe. En nog een.

Hij fluisterde iets in het oor van zijn dochter.

'Nee!' Miriam deed een stap naar voren.

Het volgende moment liet Kramer zich zijdelings over de lage reling vallen, met Hennequin stijf tegen zich aan in zijn armen geklemd.

Iemand gilde. Meer mensen gilden.

'Verdomme, nee!' Miriam rende naar de rand van de brug. Keek over de reling naar de gestaag stromende rivier daaronder. De twee gedaanten, slap als levensgrote lappenpoppen, werden meegesleurd door de stroom.

Miriam keek vol afgrijzen toe. Ze voelde amper dat Boris haar tegenhield.

Hij trok haar weg van de rand. 'Ben je gék geworden?'

riep hij in haar oor, maar het klonk heel ver weg.

Als in slow motion zag ze van twee kanten collega's aan komen rennen, sommigen hadden hun wapen getrokken. De brug was aan beide zijden afgezet. Blauwe zwaailichten aan weerszijden van de brug, afzetlinten.

Ze hoorde een helikopter in de verte.

Didi zakte in elkaar. Ze trilde zo hevig dat ze niet meer kon blijven staan. Iemand sloeg een warme jas om haar heen. Er zat een politie-embleem op.

'Indy,' riep ze. 'Waar is Indy?'

'Hier. Ik heb haar vast.' Nelly kwam bij haar zitten en hield de baby tegen zich aan. Indy huilde. Haar stemmetje was amper hoorbaar door de harde wind en het geschreeuw van politiemensen die van beide kanten van de spoorbrug waren toegestroomd.

'Wat afschuwelijk,' hoorde Didi haar moeder prevelen. 'Wat afschuwelijk voor Arnold. Hij heeft zichzelf opgeofferd.'

'Aan die Catharina is niets verloren gegaan,' hoorde ze een politieman achter zich zeggen. 'Als het waar is wat ik heb gehoord.'

'Ik kan er ook niet rouwig om zijn, sorry,' hoorde ze haar moeder tegen een vrouw zeggen. Iemand met een mitella om en in een joggingpak, met een stel vuile, roze UGG's aan haar voeten. De vrouw had zich voorgesteld als hulpofficier van justitie. 'Ze heeft mijn andere dochter van deze brug geduwd.'

De politieman keek verschrikt naar Nelly en Didi. 'Wanneer?'

'Lang geleden. Haar vader heeft haar daarna in een internaat geplaatst, maar hij had er beter toen meteen al met jullie over kunnen praten, dat had een boel ellende gescheeld. Het was een afschuwelijk gemeen, in- en inslecht kind.'

Hoe meer commotie er om haar heen ontstond, hoe stiller het in Didi zelf werd. Ze staarde naar de reling. Die had toen veel hoger geleken.

Didi pakte de reling vast, een dunne, ijzeren buis op ooghoogte die heel koud aanvoelde en ook een beetje ruw. 'Gaan we nu terug, Catharina? Dit mag niet van mama.'

'Daarom is het ook een avontuur. We gaan het niet tegen mama Nelly zeggen.' Catharina's haren sloegen weer naar voren, donkere strengen die om haar gezicht heen kronkelden als slangen, in haar ogen prikten. 'Blijf staan,' zei ze tegen Claartje, en ze liet haar los, peuterde de rits van een van haar zakken open en nam er een elastiekje uit.

'Zie je die boot, Claartje?' vroeg Didi. 'Kijk, daar.'

Claartje stond dromerig om zich heen te kijken, Popje tegen haar neus geduwd met een gekromde wijsvinger en haar duim in haar mond. Dat stomme Popje altijd.

Catharina had zich omgedraaid, zodat de wind haar haren uit haar gezicht blies. Ze was bezig de weerbarstige lokken in een staartje vast te zetten.

'Kijk dan naar die boot!' zei Didi tegen Claartje, maar ze keek niet. Ze keek alleen maar naar Popje, die ze met gestrekte arm voor zich uit hield en heen en weer bewoog. In een opwelling rukte Didi Popje uit haar hand en liet hem los. Het vuilwitte ding werd geschept door de wind en dwarrelde als een veel te grote sneeuwvlok van de brug naar beneden.

'Popje!' riep Claartje. Ze stak haar handjes uit en stapte van de brug.

DANK

Kraamverzorging en verloskunde: Anne, Sietske, Maartje, Liesbeth, Anke en Daphne. Extra dank aan Mieke, oude-rot-in-het-vak, en aan de ouders van de pasgeboren Eva, van wie ik een dag mocht meelopen als kraamverzorgster.

Politie: Debby, hulpofficier van justitie bij Politie Eenheid Rotterdam, met wie ik onder meer een nachtdienst heb mogen meedraaien, en Edwin.

Rotterdam: Vincent, Lobke en Elvin.

Lezers: Berry, Annelies en Monique.

Extra dank aan Renate, Liesbeth en Sabine voor hun kritische aantekeningen, en Sanne.

Van Esther Verhoef verscheen

Rendez-vous
Genomineerd voor de NS Publieksprijs 2006
Winnaar Zilveren Vingerafdruk 2006

Wonen op vakantie

Close-up
Genomineerd voor de NS Publieksprijs 2007
Genomineerd voor de Gouden Strop 2007
Winnaar Zilveren Vingerafdruk 2007
Beste Vrouwenthriller Aller Tijden bij vrouwenthrillers.nl

Alles te verliezen
Genomineerd voor de NS Publieksprijs 2009
Genomineerd voor de Zilveren Vingerafdruk 2009

Erken mij
In samenwerking met de Stichting CPNB ter ere van
Juni – Maand van het Spannende Boek 2009

Déjà vu
Winnaar NS Publieksprijs 2011
Genomineerd voor de Diamanten Kogel 2011
Genomineerd voor de Zilveren Vingerafdruk 2010

Is uw man al af?

Nouveau riche & andere spannende verhalen

Tegenlicht
Genomineerd voor de NS Publieksprijs 2012

De kraamhulp
Genomineerd voor de NS Publieksprijs 2014
Genomineerd voor de Gouden Strop 2014
Winnaar Hebban Crimezone Award 2014

Stil in mij – Overleven bij de nonnen (met Daniëlle Hermans)

Lieve mama
Genomineerd voor de NS Publieksprijs 2015
Genomineerd voor de Hebban Crimezone Award 2015

Onder de naam Escober verscheen

Onrust – Deel 1 in de Sil Maier-trilogie
Genomineerd voor de Gouden Strop 2004

Onder druk – Deel 2 in de Sil Maier-trilogie
Genomineerd voor de Gouden Strop 2005
Winnaar Diamanten Kogel 2005

Ongenade – Deel 3 in de Sil Maier-trilogie
Genomineerd voor de Diamanten Kogel 2008

Chaos
Genomineerd voor de Diamanten Kogel 2007

Overkill
Genomineerd voor de Diamanten Kogel 2013
Genomineerd voor de Crimezone Thriller Awards 2013